Sword Art Online刀劍神域外傳

GUN GALE ONLINE

3

2nd特攻強襲（下）

時雨沢恵一
KEIICHI SIGSAWA

插畫／黑星紅白
KOUHAKU KUROBOSHI

原案・監修／川原 礫
REKI KAWAHARA

Kadokawa Fantastic Novels

THE 2nd SQUAD JAM FIELD MAP

第2屆特攻強襲
戰場地圖

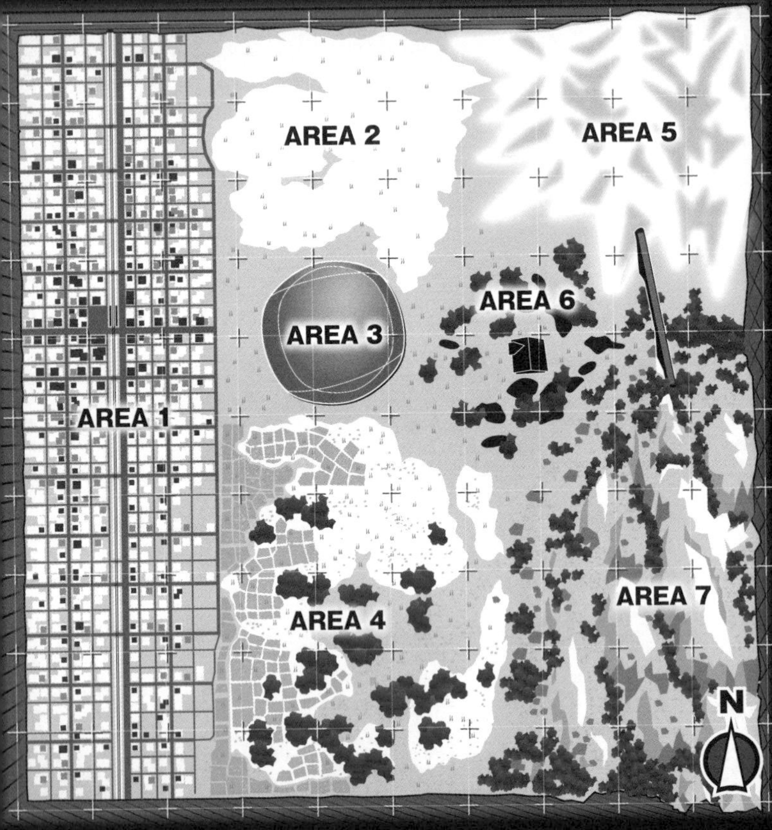

AREA1：城　市

AREA2：丘　陵

AREA3：巨　蛋

AREA4：田地、樹林

AREA5：雪　山

AREA6：草　原

AREA7：岩　山

Sword Art Online Alternative

GUN GALE ONLINE

Playback of 2nd SQUAD JAM

前情提要

Playback of 2nd SQUAD JAM

前情提要

經過第一屆Squad Jam的死鬥後，香蓮和由咲率領的高中女生們有了深厚的友誼。雖然生活中出現招待咲等人來住處開茶會這種過去無法想像的事情，但香蓮還是和「GGO」保持一定的距離。

在這樣的情況中，忽然傳來將舉行第二屆Squad Jam的廣播。

原本對參賽感到猶豫的香蓮，卻因為不知道從何得知她地址與姓名的「M真實身分」，也就是豪志的一句話而下定了決心。

「舉行第二屆Squad Jam的晚上會有人死亡。」

Pitohui帶著「在大會中死亡的話，現實世界也要尋死」的決心來挑戰這次的大會。豪志希望香蓮能

夠拯救這樣的Pitohui……而迴避最糟糕事態的唯一方法是「在Squad Jam殺死Pitohui」，為了達成這個任務，香蓮在煩惱許久之後也決定參加SJ2——

SJ2就這樣開始了。

為了能夠盡快趕到Pitohui身邊，蓮與故鄉從「ALO（ALfheim Online）」轉移過來的好友美優搭檔參賽。美優操縱的虛擬角色——不可次郎藉由強力武器槍榴彈發射器不斷打倒擋路的敵人。

另一方面，Pitohui與M的小隊則是毫不容情地把襲來的其他隊伍全都殺光。

蓮真的可以打敗如鬼一般強大與瘋狂的Pitohui，成功解救她的生命嗎？

SECT.10

第十章　十分鐘內的鏖殺·其之二（上）

時間回到十分鐘前的十三點四十分。

正是Pitohui等人成功把大量敵人全騙到山谷裡，開始一個一個把他們幹掉的那個時候。

「要看掃描嘍！」

跌倒後全身是塵土的粉紅色小不點——蓮……

「了解了！」

以及另一個小不點——身穿多地形迷彩服、短褲以及綠色背心，兩手抱著槍榴彈發射器的不可次郎，目前正在龐大的巨蛋邊緣。

直徑約2公里，高達數百公尺的巨蛋，一靠近之下看起來就跟山沒兩樣。

由沒有任何連結縫隙的謎樣材質所形成的白色牆面，畫出平緩的弧形之後往灰中帶紅的天空延伸。

每間隔100公尺就能看見像是門一般的物體，所以應該可以進到裡面吧。只能祈禱不要有只能進不能出的情形出現了。

在車站看過十三點三十分的掃瞄後，花了十分鐘的時間移動到這裡。這段期間沒有與任何敵人接觸。

巨蛋附近只有一整片像是草皮枯萎並消失的柔軟土地。

這裡的視野相當良好，目前附近雖然看不見敵人，但是蓮與不可次郎不會放鬆警戒。她們在巨蛋旁邊朝著反方向緊趴在地上。把衛星掃描接收器放在眼前並打開電源。

ＳＪ２的第四次掃描開始了。

掃描是從北方開始，然後快速南下。

兩人觸碰殘存的小隊光點，確認著它們的名稱。強敵ＭＭＴＭ依然存活在巨蛋東北方的丘陵地帶。不愧是可能獲得優勝的小隊之一。

最後掃描通過巨蛋上方，蓮也知道了自己的位置。

「嗚……」

圓形巨蛋的西北。以北邊為上方的話，自己的小隊剛好就在十點鐘方向。

正南方，六點鐘的位置上可以看到老大率領的新體操社小隊——ＳＨＩＮＣ。

此外……

「怎麼有這麼多……」

在巨蛋裡幾乎是中央的位置，竟然存在三支小隊。

蓮試著觸碰接收器畫面，結果發現全是些沒看過的傢伙。其間隔大概只有３００到６００公尺。以ＳＪ來說已經是相當接近的距離，光看距離的話早就可以進行戰鬥，但目前不清楚是不是已經打起來了。

「嗚哇！真是礙事！」

蓮大叫了起來。直接穿越這座巨蛋就是到達Pitohui身邊最快的路線，但現在卻有三支小隊在裡面。

「看來這次不再是『Lucky girl』了……」

蓮再次說出喪氣話……

「喂喂。不能說這種話。日文裡有所謂的『言靈』，一旦說出口就真的會變成那樣了。」

結果就被不可次郎告誡了。

位於地圖東南方的七個光點，位置與十分鐘前完全沒有變化。而Pitohui他們也跟之前一樣待在同樣的位置。

很容易就能想像得到，他們是把隊長留在山麓，剩餘的成員全都一起進入山裡了——

Pito小姐、M先生，祝你們武運昌隆！

蓮在心裡這麼祈禱。在自己殺掉妳之前，請千萬不要死啊。

「之後就沒有任何退場的小隊了。目前還是十七支。有些在西部邊緣以及東北方，除了巨蛋裡的小隊之外，目前沒有能與我們接觸的小隊！」

掃描一結束，不可次郎就這麼表示。

「啊——謝謝。」

蓮的注意力都放在Pitohui身上，所以忘記數還剩下幾支小隊。這可真是幫了大忙。維持趴在地上的姿勢……

「…………」

蓮思考起接下來要如何選擇進擊的路線。她一邊想，一邊把想法傳達給不可次郎知道。

「直接穿越巨蛋無疑是到達Pito小姐身邊最快的路線，但裡面的敵人多達三支小隊……」

「是啊。」

「要繞過巨蛋的話距離又太遠了。而且往北邊繞的話，很可能碰到ＭＭＴＭ這個強敵。往南則是會遇到ＳＨＩＮＣ。」

「是啊。」

「不可……妳現在背後可不可以長一下翅膀？然後吊著我飛過巨蛋上空？」

「沒辦法。我已經放棄精靈的身分了。」

「那麼，就只能從三條路線中選擇一條了……」

「哎呀，先等一下。蓮，現在決定還太早了。不論如何，還是仔細確認過巨蛋內部再說吧。一切等那之後才決定。」

不可次郎的話讓蓮回過神並抬起頭。

「對喔……說得也是。謝謝妳。」

對著站起身子往門跑去的蓮……

「『妳真是的，我一不在就什麼都不會』──能讓男人這麼說的女人，會很搶手喲。」

不可次郎踩著小跳躍的腳步追了上去。

十三點四十分的掃描之後，煩惱該如何行動的是……

「唔……」

咲所操縱的伊娃，也就是老大。

小隊在大巨蛋的南端一個入口前，一邊警戒周圍一邊待機。在看過掃描得知狀況之後……

「那麼，接下來該怎麼辦呢……」

魁梧的辮子女繃著一張臉，大大的臀部重重坐在大地上，並把粗壯的手臂交叉在胸前。

「難得看到老大在煩惱。」

在距離20公尺外的位置，以德拉古諾夫狙擊槍的瞄準鏡環視四周的金髮美女──安娜開口這麼表示。

「但看起來很帥氣。旁邊很適合放瓶一公升的日本酒！好像武士喔！」

同樣是狙擊手的黑髮女性──冬馬把視線從雙筒望遠鏡上移開朝老大瞄了一眼，然後說出這樣的感想。

「嗯，不論下什麼決定，我都會追隨就是了～」

防禦圓陣的另一側，架著野牛衝鋒槍警戒著周圍的銀髮狐狸眼女孩——塔妮亞也接著這麼說。

「嗯，我就老實說吧。我正在煩惱是不是要進到巨蛋裡面。」

「為什麼煩惱？」

小隊裡身材最矮小，簡直就像是女矮人的蘇菲這麼詢問。待在以臥射姿勢架著PKM機關槍的堅強大媽——羅莎旁邊的她，這次也負責援護的工作。

老大的聲音透過通訊道具傳到眾人耳裡。

「進入巨蛋裡的話，就可能得同時對上在裡面徘徊的三支隊伍。」

「嗯嗯……」

蘇菲附和著老大的話。

社長（老大＝咲）與副社長（蘇菲＝加奈）兩個人認真談話時，其他成員就安靜地聽她們說。這是新體操社不論在現實或者虛擬世界都必須遵守的鐵則。

「如果小蓮她們或者MMTM，甚至是兩者都進入巨蛋的話，接下來的十幾二十分鐘會陷入相當複雜的混戰吧。雖然我們一定會獲勝，但可能也得付出不小的代價。」

「確實是這樣。小蓮和那些男人都很強。」

「但是，逃避勝負又不符合我的個性。已經有二十分鐘以上沒有開過槍了。」

「沒錯。身體都冷掉了。」

「但還是有擔心的事情。就是小蓮她們直接繞過而沒有進入巨蛋的時候，從北邊繞的話就不會接觸，勝負得暫時延期。往南邊繞的話，就是夢寐以求的正面衝突——」

「這也就表示，那個時候如果我們進入巨蛋的話，接下來的十分鐘就不可能與她們接觸了。」

「正是如此。而且巨蛋裡頭還是那樣——」

老大以苦澀的口吻把話說到一半就不再說下去了。

「可惡！繼續想東想西也只是浪費時間！我們是戰士！直接進到裡面去尋找敵人吧！」

煩惱的時間不過幾十秒，老大就做出戰鬥的決定。

「要上嘍，大小姐們！——開始首次叢林戰！」

當巨蛋的另一側附近，女戰士集團發出了「嗚啦啦啦啦啦啊！」的叫聲時……

「這……這是什麼啊啊啊！」

「嗚呀啊啊啊啊啊啊！」

蓮和不可次郎發出了驚呼。她們的叫聲又尖聲量又大，附近有敵人的話很可能會被聽見。

這裡是巨蛋內部。

鑽過輕鬆就能打開的橫移式大門，穿越貫穿巨蛋構造體的步行者用長隧道之後……

「叢林……！」「是叢林……！」

裡面是一片南國景象。

與剛才那種荒涼、單調的世界完全不同，裡面是充滿綠色的空間。放眼望去全是足有人那麼高的草雜亂地生長，幾乎看不見地面。

到處可見高20公尺的扭曲巨樹，其粗大樹幹上長了滿滿的青苔。樹枝上茂盛到難以置信的樹葉，形成了遮住天空的雨傘。

而裡面的天空竟然是一片蔚藍。

由於是在巨蛋裡面，所以大概是天花板，只是「看起來像」罷了，不過依然宛如真正的天空。至今為止不知花了多少小時在這款遊戲上的蓮，這無疑是首次在ＧＧＯ世界裡看見藍天。此地還殘留著已經從地球上消失的自然。

「啊……」

瞪大眼睛的蓮身邊……

「太厲害了！巨蛋裡是另一個世界！真不錯！這裡是溫室？還是自然公園？到底是什麼呢？」

不可次郎看起來很高興。或許是懷念起ＡＬＯ那個練功區的特徵是豐富大自然的老巢了吧。

雖然這一大片風景令人心情愉悅——但可不能一直把注意力放在上面。蓮立刻就需要做出決定。

是要穿越最少也有2公里，而且中央還有三支敵人小隊的叢林，還是從外面繞過去呢？越是煩惱，就越浪費寶貴的時間。已經無法允許這樣的浪費與失誤了。

「決定了！」

「哦？決定什麼？」

明明是自己的提案這時卻反過來發問，這就是不可次郎這個女人的生活方式。

「喂，說『看過巨蛋內部再決定是要穿越還是迂迴』的不就是不可嗎！」

「哦！對，這很重要！」

「決定要穿越這座叢林了！雖然有三支小隊在裡面，但跟跑在視野良好的外部相比，一擊斃命的可能性還是比較低。」

蓮說著就以左手操縱起視窗。然後從倉庫欄裡取出綠色迷彩披風外套。

她像鑽進去一般，從頭套進在空中實體化的斗篷。斗篷一直覆蓋到蓮的腳踝，只有粉紅色鞋子露在外面。

「蓮消失了！妳……妳在哪裡？」

蓮對著在3公尺旁邊刻意甩著頭的次郎……

「別擔心。我在這裡。」

這麼溫柔地說道。

「哦，在這裡——不過這樣子離開太遠真的會看不見，所以跑太前面實在有點恐怖喲。」

「沒錯。但這一點敵人也是一樣。和伙伴走散的話，可能沒辦法輕易地會合。」

如果巨蛋裡全是這樣的叢林，那麼視野最差的地方可能不到5公尺，最遠也大概是50公尺左右吧。視野惡劣的程度跟外面完全無法比較。

如此一來，就無法像在寬敞的地方時一樣，進行由機槍或狙擊槍來輔助伙伴的合作攻擊。那三支小隊在裡面應該也很辛苦吧。

「但是，就算看不見子彈也會飛過來。」

正如蓮所說的，麻煩的是子彈會毫不在乎地貫穿茂盛的雜草。

叢林的藏身之處固然多，但同時也是可以確實抵擋子彈的安全地點相當稀少的極特異戰場。

「對喔。以機槍水平亂射的話，子彈就會飛過來。很恐怖耶。但是，應該可以看得見預測線吧。」

「不過正因為這樣，我才能想到不走散就穿越叢林，以及遭遇敵人也能戰鬥的方法。如果順利的話……一定會順利的！」

「哦？是什麼方法？」

面對明明有通訊道具，卻還是特意把耳朵靠過來的不可次郎，蓮也特別把嘴巴靠過去傳達自己的點子。

聽著她說話的不可次郎，眨了幾次眼睛後……

「呀呼！不錯喔！聽起來很有意思！」

發出小孩子領到零用錢般的聲音。然後……

「但是……蓮會很危險喔。」

又以擔心小孩的父母一般的表情這麼詢問。

而蓮則是以首次自己在外生活的孩子一樣的表情回答：

「我知道。」

*　　*　　*

時間回到三分鐘前左右，也就是快開始十三點四十分的掃描之前。

巨蛋的叢林裡……

「可惡！這地方太糟糕了吧！」

一個男人這麼咒罵著。

他是待在巨蛋裡頭的三支小隊當中，其中一支小隊的成員。只見他身穿灰色漸層重疊的迷彩服以及同樣迷彩的頭盔。胸口還戴著看起十分堅固的護具。

這些是他們小隊統一的裝備。在水泥叢林的都市區裡，這樣的迷彩應該能派上用場，但是處於真正的叢林則反而變得相當顯眼。

雙手拿著愛槍「ＺＢ２６」機關槍的男人，這時蹲在一群雜亂生長的蕨類植物當中。

它是捷克國營兵工廠製的機關槍，正如其名稱所顯示是在１９２６年被製造出來，說起來已經是一個世紀前的武器。以性能優良且故障率低的傑作機關槍聞名於世的它，在ＧＧＯ裡是以「最便宜但性能沒有任何不足的極推薦款機槍」的身分流通於市場上。

「大家在哪？真的在附近嗎？」

以通訊道具向伙伴搭話後……

「在喔。站起來就看得到了。放心吧。」

確實得到了回答。但是從蹲著的視線望出去，就只能看到眼前綠色的草木。而那讓人產生獨自被留在這個地方的陰森恐懼感。

「這根本是『綠色地獄』嘛……」

進入巨蛋之後，不論到什麼地方都是一片叢林。

不是地形平坦且景色毫無變化，就是寸步難行且無法目測究竟走了多少距離，結果就是連自己這群人身處何方都搞不清楚。

認為視野不佳且無法判別現在位置的現在，隨便到處亂走的話相當危險，所以整支小隊就停了下來。為了不被連射一網打盡，小隊成員之間便拉開距離，等待著接下來的掃描。

期盼已久的時間即將來臨，隊長這時做出了指示：

「好，差不多要掃描了。大家要低調一點看啊。」

男人也遵照指示，從腿部的口袋取出掃描接受器並打開電源。然後看了掃描的結果。

他立刻就鐵青著一張臉。

「敵……敵敵敵敵敵……」

藉由機器畫面可以知道自己目前的位置幾乎是在巨蛋中央。他們在巨蛋裡面前進了1公里。雖然心理上感覺似乎走了更遠的距離，但可能只是因為「到處徘徊」所造成的錯覺吧。

同時也知道了敵人的位置。令人驚恐的是，竟然就位於自己這群人僅僅數百公尺的超近距離處。而且還是被兩支小隊給夾住了。

「敵……敵人！就在附近！」

「笨蛋，別大聲嚷嚷！」

伙伴這麼大聲回答他。

「怎麼辦呢？隊長？」

「現在問我怎麼辦，我也不知道啊……可惡，敵人也太近了吧，真的很不妙。」

從沙啞的聲音來判斷，隊長似乎也無法保持平常心。

啊啊，看來是沒救了……

手持ZB26的男人，身邊已經飄盪放棄掙扎的氣氛。

不應該因為看起來很有意思就跑到這座巨蛋裡面。

不應該因為GGO裡很少見，就踏入如此茂盛的叢林。

不應該因為沒有人想接，就用猜拳來決定隊長的人選。

許多的反省閃過腦袋。

「別開槍！別開槍！大家別開槍！」

終於連幻聽都出現了。

那道微小的聲音並不是經由通訊道具傳進耳朵。由於敵人不可能會說這種話，所以肯定是幻聽。

「我有話要說！在附近的小隊！我有話要說！請別開槍！」

幻聽變得越來越清晰。

「聽好了！不要開槍啊！我會先解除武裝！拜託了！」

終於變得像普通的聲音一樣……

「各位，我已經不行了。開始產生幻聽。可能是遊戲時間太長了。我先下線好了。」

男人揮動左手叫出視窗，尋找著登出的按鍵。

「第二屆Squad Jam大賽仍然進行當中。即使再次登入GGO也無法回到大賽當中。您確定要登出嗎？」

準備按下Yes的按鍵……

「笨蛋，快住手！」

如果不是急忙跑過來的伙伴抓住他的手臂，還差3公分他就要按下按鍵了。

十八個人集中到叢林的某一處。

「這個巨蛋內部，應該是能想得到的最糟戰場了吧。我想大家應該都覺得來錯地方了……」

十七個人聽著一名男人這麼說道。

這十八個人共分成三支小隊。

一支是灰色迷彩服小隊。一支是唯有楓紅時期才不會顯眼的迷彩服小隊。再來就是服裝雜亂，完全沒有統一感的小隊。

穿著紅褐色迷彩服，背負「AC－556F」突擊步槍的男人持續著演說。

「而且從剛才的掃描就能知道，上屆優勝者LF、準優勝的SHINC以及第三名的MMTM都在巨蛋周圍。那些傢伙當然會進到裡面來。因為從附近的小隊開始收拾就是大混戰的鐵則。」

男人當然不了解蓮參加SJ2的理由，所以說的是一般的情況。

「所以我們三支小隊就聯手迎戰他們！地圖東南方已經有七支小隊聯手了。沒有道理我們不能這麼做吧？上一屆比賽裡，我的小隊坐收漁翁之利打倒了一支小隊，但立刻就被人以同樣的手法打倒了。當時我就這麼想，SJ應該要共同戰鬥來存活下去！『如何想辦法和其他小隊合作』才是這個遊戲的醍醐味啊！」

上屆SJ裡，被航空自衛隊小隊炸死的男人，所說的話帶著熾烈的熱情。

「能夠像這樣不開一槍而如此接近，沒有戰鬥就湊在一起也算是一種緣分！讓我們攜手合作吧！然後把那些優勝候選小隊全都幹掉！」

結束演講的兩秒鐘後——

「老師，我有問題！」

上下半身都穿黑色戰鬥服，肚子前面掛著幾條細長腰包的角色舉起手來這麼表示。

「哦！那邊的帥哥，有什麼問題呢？」

紅褐色迷彩小隊的隊長配合著對方的演出這麼回答。

容貌確實端正到嚇人的俊美發問者……

「請別叫我帥哥。隊長大人，我的名字是『克拉倫斯』。大家都叫我『克拉』。」

他先說出了自己的名字。

不只是容貌，連聲音都相當悅耳。

像是能夠在成為男性偶像歌手，讓女歌迷不斷尖叫的ＶＲ遊戲裡十分活躍的遊戲角色。

只不過，轉移到這款遊戲來時，沒人可以保證能變成如此英俊的虛擬角色就是了。

「克拉嗎！那麼請說出你的問題吧！」

克拉倫斯輕鬆地問道：

「假設一切全如你所說的，順利把其他優勝候選小隊全部幹掉了。那麼從那個瞬間，就能再次開始血肉模糊的戰鬥嗎？更具體一點來說，就是能把槍管用力鑽進一瞬之前還在旁邊的男人屁眼裡，然後開槍也沒關係吧？」

嗚哇啊。這傢伙在說什麼啊……

雖然沒有實際說出來，但從氣氛就能知道，現場的所有男性都想逃離他身邊。

不論是GGO還是其他VR遊戲，都有許多以殘酷方法殺害其他角色產生快感的玩家。

當然因為是在遊戲裡面，只要你夠強就無所謂——

不過讓周圍覺得「人格是不是有問題？」的人通常不受歡迎也是事實。

就連克拉倫斯那些服裝各自不同的小隊成員，都露出不想跟他扯上關係的表情保持著沉默。

而接受提問的紅褐色迷彩服小隊的隊長由於一定得回答，於是開口表示：

「你雖然長得很英俊，但性格似乎有點問題……不過，這是個好問題。我想大家應該都想知道吧。」

「這麼說來，轟屁股是OK嘍？」

「我想回答『NO』。我在這裡提出把其他小隊全滅之後，在下次掃描之前不對攜手合作的小隊出手這樣的紳士協定。當然，如果距離下一次的掃瞄相當近——比如說三分鐘以內的話，那就改為下下次的掃描之後。不知道各位意下如何？」

面對問題的諸位紳士……

「好吧。」

「沒有異議。」

「我也贊成。這樣比較好。」

「三分鐘算適當吧。專心一志地逃跑，就能到射程之外了。」

所有人一致贊同，沒有任何反對者。

「克拉，那你呢？」

被對方看著的克拉倫斯，以搞笑的動作聳聳肩……

「了解。嗯，雖然我不是『紳士』，但要互相殘殺的話隨時都可以開始，所以我也ＯＫ。謝謝你的回答。」

「很好！那麼在這裡的十八個人就是同伴了！先以在這座叢林活下去為目標！用人數的力量打倒襲來的強敵吧！」

面對以堅定口氣說道的男人……

「但是……具體來說有什麼作戰計畫？我們雖然研究過小隊內的合作，但沒辦法和其他小隊聯合作戰喲。」

灰色迷彩服小隊裡有人舉手這麼發問。其他成員們也發出「對啊」的聲音表示贊同。

如果是同一小隊的伙伴，誰要用機關槍維持彈幕，誰又要趁隙繞到敵人後面都分工得相當清楚。但是要和今天剛認識的角色舉行天衣無縫的作戰行動應該相當困難吧。

另一個人又接著舉起手……

「而且這裡的視界還這麼差。老實說，連伙伴之間的合作都很困難了。你是已經考慮到這個部分該怎麼辦才提出聯合部隊的提案嗎？」

這也是相當重要的問題，所有人的視線因此都集中到紅褐色迷彩男的身上。

他像要表示「等很久了！」一般咧嘴笑了起來。

「嗯！我是有一個點子。我想把上屆SJ幹掉我們的方法，拿到這屆來使用。各位──」

在眾人注視之下，男人這麼問道：

「你們覺得在惡劣視界中也能了解對方行動的要因是什麼？」

＊　＊　＊

十三點四十三分。

有個綠色小妖怪在叢林裡前進著。

那是披著迷彩披風外套的蓮。嬌小的蓮只要半蹲著前進，其身體就幾乎被草掩蓋住，再加上迷彩的效果就幾乎看不見她的身影。只能聽見喀沙喀沙的細微草葉摩擦聲。

簡直就像在雜亂到看不見地板的房間裡，那種以「蟑」字開頭，實在不想提起全名的昆蟲一樣動著。

「前進100公尺。周圍沒有敵人的氣息。」

蓮的聲音傳到不可次郎耳裡……

「了解。我追上去了。麻煩妳引導。」

不可次郎則做出這樣的回應。

接著蓮就有意外的行動。

她迅速回頭看著跑過來的道路，在外套底下把P90架在肩上，並且用手指觸碰扳機。瞄準的是不可次郎的方向。

簡直就像是把在叢林裡頭的不可次郎當成敵人一樣瞄準。著彈預測圓出現在蓮眼裡。

「好，我看見了！」

不可次郎如此回答。

幾十秒鐘後，她就跑過叢林，正確無誤地來到蓮也能看得見的地點。

「那接下來換我。」

蓮放下手持的P90後轉過身子。同時這次換成不可次郎以MGL－140來進行瞄準。

把槍口，不對，是砲口對準蓮，並且用手指觸碰扳機。

而產生的彈道預測線就形成鮮紅色的筆直拋物線，一路延伸到叢林的草地上。

「看見了。過去嘍。」

蓮一邊抬頭看著從背部往上延伸的線條一邊跑了起來。

只要是子彈能保持威力飛過去的地點，彈道預測線就能貫穿障礙物。

「如果是全為雜草的叢林，子彈就可以貫穿障礙物，所以應該看得見預測線。只要雙方以彈道預測線互相瞄準，就可以不走散，同時筆直地前進！」

這就是蓮忽然想到的點子。率先前進的蓮固然危險，但她已經做出覺悟。這個實驗性的移動方法，果然正如蓮的預測一樣進行地相當順利。

兩人不斷重複這樣的程序，在叢林當中迅速地前進。

這時來到十三點四十四分。

不可次郎追上蓮，在她10公尺左右的後方，再次準備產生預測線的時候——

就聽見了槍聲。

「快趴下！」

「沒問題！」

蓮與不可次郎趴在叢林柔軟的土地上，聽著突然開始的槍聲。

5.56毫米級的子彈「噠噠噠噠噠噠噠噠」這種小太鼓連打般的清脆連射音，以及「咚咚咚咚咚咚咚」這種類似7.62毫米級子彈的沉重發射音。其中還混雜了應該是使用手槍子彈的衝鋒槍那種「噠啦啦啦啦啦啦啦啦」宛如啄木鳥的快速節奏。

這些槍火都因為被叢林蓋住而看不見……

「左前方大約２００到３００公尺左右。與前進方向有些差距。」

蓮以聲音做出判斷並這麼表示。

接著又抬起頭來仔細地確認四周圍……

「看不見彈道預測線。子彈沒有飛過來這邊。」

「ＯＫ！那就是那三支小隊互相在戰鬥吧！直接就這樣消失好了！算是幫了我們一個大忙！」

不可次郎說出內心真實的感想。

內心想著「確實如此」的蓮，聽了五秒鐘左右毫不間斷的戰鬥聲。

「有點奇怪……」

然後產生不對勁的感覺。總覺得現在依然可以聽見的槍聲有點奇怪。雖然不知道為什麼，但蓮還是叫道：

「奇怪……總覺得有點怪啊！不可。」

「哪裡奇怪？」

「現在聽見的槍聲——」

說到這裡，蓮就注意到了。

為什麼會覺得不對勁。

以及敵人的作戰。

「啊，我知道了！知道了喲！這是——陷阱。」

這時候酒場裡幾乎所有觀眾都在看Pitohui的戰鬥……

「好想看小蓮的活躍喔。」

「就是啊。怎麼不快點照到她呢。」

裡面也有像這樣的蘿莉控——或者是喜歡嬌小可愛女孩的傢伙。

這時候，可能是要實現他們的願望吧，畫面突然切換成一片翠綠的世界。

「太好了！開始啦！不知道會不會照到小蓮？」

他們感到非常高興。

也對待在附近的人們表示「這邊要開始上屆優勝者的戰鬥了」。

畫面裡頭，有幾個人在蒼鬱的叢林當中開槍。

三支小隊各派出兩名成員，總共六個人排成橫列。然後用各自的槍械拚命對深邃的叢林開槍。子彈貫穿幾十片葉子後往前飛去，從槍口噴出的氣體讓周圍的草都散開了。

由於觀眾已經看過之前洽談當中的影像，所以知道三支小隊已經組成共同戰線。

所以他們應該與除此之外的小隊接觸了。如果是戰鬥轉播的話，應該也會同時出現敵人這邊的影像，但這時候卻看不見。

四台攝影機所拍攝出來的四個畫面，只有從各種角度拍攝的六個人的射擊模樣。也就是說，他們單方面朝著看不見的敵人死命發射子彈，但看起來也像是因為害怕而拚命浪費著子彈……

「這些傢伙……到底在和誰戰鬥？」

觀眾們也對他們的行動感到疑惑。

「哎呀，不會是那個吧？狩獵地球人作為勇者證明的透明外星人。」

「老電影哏嗎！」

「不是，可能是有一般的怪物出現了吧？如果是魔王等級的怪物，不是就有靠光學迷彩而看不見的傢伙嗎？」

「大混戰的大會裡，從沒聽過會有怪物湧出耶。」

「所以說，只有這座巨蛋裡會這樣啊！ＧＧＯ本身就是首次出現這樣的叢林了，所以也有可能是『設有陷阱的區域』吧？」

「聽你這麼一說，確實有這種可能……」

他們持續了一陣子牛頭不對馬嘴的對話後，終於有一個敏銳的觀眾注意到是怎麼回事。

「啊，不是那樣……也沒有怪物。那些傢伙沒有在和誰戰鬥。就只是在射擊。」

「咦？——為什麼？射擊練習嗎？」

「不是啦。那些傢伙是在進行『戰鬥當中』的偽裝工作。」

「啊啊！」「這樣啊！」「原來如此！」

觀眾們也能夠理解了。

那三支隊伍聯合起來，打算迎擊進入叢林的小蓮或者老大她們，又或者是ＭＭＴＭ。由於不論哪支小隊都是強敵，所以就算占有數量的優勢也無法大意。

於是就設下了陷阱。

專心對著沒人的地方射擊，讓其他人聽見槍聲後以為他們在戰鬥。這是為了讓敵人產生「太好了，正在戰鬥當中，從背後偷襲」的想法，然後把想坐收漁翁之利的小隊引誘過來的陷阱。

紅褐色迷彩服的小隊長很清楚地記得，過去自己的小隊就是這樣才會全滅。

如此一來，自己也使用同樣的方法吧。而這就是他的作戰了。

「原來如此……確實是不錯的方法。因為叢林裡即使視野不佳，槍聲還是能傳到遠方。」

「而且小蓮和其他小隊，都還不知道這三支小隊已經聯手了吧？以常識來考慮的話，通常會覺得是『撞個正著而開始戰鬥了！』。」

「上當而笨笨地被吸引過來的話……就以伏兵來加以殲滅的戰法嗎？」

「沒錯。所以其他的十二個人應該散布在開槍的傢伙周圍，形成一面寬廣的包圍網了。」

「我們要是想坐收漁翁之利而靠過去的話，就會被散布在周圍的其他成員幹掉。」

「原來如此……但是，蓮妳是怎麼注意到的？」

叢林當中，蓮與不可次郎動也不動地舉行著作戰會議。依然可以聽見斷斷續續的槍聲。

「那些槍聲聽起來都是從同一方向的同樣距離傳出。這樣太不自然了。如此一來，就只有單方面死命朝一個方向射擊的可能性。」

「天啊，妳的耳朵也太好了吧。這到底是什麼技能？」

「『被M先生鍛鍊出來的技能』。」

上屆SJ之前被迫進行修行真是幫了自己一個大忙……

這麼回答的蓮同時這麼想著。那個時候才首次知道，耳朵在戰鬥裡有多麼重要。

「那現在怎麼辦？要出乎敵人意料，由我們主動攻擊嗎？」

「如果沒有更重要的目的，可能就會這麼做吧。」

蓮這麼回答。接著……

「直接慢慢地從包圍網裡逃走。因為不想在這種地方浪費寶貴的子彈。」

「了解。這樣應該是最好的辦法吧。」

「稍微往右邊迂迴一些來移動。要再拜託妳產生預測線了。」

「ＯＫ。我讓它出現在１００公尺左右的前方喲。」

不可次郎讓ＭＧＬ－１４０產生彈道預測線來作為路標。

蓮像是要從底下鑽過去般，再次像某種昆蟲一樣在叢林裡悄悄移動著。而當她前進了50公尺左右的時候──

「不可！縮減30公尺然後射擊！」

蓮突然這麼大叫。

上一屆的幸運，在這一屆已經煙消雲散了……？

蓮一面這麼想，一面詛咒著倒楣的自己。

她的眼前出現四名敵人。就在叢林前方僅僅10公尺左右的位置。蹲在該處茂盛的草叢旁邊警戒著周圍。

而眼尖的一個人注意到從草叢裡飛奔出來的蓮……

「敵人！在右邊！」

他一邊叫，一邊將手上「HK33」突擊步槍的槍口移過去。

蓮趴了下來並向神明祈禱。

希望不可次郎能夠立刻按照自己的指示去做。

他們不知道不可次郎的位置。

所以一開始的1發會被認為是敵人位置不明的狙擊，因此不會產生彈道預測線。不可次郎發射出去的槍榴彈在把槍口對準蓮並準備開槍的四個人附近炸裂。雖然沒有造成立刻死亡，但其中一人因為碎片而受了輕傷。

「嗚哇！」「嗚哇！」「嗟！」「啊啊？」

最重要的是，四個人全都出現前所未見的驚嚇。成功的讓準備開槍的人無法完成目的。

感謝神明和不可次郎大人！

蓮打起精神來全速前進。同時也開始從披風外套底下發射P90。

已經無法猶豫了。也不能節省子彈。

把出現在視界裡的著彈預測圓疊在最近的敵人上，然後以全力的自動射擊把子彈群灌注到對方身上。

當把第一個敵人打成蜂窩時，第二個敵人已經在眼前。於是把子彈轟進他的臉裡。殺掉他之後，第三個人就出現在眼前。蓮依然毫不容情地把子彈轟到他身上。

第四個人以「MP5K」衝鋒槍瘋狂掃射來進行攻擊，雖然1發9毫米子彈陷入左臂，但蓮還是毫不在乎地衝過去，鑽過預測線並且開槍。

男人從腳到身體出現多數著彈特效，當P90彈匣裡50發子彈射光時，他也就一命歸西了。

男人身上亮起「Dead」標籤的同時……

「蓮，沒事吧？」

耳朵裡也傳來這樣的聲音。蓮一瞬間猶豫著該從何說起……

「我沒事但是被敵人發現很糟糕謝謝妳的援護不小心用完一個彈匣然後打倒四個人了！」

她連珠炮般一口氣把情況報告出來。

早知道會這樣就選擇從巨蛋外經過了。

但現在這麼想也已經來不及。

「那真是太好了！但蓮也被擊中了吧？」

蓮確認自己的HP，發現減少了兩成左右。減少的量如此半吊子真的很讓人討厭。減少三成的話，就會毫不猶豫地打下急救治療套件了。

蓮在披風外套底下更換P90的彈匣。空的彈匣就直接放在現場。反正等大會結束之後，東西不論掉在什麼地方，都會回收到自己身邊。

這下子蓮在大會裡所能使用的子彈就剩下700發。

「還不成問題。妳能到這裡來嗎？」

「現在過去──嗚哇！」

不可次郎的聲音在中途變成悲鳴，接著蓮的耳朵就被猛烈的槍聲節奏覆蓋住了。

「嗚哇哇！被盯上了被盯上了！哇啊啊！」

接著是不可次郎不知道是高興還是害怕的聲音。

蓮雖然看不見，但很了解是什麼狀況。

距離這裡50公尺左右的叢林裡，不可次郎正遭受猛烈的攻擊。四名伙伴被打倒的小隊，其餘的成員一定一起朝那邊過去了。而且還是在瘋狂開槍的狀態下。

「不可！快逃走！」

「沒辦法這實在沒辦法！一抬頭就會被擊中，好恐怖啊啊啊！預測線閃閃發亮！嗚哇！擦過去了啊啊！」

蓮了解槍聲已經慢慢靠近了。

「這下不行了。蓮啊……妳自己先走吧！」

蓮的腦袋裡頭……

見死不救。作戰。貴重的犧牲。主要目的。戰略性撤退。女人的友情。

浮現各式各樣的單字。

「不可！妳在那裡可以交換槍榴彈嗎？」

蓮用左手操縱倉庫欄並這麼詢問。她的眼前出現視窗，接著是道具名單，蓮從裡面選擇了一個預備的彈匣。

「嗯，可以喲。因為我是在凹陷處仰躺著！」

蓮接著又選擇了另一個道具，然後按下將這兩個道具實體化的ＯＫ鍵。

「那照我所說的去做！首先隨便發射５發槍榴彈！把彈倉清空！」

「Ｏ……ＯＫ！——喔啦喔啦！」

敵人吵雜的槍聲裡參雜著不可次郎發射槍榴彈的可愛聲音。接著是從遠方響起的爆炸聲。

「重新裝填！『說好的那個』，在這裡就要實行了！準備好就告訴我！」

「嗯……嗯！這樣啊！等一下喔！」

蓮把實體化的新彈匣插進空著的腰包裡。然後把另一個道具安裝到Ｐ９０的槍口。

這個直徑４公分左右，長18公分的金屬圓筒，正是Ｐ９０用的消音器。

它是利用和不可次郎的練習賺來的點數，尋找許久之後才入手的高價且稀有的道具。安裝之後雖然能夠抑制不少尖銳的槍聲，但也會因為變長而比較不好操控。

大概十秒之後……

「裝填完畢！可以上嘍！」

不可次郎的話讓蓮以左手扯下迷彩披風外套並大叫：

「往正上方拚命射擊！」

「啊啊，那個拿槍榴彈的女孩沒救了。」

轉播影像當中可以看見不可次郎陷入絕望的狀況。

蓮利用敏捷的身手將害怕槍榴彈的四個人全滅固然是很好，但位置也因此被清楚地得知，剩下的十四個人一起往這邊襲擊過來了。

而且是確實地在叢林裡排成一橫排並且散開，為了不讓敵人抬起頭來而緩緩進行著交互射擊。

藉由邊張開彈幕邊移動，讓敵人無法反擊也無法逃走。

明明是臨時組成的隊伍，作戰卻相當有默契。畫面當中的不可次郎已經完全無法動彈。

雖然身體剛好落在地面凹陷處所以免於被子彈射中，但是從曳光彈的光線就能清楚看到子彈不停從她頭上擦過的模樣。周圍的葉子被子彈射下來後紛紛堆積在她身上。

再靠近一點後，往凹陷處丟幾個手榴彈，一切就可以結束了。

「她被幹掉的話，蓮也很危險吧？」

「憑小蓮的腳程，現在應該可以丟下伙伴自己逃走吧？實在無法一次對抗那麼多人。我是小蓮的話就會這麼做……」

「如此一來，之後就會極為不利。在車站的戰鬥裡，那個女孩靠著支援砲擊立下很大的功勞吧。」

除了有如此冷靜分析的一群男人之外……

「從剛才就叫她們『女孩子』，但那只是外表看起來年輕，現實世界裡有可能都是三十幾歲的熟女喔。這樣你們也能接受？」

也有毫不留情地大潑冷水的男人。此外……

「三十多歲的淑女？雖然我是十八歲的處男，但那可是我超喜歡的天菜。」

也有大嘴巴說出自己喜好的年輕勇者。

「喂，下次要不要一起去玩ＶＲ成人遊戲？真的十八歲以上的話我可以帶你去喔。因為那裡需要介紹信。」

「真的嗎？」

「君子無二言。」

「請讓我叫你一聲『大哥』吧！」

「沒問題！但可別愛上我啊。我可對同性沒興趣喲。」

「你們到別的地方去說啦！」

畫面當中，實際上十九歲的不可次郎維持仰躺的姿勢連續發射了5發槍榴彈。

開始反擊的她……

「喔！」

讓眾男性觀眾探出身子，但5發槍榴彈都距離敵人相當遠，朝著後方飛去後炸裂開來。不要說擊退敵人了，連阻止他們的進擊，甚至是讓他們趴下來都辦不到。

「唉～……」

不可次郎雖然把手繞到背包裡再次開始裝填槍榴彈，但觀眾的反應卻很冷淡。

「就算武器再厲害，在這種狀況下也無計可施。」

「沒辦法起身瞄準的話，發射再多發也沒有用吧。」

另一個畫面裡，蓮正在為P90裝上消音器。

「喔！小蓮打算要上嘍！」

「還準備了那種東西啊。」

「連消音器都是粉紅色，還真是徹底耶。」

並排在天花板上的兩個螢幕其中之一，不可次郎已重新裝填完畢，MGL－140恢復為可以射擊的狀態。

旁邊的螢幕則照出蓮迅速扯下迷彩披風外套，恢復成全身粉紅的模樣。

看見這在叢林裡無疑相當顯眼的外表……

「咦……？小蓮開始自暴自棄了嗎？」

某個人就這麼說著。

同時不可次郎也把MGL－140往正上方連射。

「咦……？連這個女孩都自暴自棄了？」

不可次郎發射出去的6發榴彈變成黑色塊狀物飛上天空，然後靠近藍色天花板——

最後輸給重力，以發射的順序降落在不可次郎周圍。

然後那個世界的顏色就改變了。

「什麼！」

不斷對著目標射擊並且往前進的紅褐色迷彩服男以及——

「怎麼了！」

從畫面上看到這種情況的男人們同時叫了起來。

現在叢林整個染成粉紅色。

「蓮！成功了！」

「ＯＫ！我看到了！」

蓮的視界前方，也就是茂盛的雜草後面，已經可以看見染成一片粉紅色的世界。帶著粉紅色的空氣，就像會繁殖的生物一樣往外擴散。

扯下披風外套變成粉紅色的蓮，就全力朝著該處衝了過去。

「是煙霧！所有人都別輕易開槍！也給其他小隊做出指示！」

紅褐色迷彩服男大叫的瞬間，他的身體也被粉紅色的煙包圍住了。

不可次郎發射出去的是能產生煙霧的彈頭——煙霧槍榴彈。

而煙霧的顏色是暗沉的粉紅色。和蓮的服裝與裝備完全相同的顏色。

原本並沒有這種顏色的煙霧槍榴彈，但取得「自製彈頭」技能的蓮，全力發揮巧手之後就調和出這樣的顏色。

這種煙霧不像怪物的氣體攻擊那樣具有毒性。眼睛與鼻子不會因此而疼痛，也不會感到呼吸困難。

雖然單純，但也最為恐怖的是——

它具有「掩蔽視界的效果」。

光是1發就能擴散到相當寬廣的範圍，現在發射了6發，而且還是在叢林這種通風不佳的狹窄範圍內發射出去，這將會造成什麼樣的後果呢？

「什麼都看不見了……」

敵人小隊殘活下來的十四個人，現在就親身體驗著它造成的效果。

另外……

「一片模糊……」

酒場裡的男人們也一樣。

攝影機應該捕捉到人影，但畫面上只是一片粉紅色。

簡直就像播出事故一樣。

「冷靜下來！煙霧不久後就會散開！在那之前千萬別隨便開槍！不然一定會傷到自己人！把我的話傳達給伙伴知道！」

粉紅色煙霧當中傳出這樣的冷靜指示。

視界已經剩下不到5公尺。雖然能清楚看見腳下的草，但抬起頭來之後形狀就越來越模糊，然後以加速度的方式變化成一整片粉紅色。

由於天空相當明亮，所以上方的視界比較開闊，但敵人並不是鳥類，所以那根本沒有什麼用。

「這是什麼啊？為什麼是粉紅色的煙霧？」

不知道誰這麼說道。而他提出的是切中核心的問題。

「粉紅……？啊，粉紅……」

然後另一個人就注意到恐怖的事實。

「是……是那個傢伙……那個傢伙要來了……」

「『那個傢伙』是？」

「笨蛋！當然是上一屆的優勝者啦！所有人提高警覺！粉紅色的惡魔要來了！」

這麼大叫的男人，視界左上角伙伴的ＨＰ忽然開始急遽減少。

「追加一人！」

聽著蓮的聲音……

「很好喔很好喔！」

不可次郎急忙在粉紅色煙霧當中再次開始裝填。

塞進ＭＧＬ－１４０裡頭的槍榴彈，當然是特製的粉紅色煙霧彈。

背包裡面依然有存貨。再次裝填好後就再度發射，為的是不讓煙霧散去。

「已經看不見了，絕對不要把頭抬起來喔！不可！」

「就算搞錯打中我也不用在意！」

利用不可次郎的火力，將粉紅色的槍榴彈朝附近發射出去，然後揚起一片煙幕。

接著蓮就在煙霧裡奔馳，以加裝消音器抑制槍聲的Ｐ９０瘋狂射擊。

你問要射哪裡？那就只能臨機應變了。

到處奔走的蓮只要覺得那是人就開槍。就算是樹木或者石頭也無所謂。總之開槍就對了。

而且還是全自動模式，最少也會發射５發子彈。

一邊移動一邊射擊，盡量不讓腳步停下來。邊跑邊開槍，然後邊跑邊交換彈匣。就算猛烈撞上什麼而跌倒也不會哭泣。

這是因為蓮她們的小隊只有兩個人，所以自相殘殺的危險性相當低才能夠成立的作戰。

而這原本是準備拿來對付Pitohui的點子。

為了對抗恐怖的強敵，也就是所謂的最後手段。

沒想到這麼快就得在這種地方實行這個作戰。

蓮生氣了。

對自己接二連三的霉運。

自己選擇穿越巨蛋的錯誤決定。

以及——

聯手在這個地方張開包圍網的三支小隊感到生氣。

雖然最後完全是遷怒……

「把你們全部幹掉。」

蓮在粉紅色煙霧中奔馳著。

「發生什麼事了！」
「誰知道啊！」
畫面全變成粉紅色，讓酒場裡的觀眾只能大聲抱怨著。
雖然知道蓮想做些什麼，但是她最重要的活躍畫面這時候卻完全看不到啊。
「看不到我的小蓮啊！」
下一個瞬間——
怎麼樣，變亮了吧？
簡直就像燃燒鈔票來告訴別人鞋子在哪裡的暴發戶一樣，畫面突然切換了。
營運公司為了讓觀眾享受這場戰鬥而提供了貼心的服務。這時灰色與黑色交雜的畫面上，映照出白色的人影。
「是熱像儀模式。」
某個萬事通立刻這麼表示。
探測出遠紅外線並且將其映照出來的就是熱像儀。
它也是夜視裝置的一種，但與純粹只是增幅光線的系統不同，擁有即使在煙霧當中也能探測出熱源的特徵。
不論是什麼（設定上）放射出熱能的物體，都能映照出其白色的外形。

只不過在GGO世界裡所見到的，終究是電腦圖形，再繼續追根究柢的話，就只是「把看見那個的擬似訊號傳送到玩家腦裡」而已。

畫面當中，並排著的白色人影應該就是三支小隊聯手後的成員吧。手上的槍械也因為剛發射大量子彈，槍身的中心顯得非常明亮。

此外還有不展露實體的白色小影子朝著那一群人靠近。

用足以留下殘像的快速動作不停到處移動，只要在附近發現其他白色影子，手上的槍就立刻噴出白光，而前面的人類就應聲倒下。

「哇哈！是小蓮！」

「伙伴被幹掉了！應該在左邊！」

發現小隊成員的HP被轟光，身穿灰色迷彩服的男人便這麼大叫。

周圍從剛才開始就一直是粉紅色。明明有人說立刻就會散去，但即使經過三十秒以上的現在，眼前依然是一片霧茫茫。

雖然這是因為不可次郎每次完成裝填就進行追加射擊的緣故，但男人就連這一幕都看不見，所以已經完全搞不懂發生什麼事了。

人類所能承受的壓力依然有其限度。

在粉紅色煙霧包圍下什麼都看不見，只知道同伴不停地減少……

「可惡！」

這也難怪他會再也無法壓抑內心的衝動。

灰色迷彩男把擺在腰間的ZB26機關槍朝向傳出喀沙喀沙聲的方向……

「吃子彈吧！」

然後毫不留情地開槍。而且是用全自動模式。

「喀噗！」

可以聽得見人聲混雜在槍聲當中……

「幹掉了嗎！」

男人有了擊中敵人的手感，於是停止射擊。

下一個瞬間，就有子彈發出低吼從射擊的方向飛過來，命中手上的機關槍後爆散出火花。

「哇呀！」

跳彈陷進臉裡，造成閃亮的著彈特效。

「被打中了！」

邊叫邊一屁股跌坐到地上的男人……

「什麼！——在那裡的人是你嗎？」

耳朵裡聽見伙伴這樣的聲音。

聽見附近有巨大槍聲，就會反射性往該處射擊。

在粉紅色煙霧當中響起數道沒有經過抑制的槍聲，有時還混雜著悲鳴。

只有酒場裡的觀眾……

「啊～……」

確實把握著現場的狀況。

終於開始自相殘殺了嗎？

同一支小隊的話還能夠藉由通訊道具互相溝通，但集合三支小隊那麼多人數的話就很難這麼做，不斷出現聽見附近有槍聲就朝著該處開槍反擊的人。

而最重要的人物蓮則是一聽見槍聲的瞬間，就整個人趴在地上一動也不動，讓敵人自己去互相殘殺。

只有一個玩家以害怕的模樣來到趴在地上的蓮面前，於是蓮就從下方把他打成蜂窩。

一陣子之後，同伴間的自相殘殺也告一段落，開始聽不見槍聲了。

蓮立刻站起來在煙霧中四處奔馳，反覆毫不容情地對著附近的人開槍射擊。

「有嬌小的粉紅色人影到處亂竄！伙伴被擊中了！馬上就會看不見人影！」
這麼大叫的男人，右邊臉頰被某樣物體從斜下方往上頂。接著……
「跟同伴說『粉紅色敵人被我幹掉了！大家別再開槍了！』。」
從近處聽見女性凶狠的聲音。
不用往該處看也能知道是敵人……
「如……如果拒……拒絕的話……？」
男人這麼問道。
酒場的畫面當中，以加裝消音器的P90抵住高大白影的小不點白影開槍了。
從臉頰被貫穿頭部的男人，連同手上的AC－556F一起往左邊倒。
「第五個！」
酒場裡的氣氛一口氣熱絡了起來。
灰色迷彩服的男性在粉紅色煙霧中……
「咿！啊！」
維持站姿的情況下，把擺在腰間的突擊步槍「M4A1」的槍口往左右兩邊擺動。

大概每隔兩秒就會左顧右盼——而且雖然在煙霧裡什麼都看不見，但只要稍微看到什麼就打算要開槍，所以手指一直放在扳機上。

「啊咿！」

不知道是第幾次轉向左邊的瞬間，右後方就出現粉紅色的幽靈般人影，但男人還是像完全沒有看到一樣。

紅褐色迷彩服男緊緊貼在地上。

趴在叢林的土地上，架著AC－556F，手指一直放在扳機上讓著彈預測圓持續出現在眼前。

「來吧……從哪邊攻過來都沒關係……」

他打定主意，只要煙霧當中有任何會動的物體碰到這個預測圓，不論是敵人還是伙伴自己都會開槍。

一條紅色線條從預測圓旁邊一點的地方貫穿煙霧延伸過來，根本沒有迴避的時間，5.7毫米子彈群就朝男人周圍蜂擁而至……

「喀噗！」

同時也命中了他的身體。

看見蓮解決趴在10公尺外的男人後，觀眾們……

「剛……剛才那是怎麼回事？瞄準好才攻擊的嗎？」

「從剛才就是這樣了，馬上就能逼近敵人。是不是只有小蓮能夠看見對方？」

說出了理所當然的感想。

目前所有的畫面都依然是熱像儀模式，所以周圍應該都還是煙。怎麼想10公尺前方都依然是看不見的狀態才對。

「是彈道預測線。」

某個人這麼回答。

「即使在煙霧當中，還是可以鮮明地看見作為輔助的預測線吧？看見敵人一直放射出來的預測線，就順著它找人。然後朝它的根源射擊。」

「啊啊！原來如此！」

啊啊！太浪費子彈了！

蓮一邊這麼想，一邊用P90的全自動模式對再次發現的彈道預測線根源連射一秒鐘以上。

低沉的槍聲響起時，就有空彈殼從底下飛出去。

其實一點都不想發射這麼多子彈。接下來還有解決Pitohui這個重要的工作在等著自己。絕對不能浪費子彈！

但根本不知道預測線根源的敵人是採取什麼樣的姿勢。有可能趴著，也有可能站著。甚至有可能是全身著裝防彈護具的角色。要讓這樣的敵人死亡，不邊移動準心邊轟個20發子彈的話總是無法安心。明明只要能瞄準頭部的話，命中3發子彈就能了結對方的生命了啊。

由於預測線立刻就消失，所以應該是打倒敵人了，但預備的彈匣也不停地減少。而且又再次發現敵人造成的彈道預測線。蓮從底下鑽過後往該處靠近，結果比想像中還要近，立刻就發現人影。

這邊雖然已經注意到他，但託全身粉紅色的福，對方仍然沒有發現自己。蓮像是看準獵物的貓一樣迅速從側面繞過去，將著彈預測圓疊在高大男人側頭部，然後簡短地扣下扳機。

「蓮！接下來的6發是最後了！」

幫忙定期補充煙霧榴彈的不可次郎，這時候聲音透過通訊道具傳到蓮的耳朵裡。

為了Pitohui戰做準備而改造的煙霧槍榴彈總共是24發。雖然是沒辦法，但想不到已經在這種地方用掉18發了。

蓮在心中嘆著氣……

「那別發射了！保留下來。」

然後這麼回答。

粉紅色的煙霧緩慢，但是確實地變淡。不過只要蓮沒數錯的話，應該已經打倒十個人了。

「還剩下三四個人而已，我四處移動來把他們幹掉！不可也保護好自己的安全！」

「了解！」

蓮聽著回答，同時瞄了一眼Ｐ９０的彈匣。半透明的彈匣裡能看見只剩下5發子彈。

於是很乾脆地換了新的彈匣。

以左手操作彈匣卡榫的拉桿解除固定。抬起槍口讓彈匣往下滑落時，左手已經從腰包裡抽出新的彈匣。

裝進槍身裡的已經是第六個彈匣。也就是說立刻能使用的子彈，包含殘留在腰包裡的總共只有１０１發。

想不到打倒十個人就花了將近２００發子彈！

真是出乎意料的大量消費。但為了不在此死亡，這是必須付出的代價。

可惡！怎麼這樣！怎麼會這樣呢！

心頭湧上對各種事情的憤怒……

「喂！我們逃走吧！」

「嗯嗯！哪能繼續跟這樣的傢伙耗下去！」

嗖哦哦哦哦哦、喀哦哦哦哦哦哦、喀啊啊啊啊啊啊。

槍口全都朝發出聲音的方向移去。

「太好了！兩個人掛掉了！這樣……總共幾個了？」

「大概是十二個吧。最多剩下兩個人。」

「贏了吧！」

「不愧是小蓮！」

場面熱絡的酒場裡，螢幕從熱像儀模式恢復成通常的畫面。

由於煙霧槍榴彈沒有繼續追加，所以粉紅色煙霧漸漸變淡。綠色的雜草取回原本的輪廓，

然後開始可以看見許多參雜在裡面的「Dead」標籤。

這確實是鏖殺無誤。

狹窄的區域內到處躺著屍體，其中甚至可以看見重疊在一起的犧牲者。

SECT.11

第十一章　十分鐘內的鑒殺・其之二（下）

「嘿咻嘿咻……」

等到完全聽不見槍聲，不可次郎才從凹陷處撐起身體。

這時她眼裡的叢林……

「喔喔。真是太猛了。」

一大片草地被掃平，上面躺了大量的屍體。

以面積來說，大概是40公尺的四方形吧。真是距離極短的近身戰。距離自己5公尺左右的地方，也躺了三具屍體。

而其中的一具……

「唔喔喔喔喔！」

突然站起身子襲擊過來。原來他只是緊緊趴在地上，並不是什麼屍體。

那是一名全身綠色戰鬥服的高大光頭男。

手上拿的是「SIG SG510」。這是瑞士軍隊在1957年所採用的，使用7.5×55毫米子彈的強力突擊步槍。

它的特徵是1．2公尺左右的超長全長、前半部是像棒子一般的細長外形，以及將近6公斤的重量。它在ＧＧＯ裡也是相當罕見的槍械。

男人試著以身體衝撞不可次郎。

仔細一看之下，他雙手抱住的ＳＧ５１０上沒有裝上彈匣。看來是子彈射光後自己拆下來，但被蓮擊中之後就沒有時間換上新的彈匣了。

「嗚喔！」

不可次郎當場啪一聲躺了下來。

衝過來的男人……

「嗚哇！」

被不可次郎絆住腳而跌倒。槍械離手掉到地上，身體則滾了3公尺左右的距離。

「哼，想打嗎？」

不可次郎一邊發出凶狠的聲音並迅速站起身子，同時把在這種距離下完全無法使用的武器——以背帶掛在雙肩上的ＭＧＬ－１４０丟到地上。因為預測到會有這種情況，所以背帶中間部分設有帶扣，從兩側一按就能解開。

兩把ＭＧＬ－１４０掉落在男人離手的ＳＧ５１０兩側，整個陷入叢林柔軟的土裡。這時不可次郎的右手已經迅速朝最後的武器，也就是收在右腿槍套裡的手槍伸去。

「可惡……——啊，真氣人！」

站起身來的男人，注意到手上沒有武器。

「很可惜！向你的神明禱告吧！」

然後又看見距離5公尺外的地方，一名嬌小的女孩子隨著耍帥的台詞把手槍對準自己。

不可次郎右手上的M&P手槍噴出火光。

磅磅磅磅磅磅磅磅磅磅磅磅磅磅磅磅！

那是超高速的連射。滑套以猛烈的速度後退並排除空彈殼，又因為彈簧的力量往前進，把咬著的下一發子彈送進彈倉之內——扳機被扣下後，就再次噴出火光與子彈。

連續飛舞在空中的空彈殼發出閃亮的光芒。

最後1發子彈發射出去，滑套就退盡並停在該處。

「哼，怎麼樣啊？」

讓對方嘗到毫不容情的單手連射後，不可次郎就用下巴指了一下對方。

「…………」

而單方面遭到槍擊的男人，雖然把雙手交叉在臉龐前面拚命地抵抗，但最後就……

「咦？」

注意到自己沒有任何地方被擊中。

不但不覺得疼痛，連著彈特效都沒看見，HP也沒有減少。

「咦咦？」

光頭男的聲音……

「咦咦？」

與不可次郎的聲音漂亮地重疊在一起。

「咦～？這麼近的距離，讓我打中一下好嗎！」

面對著急的不可次郎……

「小姐……妳該不會是……手槍射擊的技術爛到極點吧？」

男人咧嘴笑了起來。

男人接著往前走一步。慢慢朝不可次郎靠近。

「嘿，嘿嘿嘿……這……這場大會裡，被打倒的屍體在十分鐘裡會成為『不可破壞物體』而留在現場吧……」

男人以下流的笑容這麼說道，然後左腳又往前跨出一步。

接著說出極為恐怖的發言。

「這……這段時間裡……就算盡情觸摸屍體，也不會出現『性騷擾警告』吧……」

包含GGO在內的VR遊戲裡，如果執拗地觸碰異性身體（即使是同性，只要當事者感到不舒服）就會出現性騷擾警告。

到時候將被課以罰責，而且罰則還會累計，如過這樣還不停止性騷擾的話，帳號將被永久停權。不論經過多少鍛鍊，這個ＩＤ都無法回到任何一個ＶＲ遊戲當中。只能夠面對一切從頭來過這個玩家所能想到的最糟糕結果。

但戰鬥中就不能算是性騷擾了。不這樣的話，就無法進行刀子或者毆打等接觸系攻擊。

如果是平常的ＧＧＯ裡，屍體會立刻變成細小的多邊形碎片並且四散，而ＢｏＢ則是到比賽結束，至於ＳＪ則是會有十分鐘直接躺在喪命的地點。

這也就表示，十分鐘內裝成是攻擊的話就能盡情撫摸對方的理論得以成立。不是真正戰鬥的話攝影機也不會靠過來，所以也不會被觀眾看見。

「嘿嘿嘿……」

也就是說，這個男人腦袋裡只想著殺死可愛又嬌小的不可次郎後，就要盡情撫摸屍體並且對其做些色色的事情……

「笨蛋——！這個死變態下流鬼不是人的狗畜生！再胡說我會幹掉你喲！」

注意到這一點的不可次郎，隨即以銳利的眼神瞪著對方，毫不留情地痛罵了他一頓。

「嘿！妳要怎麼殺？連這種距離都射不中的超級外行人跑來ＧＧＯ，還厚著臉皮參加ＳＪ，要怪就怪妳自己吧！」

男人一邊大叫，一邊把雙手伸到前面朝著不可次郎撲了過去。

這已經和ＧＧＯ和ＳＪ無關，單純是變態的行動。

「少看不起人了！」

不可次郎全力把沒有子彈的愛槍Ｍ＆Ｐ丟出去……

「喀噗！」

射擊明明都射不中，但這時卻漂亮地擊中衝過來的男人額頭。

但光是這樣，還是無法阻止被猛烈原始衝動驅使的男人那變態般的速度。

不可次郎在腳邊發現男人那把沒有子彈的ＳＧ５１０，就把左腳尖插進下方。

「哼！」

然後用右腳踏向它的槍托。

當其細長的棒狀槍身因為槓桿原理而忽然往上冒起時，不可次郎隨即用雙手把它緊緊握住。

「那又能——」

幹什麼？

正想這麼說的男人……

「嘿呀！」

下巴就遭到不可次郎從正下方毆打。

兩人戰鬥的模樣，也被酒場裡的觀眾看在眼裡。

首先是倒著的男人朝不可次郎襲去然後被絆倒……

「真可惜！」

接著遭受不可次郎無情的手槍連射，所有人都浮現「啊～這下死定了」的念頭……

「咦？」

看見全部沒射中的情況，接著兩人對話了一陣子，男人就猛衝了過去。

啊啊，那個女孩沒救了。肉搏戰的話她不可能獲勝。

每個人都浮現這種想法的瞬間，男人巨大的身體就吃了一記下鉤拳而整個往後仰。

「哎呀？」

「哇啊！」

男人從背部倒下，下巴——雖然沒有中彈，但是卻出現受傷特效的紅色閃光。ＨＰ也減少了一成左右。

「什……？」

抬起頭的男人看見的是……

「別以為能得逞！」

握住自己槍械的嬌小女孩。

不可次郎緊握住男人ＳＧ５１０的槍身，簡直像雙手劍一樣舉著沉重的槍。

「啥？」

「啥？」

男人的聲音與酒場裡觀眾的聲音漂亮地重疊在一起。

畫面上映照出來的是，嬌小的女孩子倒舉著長長步槍的構圖。

「等等，用那個來戰鬥怎麼說也太勉強了吧？」

「但是，剛才那一擊漂亮地擊中了耶。」

「碰巧的吧？ＧＧＯ是槍戰遊戲喔。」

「別……別瞧不起人！」

光頭男起身後，再次沉下腰部往前撲去。

現在驅動他的——

唯一只有一個願望。

就是推倒那個嬌小的女生，勒住脖子殺死她，然後對她做些色色的事情。

「呼！」

不可次郎的右腳往外滑出一步，往右一轉後把背部朝向男人。

酒場裡的所有觀眾，都認為這是為了逃跑的動作。

他們都認為就算逃走也立刻會被追上，然後很輕易就會被差距相當大的體格壓倒。

只有一個人……

「啊！」

發現了隱藏的真實。

他在心中大叫著。

這女人玩過奇幻系ＶＲ遊戲！她很擅長使用長劍！

把背部朝向對方，是為了揮舞沉重打擊武器的事前準備動作。

「嘿呀啊啊啊啊啊！」

隨著渾厚的喊叫聲，不可次郎一邊大大地把左腳往後拉，一邊將身體往左邊扭動，並且斜擺著雙手握住的ＳＧ５１０，再以猛烈的速度往下揮落。

「咦？」

在絕佳的時間點，朝著衝過來的男人左肩砍出一記袈裟斬。

這是轉動腰部後，加上所有力道與速度的強力無比打擊。

ＳＧ５１０槍托的上部，確實地把男人的鎖骨打得粉碎。然後又趁勢往前折斷其肋骨與胸骨。

「哇啊啊啊！」

男人從肩膀到腹部出現長長的傷害特效，整個人直接往前撲倒。

仰躺在地上的男人感受著從胸口到腹部的疼痛，這時又有一道擺出大上段姿勢的嬌小人影覆蓋住他往上看的天空……

「女性的敵人將受到天罰！切斯特（註：劍道的示現流出招時的喊叫聲）！」

「咦？」

「劍」伴隨留下殘像的猛烈速度被揮落。

「不可？妳在哪？沒事吧？」

粉紅色煙霧完全消散的世界裡，全身粉紅色的蓮單手拿著P90尋找自己的伙伴……

「啊，我在這裡喲！看得見黑色的槍嗎？」

隨著聲音，可以看見叢林的草上面有黑色槍托在晃動著。

咦？

那似乎不是不可次郎的MGL－140。於是蓮就在保持警戒的情況下撥開草叢往前進……

「嘿呀！」

「喀噗！」

眼前出現實在令人慘不忍睹的光景。

不可次郎以雙手握住沒看過的長步槍槍身，然後對著眼前仰躺的敵人，也就是已經快哭出來的光頭男揮落。

槍托前端猛力擊中右手，迅速舉起來後換成左手。然後是右腳踝、左腳踝。

「──呀！──呀！──呀！──呀！」

男人只能任由擺布，不過對準四肢前端的打擊沒有造成太大的傷害，只是飛散出淡淡的傷害特效。HP雖然減少了，但距離死亡還有相當遠的距離。但被擊中的部分應該會麻痺並且感到相當疼痛吧。這根本是拷問了。

「嗨，蓮。妳平安無事就好。」

不可次郎再次把槍舉到大上段的位置並這麼說，只知道不可次郎也平安而且元氣十足，但其他事情全不清楚的蓮……

「這……這是怎麼回事……？」

「沒有啦，只是想至少要幫忙打倒一個人！」

不可次郎以爽朗的笑容這麼回答。然後瞪著男人說：

「來啊來啊！你不是要碰我嗎！」

然後再給對方一擊。步槍朝著左手前端揮落。

可以聽見「啪嘰」的刺耳聲音，接著手指就因為傷害特效而發出紅光。如果是在現實世界，男人的手指一定會變成粉碎性骨折吧。

光頭男以淚眼婆娑的表情看著蓮，然後用軟弱的聲音說：

「救……救救我吧……我想要登出，但左手麻痺……沒辦法打開視窗……請……請殺了……我吧……」

最後以尊敬的口氣這麼懇求著。

「喂，別開玩笑了！你這種女性的敵人，哪能讓你死得這麼痛快！」

面對不可次郎激烈的責備……

「對不起不會再犯了不會再犯了不會再犯了不會再犯了！」

光頭男雙眼流下斗大的淚珠這麼大叫。

「…………」

蓮對不可次郎使了個眼色之後……

「ＯＫ。已經夠了。啊～舒服多了！」

不可次郎放下擺在大上段的ＳＧ５１０，並把它往旁邊丟去。看來相當沉重的步槍在空中不停旋轉，最後消失在叢林當中。

蓮把Ｐ９０的消音器前端對準男人的太陽穴……

「啊啊……得救了……神啊……」

１發子彈就讓發出放心的言詞並且感謝天神的男人不再受苦。

「我想這樣應該就打倒所有人了，不過還是數一下吧！」

蓮這麼說完，就開始數起周圍的屍體。煙霧已經完全散去，叢林又恢復成一片翠綠。此起彼落的多數子彈掃倒了草木，讓視野比剛才開闊許多。

蓮快速走過散亂的各具屍體旁邊……

「8、9、10——」

然後數著上面的「Dead」標籤。

「13……」

蓮數到這裡時，把丟出去的M&P回收，然後將MGL－140掛在雙肩上的不可次郎就這麼說道：

「嗯。已經全滅了吧？」

「一般來看，最多應該有十四人才對……」

蓮這麼說完後……

「啊！對喔……」

就繃起臉來迅速轉過身子。

蓮架起P90，緩緩往前走。瞄準的方向是10公尺左右前方一堆屍體疊在一起的地方。

「唔唔？」

不可次郎也跟著她前進，而蓮在距離屍體4公尺左右時忽然就開槍了。

對著倒地的屍體開了3槍。

由於屍體已經變成不可破壞物體，所以就算被擊中也不會有任何變化。只會被當成——吸收子彈威力的不可思議牆壁。

但是，那具「屍體」並非如此。

「好痛！」

被擊中後就這麼大叫並跳起來，一屁股跌坐到地上。

那是身穿黑色戰鬥服的帥哥角色——克拉倫斯。

「果然如此！」

「喔喔！裝死作戰！」

蓮與不可次郎大叫了起來。這傢伙趴在某個人的屍體上，偽裝身上浮現出標籤。

克拉倫斯保持坐著的姿勢，舉起帶著全新閃亮著彈特效的雙手……

「被識破就沒辦法了。好啦，投降，投～降～！」

英俊的容貌邊露出微笑邊這麼表示。

「妳們看，我沒有武器喲。主武器在剛才的亂戰當中被人擊中後就掉了。腰上雖然有手槍，但一拔起來妳們就會開火了吧？」

「那是當然！」

蓮把著彈預測圓疊在克拉倫斯臉上這麼說。

「我想節省子彈。接下來1發都不想浪費了。希望你能自己投降。」

「嗯，也沒辦法了。不過，不介意的話要不要稍微聊一下？妳們真的很可愛。我最最最喜歡像妳們這種又強又可愛的女孩子了！」

聽見這個帥哥以爽朗笑容光明正大地說出搭訕台詞……

「嗚……」

蓮就露出十分厭惡的表情……

「這傢伙真有趣耶。聯誼時都希望有個這種人。」

不可次郎反而露出很高興的笑容，然後表示：

「這麼有趣就開槍了結他吧。反正現在也不是在聯誼。」

蓮嘆了一口氣……

「那我要開槍了，不要恨——」

話說到一半就停了下來。

「哦？怎麼了？」

不可次郎……

「嗯嗯？」

以及克拉倫斯本人都發出感到不可思議的聲音。蓮則是……

「等一下——那……那個腰包——」

看著克拉倫斯並排在黑色戰鬥服腹部，同樣是黑色且占了相當大面積的細長腰包並且這麼問道。

「裡面裝了什麼？」

「啊？噢，這個嗎？我可以動一下右手嗎？」

克拉倫斯如此反問，蓮則是上下動了一下頭與Ｐ９０來回答他。

「那就抱歉了……」

克拉倫斯的右手緩緩放下，超過肩膀的高度時急遽加速，朝右腰上的手槍伸去並且將其拔出——

咻磅！

蓮的Ｐ９０噴出火光。經由消音器抑制的槍聲尖銳地響起。

「好痛啊啊啊啊啊！」

雖然拔槍射擊的動作已經相當迅速，但早就瞄準好的蓮當然比較快。「ＦＮ・Five-seveN」自動手槍就從克拉倫斯被5.7毫米子彈射穿的右手上掉落下來。

最後的反擊手段被封死……

「啊啊夠了！算了！快點把我殺掉吧！哼！」

克拉倫斯像小孩子一樣耍起脾氣來了。

「在那之前先讓我看腰包裡面！再拖拖拉拉就射你的耳朵！」

「妳這女孩真是恐怖……那就看吧。」

克拉倫斯以左手翻開腰包的蓋口，取出裡面的東西。

那是塑膠製的細長彈匣，可以清楚看見裡面塞滿了子彈。而除了顏色濃淡不同之外，這和蓮現在手上愛槍的彈匣可以說完全一樣。

蓮的雙眼急速瞪大。

「果然是！你也用P90嗎？」

「不是喲。我的槍是『AR－57』，不知道妳有沒有聽過？它採用M16系列的下機匣，上面是和P90一樣，可以使用同樣的彈匣──」

蓮打斷克拉倫斯的話……

「把彈匣交出來！」

直接這麼大叫。

「啥？」

「把你身上所有的彈匣都交出來！」

「什麼？──啊，我知道了！粉紅色小不點在剛才的戰鬥裡用了不少子彈吧。接下來的比賽讓妳感到有點不安。所以才想要那把P90也能使用的彈匣。」

像要表示「原來如此」一般，蓮後面的不可次郎不停點著頭。

「但我剛才也死命地開槍，所以腰包裡只剩下這些嘍。」

克拉倫斯用拿著彈匣的手拍了一下腹部的腰包，結果全部凹了下去。可以證明裡面確實空無一物。

「倉……倉庫欄裡呢？」

「那裡是還有啦——」

「拿出來！」

「為……為什麼？」

英俊的臉龐露出難以置信的表情……

「為什麼我要對打倒自己小隊的敵人那麼親切啊？我已經打算投降了。」

在浮現「說得也是」想法的不可次郎面前……

「我會用你的彈匣來獲得優勝！」

蓮這麼回答。而且是一臉認真。

「噗哈！那樣我有什麼好處？噗哈哈哈哈！」

面對噗哧一聲大笑起來的克拉倫斯，蓮沒有看向伙伴就直接開口說：

「不可……我現在就射擊這傢伙的手腳前端，當他疼痛的時候妳可以幫忙從背部按著他，然後用他的左手來操縱視窗嗎？」

「啊，OK。這我辦得到。」

了解一切的不可次郎立刻點頭答應。

既然是以左手的特定動作來叫出視窗，那不論本人是否願意系統都會對其產生反應，而這也就是VR遊戲的恐怖之處了。

實際上就有熟睡時被人操縱手臂與手指來偷走實體化的道具，以及在城市等本來安全的地方接受了決鬥這樣的事例。真是的，這樣連想睡個午覺都不行了。

「喂——等一下，等一下啦！」

這時連克拉倫斯都對這種反應感到傻眼，並發出驚訝的聲音。

「妳們的長相是很可愛，但真的有夠冷血無情耶！被看見做這種事情的話，妳們覺得會有什麼後果？從剛才就一直在實況轉播喲。雖然聽不見現在的對話，但看見動作之後一定會被發現吧？妳們會以違反禮儀的低級男——嗯，妳們是女的所以是『低級女』的身分在GGO的歷史上留下紀錄喲。這樣也沒關係嗎？真的沒關係嗎？」

「你想說的只有這些嗎？」

蓮不帶絲毫感情的生硬發言回到耳裡……

「…………嗚咿。好啦，我知道了。奉獻給妳們吧。反正大會結束之後就會回到我身邊，送妳們也沒關係啦。」

克拉倫斯緩緩打開左手，讓握著的彈匣掉落。然後在操作視窗之前咧嘴一笑……

「但是呢，應該可以給我一點謝禮吧？」

事到如今竟然還在說這種話。

「蓮，開槍吧。繼續下去只是浪費時間吧？」

不可次郎這麼說道。蓮沒有回答她，反而對克拉倫斯發問：

「什麼樣的謝禮？」

「嗯。其實也沒什麼——可以親我一下嗎？」

「啥啊啊啊？」「哦啊？」

看著蓮與不可次郎感到難以置信的表情……

「Kiss啊，Kiss。接吻。baiser。兩個人都親當然很好，不然至少那邊的粉紅色女孩也要親我一下當成謝禮吧。當然只要親臉頰就可以了！」

「…………」

在說不出話的蓮旁邊……

「別想趁機揩油！這遊戲裡怎麼只有色鬼啊！——蓮，我現在就用槍榴彈把這傢伙打昏，妳趁機動他的左手就能把彈匣實體化了吧。」

不可次郎準備以左肩上的ＭＧＬ－１４０瞄準時，克拉倫斯就發出「嗚哇」一聲並扭動身體。

而蓮也做出了決定。

「我知道了。這點小事就答應你吧！」

「哦？可以嗎？蓮啊，妳沒瘋吧？」

「這個人雖然很奇怪……但如果這樣……就能獲得貴重的彈匣，親一下也不算什麼。確實比當『強盜』要好多了……」

「耶～太棒啦～！」

像小孩子一樣興奮的克拉倫斯……

「嗯，既然蓮願意的話。其實我在遊戲裡，也會和伙伴親吻啦。」

與有些傻眼的不可次郎，表情可以說完全相反。

「不過！在那之前你要先把擁有的彈匣全部實體化！」

「好喲好喲！妳要遵守約定喔，小姐！」

克拉倫斯眨眨眼睛同時這麼表示，然後揮動左手操作起倉庫欄。不斷有P90的彈匣浮上空中，接著緩緩掉落到地面。數量多達十個以上。

「喔喔！真是座寶山。蓮，可以射擊了吧？」

「不行。」

「我知道了，蓮想自己來嗎？請吧請吧。」

「不，我不會射他。我會遵守約定。」

這時蓮終於把Ｐ９０的準心移開，在右手緊緊持著槍的情況下，往坐著的克拉倫斯靠近。

「太恐怖了吧。不要扣下扳機啊。」

蓮維持隨時可以射穿心臟的姿勢，在克拉倫斯的右側蹲了下來。

「雖然很討厭你……但會遵守約定！」

然後下定決心的蓮就在險峻表情下，把左手貼在克拉倫斯的右耳上，然後在臉頰相當後面的地方輕輕親了一下。親吻的時間雖然很短，但把嘴靠過去的時間卻不自然地十分漫長……

「哦，真聰明。這樣看轉播的人會以為是在耳語。」

不可次郎對蓮的反應感到佩服。

「怎麼樣？滿足了嗎？」

蓮以三成憤怒，三成害羞，其餘四成是輕蔑的表情拉開身子。

克拉倫斯迅速把臉轉向蓮，這時他臉上只能說是充滿笑意。雖然滿臉色瞇瞇的表情，但看起來還是很帥，這實在讓人恨得牙癢癢。

「滿足了滿足了！哇呀！人家心跳都加速了！嗚呵呵呵！太棒了！」

然後突然以女性的口氣說出這樣一段話。

「咿？」「啥？」

蓮和不可次郎的心情，因為對方意料之外的言行而朝著負面產生強烈動搖。

「嗯~果然還是讓女孩子親比較好！男生的親吻都很粗魯，實在很討人厭！」

克拉倫斯毫不在意兩人的反應，獨自高興地這麼說著。看起來確實是興高采烈。

「…………」

和男生親吻？

由於已經超越理解能力，所以蓮就像武裝的粉紅色地藏菩薩一樣僵在那裡。

不可次郎則是……

「等等，這是什麼意思？就是說你平常都跟男的接吻嘍……？這就表示不是Homo牛奶（註：此處的homo為homogenize的簡稱。意即以人工將脂肪球均質化的牛奶）的那種Homo，還是培根與萵苣之類的那個（註：腐女的隱語，Bacone、Lettuce的字首為B、L）？」

提出符合北海道在地人身分的問題。

「咦？」

這時克拉倫斯反而愣了一下。交互看著僵硬的蓮與皺起眉頭的不可次郎……

「啊！對喔對喔，抱歉抱歉！我沒跟妳們說嘛！」

「說什麼？」

「我——是女的喲。因為遊戲角色像是寶塚演員，才故意用男生的口氣說話。雖然很平，但要不要看一下我的胸部？啊，還是這樣比較快吧。」

妳說什麼——————————？

同時陷入茫然狀態的兩個人，同時看見可以說等同於ＶＲ遊戲內交換名片的姓名卡顯示。

上面確實是這麼寫的。

角色名稱——「Ｃｌａｒｅｎｃｅ」。性別——女性(Female)。

「現實世界裡，我喜歡男生也喜歡女生喲。」

雖然沒有問，但克拉倫斯還是這麼說了。

終於從打擊當中恢復過來的蓮……

「等等……請您別告訴我現實世界的事情……」

不由得用了客氣的口吻。

「咦！有什麼關係嘛！下次要不要三個人一起喝個茶？虛擬女孩聚會！ＧＧＯ裡的女孩子真的很少！和我交個朋友嘛！」

「妳……妳不知道我們在現實世界是什麼樣的人吧？說不定是五十歲的老婆婆喔。說不定根本話不投機喔。」

「我才不在乎呢！我是個博愛主義者！對了！難得有這個緣分，要不要組個女子中隊？就這麼辦吧！」

夠了，妳快點投降好嗎？

不可次郎雖然這麼想，但還是沒有把話說出口。

「嗯……嗯，那彈匣就借給我嘍……」

「請吧請吧。」

蓮用左手操作視窗。當疊成一座小山的彈匣要收納進自己倉庫欄的瞬間——

「嗟啊！」

就被克拉倫斯猛力一推，沒辦法把彈匣收納進去。

蓮嬌小的身體被推到不可次郎附近，而不可次郎本人則是準備用ＭＧＬ－１４０瞄準克拉倫斯……

「快趴下！」

從他——不對，應該說從她拚命的模樣感覺到什麼，於是便照她所說的去做。

仰躺著抬起臉來的蓮，以及迅速往地面趴下的不可次郎眼前……

「要獲得優勝啊！」

克拉倫斯留下這樣的話，就在身體出現閃亮著彈特效的情況下喪失了生命。

接著可以聽見尖銳的槍聲。

那是使用5.56毫米級子彈的突擊步槍所發出的輕快連射聲。

聲音來源是在北側，距離大約50公尺之外的位置。

了解這一點的瞬間，就有好幾條彈道預測線飛了過來……

「哇啊！」

「可惡～！」

子彈發出低吼聲，飛過整個壓低身子的蓮與不可次郎的頭上。

花太多時間聊天了！

蓮再次詛咒起自己的判斷錯誤。

既然是從北側出現的新敵人小隊，那麼那些傢伙一定是MMTM了。他們無聲且悄悄地經過叢林來到這裡。

如果不是最早察覺到的克拉倫斯把蓮推開，她也已經遭到擊殺了吧。

謝謝！真的很謝謝妳！

在心中感謝對方的蓮……

「彈匣還在那裡！」

想起短短3公尺外，克拉倫斯屍體旁邊還有十個以上的彈匣尚未收納到倉庫欄裡。沒有確實接收那些彈匣，今後就沒有能好好作戰下去的自信。但是……

「快逃吧，蓮！這時候要先撤退！」

不可次郎說得沒錯。在這種根本無法隨便抬起頭的狀況下，趴在地上利用叢林逃走是再理所當然也不過的鐵則。

砰砰砰。

牽制用的全自動射擊通過頭頂。可以感覺到子彈掠過時的風。

對方只要稍微移動一下，應該就可以瞄準到這邊了吧。太晚下決定的話，原本可以獲救的她們也可能命喪於此。

必須逃走才行。

但是那些彈匣——

猶豫了短短三秒的蓮，臉上就被彈道預測線確實地鎖定。

不知道對方是不是爬到樹上了，預測線竟然是從斜上方往下降。

「啊啊……」

已經躲不掉了。

這條預測線就隨著渾厚的重低音一起消失了。

至今為止ＭＭＴＭ的射擊聲都是來自左側，這時從相反方向，也就是右手邊傳出了野獸般的重低音，接著就有超越音速的子彈飛過頭上。

「什……什麼……？」

「別管了，蓮！」

蓮被不可次郎強行拖著，開始緩緩地從該處移動。這段期間重低音也響徹整個空間，而且這時候又加進半自動射擊所發出的尖銳射擊聲。

被身負怪力的不可次郎拖著……

「去吧！」

「姆啾。」

然後被丟進叢林山溝裡的蓮，就「聽見」把自己夾在中間的猛烈射擊聲。

接著終於恢復冷靜。

自己曾經聽過這道重低音。

那是上一屆的ＳＪ裡，在極近距離聽到都快厭煩的聲音。

這樣的話……

「不可！可以射擊一般的槍榴彈嗎？」

「沒問題！我可以轟個６發出去喲！那是要對準左右哪邊的敵人？還是兩邊都攻擊？」

「左邊！距離這裡50公尺前方。每發隔30公尺左右把它們轟出去！」

能確實幹掉她。

當MMTM的隊長以STM－556的瞄準鏡捕捉到那個可恨的粉紅小不點時，內心就有了這樣的確信。

但在開槍之前，被她面前的「男人」發現到而把小不點推開，所以只能幹掉那個傢伙而已。雖然後悔不應該吝惜子彈而沒發射槍榴彈，但這時候也來不及了。

這樣的話，就讓伙伴進行援護射擊，然後像隻猴子一樣爬到附近的樹上去瞄準。

「成功了……」

明明瞄準鏡中央已經確實捕捉到那傢伙可愛的臉龐了——

這個瞬間，更強大的敵人出現，毫不留情地往這邊猛攻。

如果不是聽見最初的槍聲就迅速從樹上跳下來，開了許多洞的就不是樹幹，而是自己的身體了。

那道沉重的聲音絕對是來自俄羅斯製的PKM機關槍。然後從上一次的掃描就能知道敵人的身分。沒錯。正是那支娘子軍團。

雖然是從不到１００公尺的近距離所射擊，但因為叢林太過茂密而只能看到預測線。

「所有人撤退！不需要援護射擊，總之退後就對了！要小心預測線！」

他瞬時做出決定，而伙伴們也立刻有所反應。

六個人把臉轉往敵人的方向，以後退的腳步不停避開預測線並逃走後過了幾秒——

啵、啵、啵、啵、啵、啵！

剛才自己這群人開槍射擊的位置就連續傳出爆炸聲，一整排橫向的草木被轟飛了出去。再晚五秒鐘撤退的話，所有人就會受到莫大的傷害。

「嗚哇！真危險！那是什麼！」

聽著伙伴這樣的聲音……

「是米爾科姆公司的6連發槍榴彈。小不點的伙伴竟然還有兩把。雖然想在擊發前就把她幹掉……但是失敗了。」

隊長隨即這麼回答。然後……

「娘子軍再加上那兩個傢伙的話對我們太不利了。雖然很可惜，但還是先離開巨蛋吧。」

隊長邊跑邊看著手錶，發現時間是十三點四十九分四十五秒。

酒場裡，看著至今為止這一連串濃密叢林戰的男人們……

「太猛啦——！」

發出極度興奮的叫聲……

「我去跟對面那些看著其他戰鬥的笨蛋們說一聲！」

說完後就跑了出去。

然後在觀看Pitohui戰鬥的一群人面前——

以前所未見的「炫耀」表情這麼說：

「為什麼沒有看小蓮的戰鬥呢！那個女孩子果然很厲害！這樣下去的話，一定是她會獲得優勝啊！」

SECT.12 第十二章 夏莉

十三點五十分之前……

「我們可不是來救妳們的喔，只是覺得這是幹掉MMTM這個最大強敵的機會才會這麼做。雖然被逃走了。嗯，跟妳們算是『暫時休戰』吧。雖然現在要殺掉妳們很容易，但我想要的是光明正大的對戰。」

仰躺在地上的蓮，被聳立在旁邊的辮子女巨人這麼說道……

「大恩不言謝。」

只回答了這麼一句，就拿出了衛星掃描接收器。她倒在地上的期間，手錶已經結束震動。現在正好是五十分。

蓮等不及撐起身體，直接仰躺著看向接收器的畫面。同時衛星掃瞄也緩緩從西南方開始。

「飛快點！這樣也算人工衛星嗎！反正也沒有空氣阻力吧！」

一邊說著不合理的催促一邊望著畫面……

「有了！」

在地圖東南方確認到ＰＭ４這支生存的小隊。以及並排在稍遠處的七個灰點。

「啊啊……太好了……」

蓮就像是接到戀人寄來的電子郵件一般，把衛星掃描接收器抱在胸口。

雖然也有只剩下隊長M存活的可能性，但蓮還是忠實地相信Pitohui依然活著。真不愧是M先生和Pito小姐。應該反過來把七支小隊全部都幹掉了。

同時也覺得……

「真恐怖……我們得要打倒那樣的傢伙嗎……」

在伙伴們毫不鬆懈地警戒著叢林當中，SHINC的老大也瞪著接收器看……

「看來又減少了許多小隊！十分鐘內就有十支小隊消失了！」

以感興趣口氣這麼說著的內容，同時也兼具向伙伴報告戰況的目的。

當中有七支就是遭到Pitohui他們全滅的聯合小隊。

另外三支小隊是大部分被蓮獨自幹掉，只有克拉倫斯死於MMTM之手。

目前還殘存七支小隊。

待在巨蛋內的蓮她們與SHINC，以及剛才漂亮地撤退，現在全速往巨蛋北側移動中的MMTM。

當然還有Pitohui他們的PM4……

其他的三支小隊是——

巨蛋東邊，在群山之間的山谷裡可以看見ＫＫＨＣ這樣的標示。這是從未聽過的小隊名。北部丘陵地帶上的ＺＥＭＡＬ，也就是全日本機關槍愛好者的眾成員都還元氣十足地活著。本屆大賽他們確實很努力。

最後一支是名為「Ｔ－Ｓ」的小隊，在地圖西北部的他們幾乎是待在與城牆同一個位置，距離巨蛋相當遙遠。

不可次郎在把普通的槍榴彈裝填進兩把ＭＧＬ－１４０後就站起身子，抬頭看著手拿ＶＳＳ消音狙擊槍的巨大女性。

金髮小不點露出滿臉笑容……

「嗨，沒用的高個子！妳就是老大嗎？我叫不可次郎。帶著愛意叫我『不可』就可以了。請多指教！」

「哎呀哎呀，請恕我沒來得及打招呼，看起來很任性的金髮大小姐。看要叫我伊娃還是老大都隨妳高興——還有，謝謝妳了。雖然不知道詳細情形，但沒有妳的話蓮就無法組隊，也就沒辦法參加ＳＪ２了。」

「哎呀，這沒什麼好道謝的。那麼等大會結束之後再好好地自我介紹吧。」

不可次郎雖然從蓮那裡聽過老大她們在現實世界的身分，但她很清楚在遊戲裡提及這些事情會減少遊戲的氣氛，所以便先不提起。她接著又對點頭發出「嗯」聲的老大說：

「這次真的很感謝妳們救了我們兩個！這份人情之後會用槍榴彈的直擊來償還——」

不可次郎側眼看著把衛星掃描接收器收起來的蓮……

「喂，蓮！這個高大的女人就交給我靈活的話術來對付！妳快趁現在去回收那些彈匣！」

「謝謝，那我就不客氣了！」

蓮以蚱蜢般的爆發力跳起來後，就跑到克拉倫斯的屍體旁邊。然後終於獲得夢寐以求的彈匣。擁有完整50發子彈的P90．AR－57用彈匣……

「——8、9、10——」

竟然有十二個。共600發！

「啊啊……『蓮獲得了新的彈匣』！」

自己帶來的800發子彈減少到只剩下450發的現在，這能夠給人多大的信心呢。對於蓮來說，它們是足以讓人喜極而泣的道具。她的心中已經高聲響起獲得道具時的奏樂聲。

這樣總共就能發射1050發子彈。可以說得到比一開始還要強大的火力。

蓮喜孜孜地把六個彈匣插進兩腿上已經空了的包包裡，剩下的則用左手的操作將其收納進倉庫欄當中。

「謝謝妳……真是幫了我一個大忙。」

蓮最後再次向克拉倫斯的屍體送上感謝之詞。

他——不對，她仰躺著攤開雙手，以十分幸福的表情死去了。

蓮想起自己的HP減少了兩成左右。判斷盡量減少一擊死亡的機率才是上策後，她就立刻拿出急救治療套件打在手腕上。

身體一瞬間包圍在光芒之下，HP條進入開始一點一點回復的狀態。從現在開始到回復結束需要一八〇秒，也就是三分鐘的時間。

蓮回到不可次郎與老大身邊……

「老大。謝謝妳救了我。」

往上看著巨大身軀並再次道謝，同時也低頭行禮。

「別這麼客氣。」

仔細回答完的老大，以一臉高興的表情……

「那麼差不多是時候了，讓我們來場認真的單挑吧？看是要在這裡，還是要換地方也沒關係喲？只要是其他小隊不會來打擾的地點，不論什麼——」

「抱歉……沒辦法這麼做了。」

聽見蓮打斷自己發言的內容後，老大就瞪大了眼睛。

「啥？為什麼？不是說好這次碰見就要一決勝負——」

「抱歉……這個嘛……我沒辦法……說出理由……」

由於不想把女高中生們捲進現實世界的麻煩事情裡，蓮的臉就因為露出痛苦的表情而扭曲，這時在她的身邊……

「沒有啦，因為蓮不打倒Pitohui小姐的話，就會發生很嚴重的事情。聽說Pitohui小姐沒有獲得SJ2的優勝就死亡的話，現實世界裡也會喪命。而唯一可以阻止這件事情發生的就是蓮了。」

不可次郎隨口就把內情全爆出來了。

「喂——」

蓮的臉立刻紅得像煮熟的章魚。

「妳們是宿敵吧？那就稍微信任對方一下啊。」

她身邊的不可次郎則這麼表示。

由於這段時間裡沒有戰鬥，所以實況轉播的攝影機拍攝著蓮與老大這群人。

雖然不知道她們在說些什麼，但可以看見蓮與不可次郎，以及因為周圍沒有敵人而聚集過來的SHINC成員一臉嚴肅地談著話。

「在說什麼呢？雖說是偶然碰面，但既然在對話了，可能是接下來要攜手合作吧？」

「剛才最後的那個人，小蓮也在他耳邊說了些什麼喲。」

「那單純是謝謝對方送給自己彈匣吧？」

「就我看來……小蓮好像是親了那傢伙的臉頰一下耶……」

「變態到這種程度也算了不起了……」

因為是在一刻都無法移開視線的緊迫戰爭之後，所以酒場現場籠罩在放鬆的氣氛當中。也有人趁著這個時候加點食物來填飽肚子。

由於在ＳＪ２裡死亡的玩家們已經結束十分鐘待機時間而陸續回到酒場……

「那支娘子軍集團！這樣還沒獲得優勝的話，我可饒不了她們！」

使用ＳＳＧ６９的狙擊手……

「小蓮妳們也要加油！再次贏得優勝吧！」

使用光學槍，在車站裡遭到全滅的小隊，這時也幫幹掉自己的小隊加油。

經過兩分鐘左右極為悠閒的時光——

畫面當中的蓮就深深低下頭。是在謝謝對方救了自己嗎？

結果老大就對蓮伸出手來。

身材高大的老大垂下大手，嬌小的蓮則是抬起小手。

兩人的手緊握在一起。

由於身體與手的差距實在太大，導致形成一幅不可思議的畫面。

「談……談好了嗎？接下來該怎麼辦？要在這裡開戰嗎？」

像是要讓期待戰鬥的觀眾失望一樣，兩支小隊輕輕揮了一下手就分開了。

娘子軍往南，而蓮她們則朝東，撥開叢林的草後各自開始往前進。轉播畫面只映照出草被撥開後躺在地面上的大量屍體。

「本來以為是要合作，純粹只是從頭來過嗎？」

咕嘟咕嘟喝著啤酒的男人這麼說……

「嗯，那支小隊不可能跟人合作啦。」

然後又補上這麼一句。

＊　＊　＊

時間稍微拉回到十三點五十分。

「蓮她們也還活著。目前在巨蛋裡面。周圍躺著三支小隊，附近的ＳＨＩＮＣ可能跟她們合作了。」

M的報告……

「不愧是蓮！」

讓聽見的Pitohui笑逐顏開。掃描結束之後……

「剩下七支小隊。其他小隊，像MMTM是朝北方前進。ZEMAL待在丘陵地帶。T－S則在西北方。接下來距離我們最近的是山谷裡的一支小隊，KKHC。我們就下山去打倒這些傢伙。」

以平常那種嚴肅口氣這麼說道的M……

「了解～那就散散步吧。」

以及以輕佻口氣這麼表示的Pitohui……

「…………」

加上一直保持著沉默的另外四個男人，就這樣迅速走下山去。

他們朝著位於西北方那個綠色極為顯眼的區域走去。

被Pitohui他們視為下一個目標的KKHC，正在小小的樹林裡看著第五次的掃描。

和夏莉一樣，身穿同一種樹木圖案的四個男人——

虛擬角色的外表剛好全都不一樣。

其中一個是髮線退後，看起來很有成熟韻味的中年男子。只是看起來年紀較長就擔任這支小隊的隊長。

一個是在GGO裡經常可見的，外表看起來帶有非洲血統的男性。

一個是高挑的白人金髮男。

最後一個則是矮小、黑髮，看起來像普通日本人的男性。

包含夏莉在內的五個人，知道周圍的敵人幾乎都消失了。接著便用通訊道具開始對話。

「真是太厲害了。那支叫PM4的優勝候選隊伍僅靠六個人，而且是在十分鐘內似乎就將七支小隊全滅了……實在難以想像是怎麼辦到的……」

隊長以驚訝的口氣這麼說……

「這下該怎麼辦？雖然繼續躲起來到處逃走是不會落敗，但也沒辦法獲勝喔。」

「我有同感。隊長，差不多該主動出擊了吧？但是，距離我們最近的是強敵PM4喲。」

「不覺得能贏過他們……」

其他三個男人嘴裡各自這麼說著。夏莉則依然保持著沉默。

似乎已經有想法的隊長……

「各位，其實我有個提案，你們聽我說說看吧。說不定有機會獲得『優勝』。」

＊　＊　＊

從十三點五十分到五十五分之間……

「都沒發生戰鬥耶……」

酒場裡依然飄盪著悠閒的氣息。

「這樣剛好啦。一直在戰鬥的話，看著的我們也會累。」

由於之前的十分鐘實在太過激烈，也有觀眾想趁著這個時候休息一番。

無事可做的攝影機，這時照出移動當中的小隊。

蓮和不可次郎穿越叢林來到巨蛋外面。她們剛好位於東方的邊緣，以時鐘來說是三點鐘方向。

同一時刻，老大她們SHINC也一邊警戒周圍一邊離開巨蛋。她們幾乎是往正南方。與進入巨蛋的方向沒有什麼太大的差距。

接著攝影機又映照出其他小隊。

四名男性與一名女性跑在小河流經的田地上。

每一個觀眾都感到不對勁，應該說不可能不覺得不對勁。

「為什麼那些傢伙——」

某個人代表所有觀眾呢喃著。

「手上都沒有槍呢？」

「五名敵人。距離1000公尺。往這邊跑過來了。」

看著雙筒望遠鏡的M這麼說，旁邊是手上各自拿著愛槍的三名蒙面男，以及一名什麼都沒拿的男人。再加上……

「好喲。獵物手上拿著什麼獵物啊？」

很高興般以同音字這麼詢問的Pitohui，迅速蹲了下來。

他們已經走到山下，處身於周圍盡是平坦田地、樹林以及草叢的區域。遠方可以看見龐大巨蛋的屋頂部分。

以背帶將M14·EBR掛在身體前方，背上揹著巨大背包，獨自一人站著並依然看著望遠鏡的M……

「什麼都沒拿。」

開口這麼回答。

「啥？」

過了三分鐘後——

幾乎全力奔跑過來的五個人就站在Pitohui面前。

他們是小隊ＫＫＨＣ。

統一穿著茶色靴子與褲子，上半身是畫著樹木迷彩的夾克，但手上什麼都沒拿的四名男性以及一名女性。

雖然沒有戰鬥，但實況攝影機還是映照出他們的模樣。

Pitohui、Ｍ，以及沒有絲毫鬆懈地擺出槍械，隨時都可以開槍的蒙面男們。似乎是五人小隊隊長的男性正在對他們說話。

攝影機轉播著這種模樣，雖然聽不見他們在說什麼……

「原來如此。」

「到了尾盤才主動提案嗎？」

觀眾們當然還是可以猜想到他們在說什麼。

那五個人是來此表示想和ＰＭ４攜手合作。

「但那個馬尾大姐，竟然沒有開槍射擊那群靠過來的傢伙。」

「嗯，應該是想聽聽看他們要說什麼吧。」

「像鬼一樣的女人也聽得懂人話嗎——倒是你到底有多喜歡吃肉乾啊？」

「嗯……我覺得目前是沒有攜手合作的必要啦。而且我們的目標是優勝，如果和你們聯手戰鬥的話，剩下最後兩支小隊時你們打算怎麼做？那個瞬間就開始互相射擊？」

Pitohui對著並排在眼前的五個人，以及小隊長，也就是看起來最為年長的男人這麼問道。

「我就直說吧，那個時候我們可以投降，就算把優勝讓給你們也沒關係。我們小隊已經有這樣的共識了。」

「哎呀。這表示你們參加ＳＪ２不是為了獲得優勝嘍？」

「嗯。老實說是為了試試自己的技術。其實我們中隊的成員全是現實世界裡也拿著槍射擊的獵人。」

「這樣啊。那可真是有趣。」

通常在ＶＲ遊戲裡提及自己現實世界情報的，一定都是想要炫耀的人。

Pitohui的話讓隊長得意忘形地說起自己在現實世界裡的事情。

他表示自己這群人是以北海道為根據地來進行狩獵的隊伍。

中隊的成員全都是居住在北海道的獵人。

在現實世界也具備持有獵槍的許可證，平常會進行練習，等秋天到冬天的狩獵季就會在廣大的大自然裡狩獵動物。

「所以對自己的射擊技術有信心。不用靠道預測線那種東西也有很高的命中率喲。剛才就完全沒有被對方擾亂，光靠狙擊就打倒了三個人。我看大小姐你們，應該無法想像沒有道預測線的長距離射擊吧。」

面對隊長這講好聽一點是自傲，講難聽一點是自大的發言，Pitohui則是老實地……

「哎呀，這真是了不起。」

說出這樣的謊言。

她的身邊——M以及蒙面男們都保持著沉默。

接著隊長就把自己這群人現在收在倉庫欄裡的步槍準確度是如何精確，其持有者的技術是多麼高明都誇了一遍……

「所以我們可以用狙擊支援你們的隊伍。這樣戰鬥將會占壓倒性的優勢吧。怎麼樣呢？就當成僱用傭兵，一起朝著優勝與準優勝的目標邁進吧？」

聽完提案的Pitohui……

「我了解你們的提案了，簡單來看，這確實是不錯的建議。」

「哦。那麼妳的意思是？」

「不過，我只能說真的很抱歉。在組成這支小隊時，我心裡就打定『這些成員還失敗就是真的不行了』的主意。」

「這樣啊……真是可惜，如果是這樣，也沒辦法強迫你們接受。」

獵人小隊的隊長以惋惜的表情這麼說完……

「那就重新來過吧。我們會先消失在那邊的樹林後面。」

他指著西北70公尺前方可以看見的樹木並這麼說道。

「之後到下次的掃描之前都不會與你們接觸。我以現實世界也使用槍械者的尊嚴跟你們保證。」

「這樣啊。那在各位消失之前，我們也都會待在這裡。」

這時包含M在內的五個男人在附近警戒著周圍以及眼前五個人的行動。Pitohui話才剛說完，就對他們這麼表示：

「你們都聽見了吧。不能開槍喲。是男人的話就要遵守諾言。」

然後得到「好喔」、「知道了」等簡短的回答。

「了不起的戰士。那麼，祝我們雙方武運昌隆。」

隊長最後留下這麼一句話，接著便轉過身子往前走去。有些不安地看著這一切的三名男人，以及一名綠髮女性就跟在他後面往前走。

看著他們背部的Pitohui，在眾人走到距離30公尺左右的地方……

「可以了吧？」

就迅速揮下左手。然後操作視窗，從倉庫欄裡選擇了「春田ＸＤＭ」自動手槍。

Pitohui以右手抓住飄浮在空中的手槍槍柄。接著將手臂往前伸。

然後下一個瞬間——

她就以猛烈的速度縮回持槍的手肘與手臂。

手臂的動作快到幾乎可以留下殘像。其迅速後退形成的慣性讓ＸＤＭ的滑套褪下，又藉由彈簧的力量回到前方，把40口徑手槍子彈送進彈倉當中。

這就是真實世界裡只有肌肉棒子，ＧＧＯ裡要筋力值相當高的人才能辦到的，充滿威脅性的「單手裝填自動手槍」。

「那就從最左邊的開始吧？」

Pitohui一這麼說完，就只用右手隨興朝著五人中走在最左邊的高挑男背後開槍。

「咦？」

酒場裡，看著這以戰鬥來說狀況實在太過平淡的觀眾以及——

「咦？」

被擊中的男人——

都忍不住流露出同樣一句話。

「哎呀，稍微射偏了。」

Pitohui看見第1發子彈擊中男人的左肩之後，就再仔細瞄準了一下，然後扣下XDM的扳機。

第2發子彈陷入肩膀被擊中而驚訝不已的金髮男後腦勺中央。即使是威力較弱的手槍子彈，也被判定立刻死亡。

剩下的四個人當然嚇了一跳而回過頭……

「喂——為……」

這時候就看見左手握拳靠在胸口，右手擺出黑色手槍的Pitohui，以及從該處朝自己這群人延伸過來的彈道預測線。

磅。

接著黑髮男性就成為槍靶。脖子底部被1發子彈擊中。

磅、磅、磅。

由於光是這樣還不會喪命，所以他的臉頰、眼睛與額頭又接連中彈。

看著第二名同伴的HP迅速減少以及他啪一聲倒地的模樣……

「喂喂！妳在做什麼！我們不是約好了！」

小隊長用盡全身的力氣這麼大吼。結果子彈就直接飛進他張大的嘴裡。

「咕噗！」

嘴裡閃爍著著彈特效的小隊長往後倒去。

持續以單手射擊的Pitohui……

「因為呢，我、不、是、『男人』！」

這麼回答馬上就要死亡的人。

「簡直就像射擊練習。」

「我覺得看起來像在處刑俘虜。」

酒場的螢幕也映照出這甚至稱不上是戰鬥的情景。

三個男人瞬間就被殺害，只剩下一男一女還活著。他們在第二個人遭到槍擊時，也知道要開始全力衝刺來逃離現場了。

「就算操作倉庫欄叫出槍械——也來不及了嗎……」

雖然不知道他們使用的是什麼武器，但叫出來、裝填、瞄準到可以反擊為止至少也要十秒鐘，所以這時候只能逃走了。

「磅」一聲清脆的聲音響起，逃走的男人左腳出現著彈特效。男人往前滾倒，接著被第2發子彈擊中。這次換成左手前端中彈。

「…………」

夏莉看見同伴倒下後就停下腳步……

「快逃啊！」

即使聽見他這麼說，夏莉也沒有逃走。

她跑到滾倒的男人身邊蹲下，然後直接趴到地上。

以自己背部撞向體格與自己差不多的遊戲角色腹部。然後抓住對方的腿一口氣站起來，在揹著他的情況下往前跑。

「喔喔！」

依然只用右手不停開著槍的Pitohui，為了射中距離40公尺之外的「槍靶」而把左手靠了上去。

以雙腳橫向對準目標，在保持平衡的情況下將雙手往前伸出的姿勢——

磅。

發射出去的子彈漂亮地命中目標。這時是擊中夏莉背上男人的延髓。

經過兩秒左右HP迅速減少的時間，接著「Dead」的死亡標籤就隨著嗶喀的可愛聲音浮現。

而夏莉也持續揹著那名男性往前跑。

「哎呀，真討厭。」

Pitohui不斷以XDM射擊。

清脆的槍聲連續響起，金色空彈殼從右側飛舞到空中。子彈雖然準確地往前飛，但都只能擊中男人的屍體。

Pitohui將彈匣內的16發子彈全部射光，XDM的滑套停留在後退的狀態下時，夏莉也就消失在樹林當中。

「機關槍。」

M做出命令後……

「了解。哪個人肩膀借我一下。」

蒙面的高大男人就操作倉庫欄將愛槍實體化。眼前立刻出現著裝消音器的MG3與100

連發的彈鏈。

男人以幹練的手勢裝填完子彈後，就把槍身放到迅速來到前方的矮小男人肩膀上，開始以全自動模式對夏莉消失的樹林連射。即使經過抑制依然相當尖銳的連射聲響起，草木也跟著飛舞到空中。

男人毫不間斷地發射完100發子彈後，M就以雙筒望遠鏡瞪著看……

「還在逃。」

圓形視界當中，可以看見樹林的更遠處有一個女人揹著浮現「Dead」標籤的屍體逃走的模樣。

「很有一套嘛！知道屍體是不可破壞物體，才會揹著它逃亡。那個大姊，打從一開始就沒想過要『拯救同伴』喲！」

Pitohui很高興般這麼說著，同時左手開始操作起視窗。

右手拿著發射完子彈的XDM，左手迅速反覆操作視窗之後——

Pitohui就開始變身了。

酒場裡的觀眾們在畫面中看到了。

這名沒有武器就幹掉十八人的女人，開始裝備起自己的武裝。

女人眼前的空中，首先出現ＸＤＭ的預備彈匣。

把空彈匣從槍上落下之後，就把新彈匣塞進去按下滑套卡榫，再次讓子彈進入彈倉當中。

接下來就真的像變身的鏡頭一樣了。

在ＶＲ遊戲裡，只要把經常使用的裝備成套設定好，之後就只要一個簡單操作倉庫欄的動作就能夠完成「一併裝備」。

女人進行的正是這樣的程序。

左手一揮並按下ＯＫ鍵，裝備就像施了魔法一樣不停實體化，然後著裝到人造人般的女性身體上。

深藍色連身衣褲的腰部首先出現一條粗大的皮帶。

掛在這條帶子上的塑膠製槍套出現在右腿外側，另外腿上也纏著輔助皮帶。

而左腿上也有同樣的物品。裡面已經收放了一把ＸＤＭ。再把ＸＤＭ收進右腿槍套裡的話，就成為雙槍俠了。

當她用單手裝填著左手用的ＸＤＭ時，也有格鬥戰用的細長刀子實體化並著裝到雙腳上的靴子外側。

每當增加一個裝備……

「雙槍嗎！」

「好酷喔！」

「雖然很酷，但這樣有什麼好處？」

「『很酷』就是好處了吧！」

或者是……

「喔喔！連小刀都有！」

「好想被她砍喔……」

酒場的觀眾都會像這樣產生盛大的討論。

接著鏡頭更往她的上半身拉近。

女人緊實的身體上，胸部著裝了兼具防彈功能的黑色裝備背心。背心的腹部著裝了滿滿的細長彈匣帶，看起來簡直就像鎧甲一樣。

背上有保護心臟等要害部位的防彈板。此外腰部附近還有一個內容物不明，但是相當長的大型腰包。

「那裡面是電漿手榴彈嗎？為了不被子彈打中而引爆造成立刻死亡，或許特別訂做了以較厚的防彈纖維所製造出來的腰包吧。」

「原來如此，考慮得很周詳嘛。」

「嗯，總之不會是化妝品啦。」

「不過還是想請大家別這麼快下結論。她的食量相當大，裡面有沒有可能放了便當？」

「不可能啦。別一臉認真地說這種蠢話。」

畫面當中，之前一直都綁著馬尾的女人，黑髮自然地解了開來。而且就像是生物一樣在空中輕快地飛舞。

不知道為什麼會這樣的觀眾們，眼睛裡就看到了答案。

覆蓋頭部的頭盔實體化了。

雖然是格鬥運動中所使用的那種保護頭部周圍的防具，但因為是在ＧＧＯ這個科幻世界，所以是俐落且近未來的外形。看起來就像忍者所使用的頭部盔甲一樣。

雖然完全看不出是什麼素材，但當然具有防彈機能。顏色跟裝備同樣是黑色。

頭盔裝備上去之後，解開的頭髮自然又聚集起來。同時整齊地在稍低的位置上再次綁成馬尾。

「太厲害了！真的跟變身沒兩樣！」

「怎麼說呢，看見女性的換裝，總是會——覺得興奮吧？你們不覺得嗎？」

「咦？這個嘛……嗯，確實是這樣。」

「我從剛才就有這種想法，這間酒場裡是只有變態嗎？」

此外還有其他裝備。

女性左腰上出現全長大約50公分，寬15公分左右的細長尼龍製刀鞘。那剛好是能著裝日本刀的位置。

刀鞘裡雖然沒有裝任何東西，但接下來其內容物也實體化了。

那是一把槍。「雷明登M870・Breacher」——在散彈槍M870上裝了短槍身與手槍握柄的，全長大約50公分左右的版本。

這裡的Breacher是「打洞」的意思。這把以短槍身射擊巨大子彈的散彈槍，是為了拿來破壞門鎖。

從短槍身射擊出去的散彈當然會猛烈地擴散出去。這樣的武器最適合拿來射擊附近行動迅速的對手。

比如說——遇上蓮這樣的敵人時。

鏘喀一聲，幫浦將第1發子彈裝填到彈倉裡。裝備背心的各處出現插了紅色或藍色散彈的夾套，女人從該處取出1發子彈裝填到槍裡。

啪嚓一聲把M870插進鞘裡之後——

這個動作就像是信號一樣，浮在空中的光粒發出更強大的光芒，然後聚集起來形成某種形狀。

在變身最後階段出現的是女人的主要武器。黑色細長的突擊步槍形狀固定下來之後……

「喔喔！是『ＫＴＲ－０９』！」

「我還是第一次看見，ＧＧＯ裡面也有那種特製型槍械啊。」

「竟然擁有那麼少見的槍……」

「終於要展現傳家寶刀了嗎！」

酒場裡的槍械迷們都感到相當興奮。

ＫＴＲ－０９。

那是俄羅斯製的超有名槍械，ＡＫ系列的特製版本。屬於美國ＫＲＥＢＳ公司的商品，ＫＴＲ是「KREBS Tactical Riflie」的縮寫。

ＡＫ系列向來以堅固精實著稱，但設計上已經過時，在是否容易使用的層面上落後於現在的槍械。ＫＴＲ就是經過消除這種弱點的改造。

槍的前半部，左右以及上側都裝備有安裝光學儀器的軌道，握柄與安全裝置都經過改良，同時變得可以使用與競爭對手Ｍ４Ａ１同樣的槍托。

女人拿起ＫＴＲ－０９後，接著就是彈匣實體化了。

而且並不是通常那種像香蕉般彎曲的30連發型，而是附著一個粗大筒子，被稱為彈鼓的75連發類型。它可以發射多出一般彈匣兩倍的7.62×39毫米彈。

女人把彈匣裝到槍上，拉下上膛桿並且放手，將第1發子彈送進彈倉裡。

就這樣，短短幾秒鐘的變身結束──

一名全身附加了護具與裝備，武器則為兩把手槍兩把刀子、散彈槍與突擊步槍各一把這種類似武藏坊弁慶的重武裝女性誕生了。

即使加了這麼多重物在身上，它們也全是從倉庫欄取出的物品，所以行動起來和之前沒有兩樣。因為角色的重量限制不論是拿在手上還是放在倉庫欄裡都是一樣。

「裝備容許重量也太多了吧！那個女人，筋力值到底鍛鍊到什麼樣的程度啊……」

酒場裡的某個人這麼呢喃著。

「好久沒有做這種打扮了。好了，接下來要開始認真嘍。」

結束可以說是「最終決戰用」的全副武裝，Pitohui就以凶惡的表情露出微笑……

「哎呀──」

而在旁邊看著變身的蒙面肥胖男……

「這樣根本不需要我們吧？」

則是開口說出這樣的玩笑話。

「如果是這樣就好了。接下來的敵人可沒那麼好應付。大家都要賭上性命喲。」

Pitohui的嘴角雖然出現笑容，但是眼裡卻沒有一絲笑意。

當Pitohui在變身時……

「可惡！可惡！可惡！」

有一名角色發出不像女性的凶惡咒罵，專心一志地奔跑著。此人正是綠髮的夏莉。

獨自救起伙伴，從恐怖機關槍的彈雨當中逃出來的她，心中……

「那個女人！那個女人！那個女人！」

升起了一片烏黑的雲。

＊　＊　＊

應該沒有像夏莉這麼「討厭」參加ＳＪ２的玩家了吧。

她真實的姓名是——霧島舞。

是一名在北海道從事自然生態導覽員的二十四歲女性。但她不像香蓮是在北海道土生土長，而是從東京市中心搬到這裡來的人。

舞從小時候開始，將來的夢想就是在以自然為舞台的地方工作。

因此她便積極參與露營、登山等戶外運動，同時也學了騎馬。活動力十足的她，度過了一段把野外活動看得比時髦更重要的國高中時期。

等她念了大學，就參加可以享受各種野外活動的戶外生活社團。這時在學姊的推薦之下，在可取得散彈槍持有許可以及狩獵執照的最低年齡，也就是二十歲時就取得這些執照並且開始狩獵。

大學畢業之後，舞終於實現願望，在北海道找到了自然生態導覽員的工作。工作內容是向觀光客或者登山客介紹大自然。

春夏秋季就以這份工作餬口，而客人與工作減少的冬季則是在可兼具興趣與實利的情況下，成為狩獵蝦夷鹿的獵人。

距今八年前的二〇一八年時，槍砲管制條例有了一部分改訂，步槍持有許可的必須條件從「持續持有散彈槍十年以上」一口氣緩和為「三年以上」。這是因為全國的野生鹿類過量繁殖，造成了更多的被害，為了驅逐牠們而必須增加擁有強力步槍的獵人數量。

藉由狩獵鳥獸肉的普及化以及獵人的形象提昇，原本因為老年化而減少許多的狩獵人口也慢慢年輕化，同時女性人口也增加了。而「獵女」這意指「從事狩獵活動的女性」的名詞也早已被社會大眾所接受。

舞也隨著年齡累積了許多狩獵的經驗。一開始的三年是用散彈槍，而這一年多來則改用步槍——解決了許多蝦夷鹿的性命。

舞與時間能配合的狩獵同伴，在開車、徒步或者滑雪移動的情況下尋找獵物，在解決牠們之後也會進行解體。

像這樣順利獵取到的高級蝦夷鹿肉，將會賣給大都市裡提供蝦夷鹿肉料理的餐廳。

去年，也就是二〇二五年夏天左右——

一名狩獵伙伴對過著這種充實日子的舞提出了ＶＲ遊戲與ＧＧＯ的話題。

對方表示有一款可以享受真實體驗般的ＶＲ遊戲，而且裡面還忠實重現了存在於現實世界的槍械。

遊戲內也可以進行射擊練習，而且不花錢（除了每個月３０００圓的連線費之外），同時絕對不會發生誤射事故。在狩獵盛行的美國，遊戲裡的怪物也被當成獵物來進行狩獵的練習。

另外，ＧＧＯ內也有飛靶射擊場，不論是飛靶射擊選手還是以散彈槍射擊飛鳥的獵人都能樂在其中。

就這樣，以對於ＶＲ遊戲以及網路遊戲較沒有抵抗感的年輕獵人為主，開始玩ＧＧＯ的人也慢慢變多了。短短兩個星期左右，就組成了「北國獵人俱樂部」中隊。而這也就是ＫＫＨＣ省略之前的隊名了。

由於不斷有年輕獵人加入，同時口碑也傳了開來，所以舞也參加了ＧＧＯ。她當然是首次玩ＶＲ遊戲。至今為止連電視遊樂器都沒玩過的舞，老實說並不是很想參加。

成為舞分身的遊戲角色名字叫作夏莉。是一名有著綠色頭髮，身材相當好的女性。而名稱則是來自國中時的好友幫她取的綽號。「舞」變成「米」，然後又轉變成代表壽司醋飯的「舍利」，最後變成同音的夏莉（註：日文中「舞」與「米」同音，「舍利」又與「夏莉」同音）。當時在街上被這麼叫的話會覺得很丟臉，但在異世界的話就沒問題了。

至於ＧＧＯ，舞認為這款遊戲確實擁有射擊練習的效果。

日本只有在射擊場或者狩獵場才能開槍。另外，在槍靶距離固定的射擊場裡，尚未到達規定的距離前都無法射擊。

再加上槍械許可是對於特定人物的特定槍械所發出，所以絕對無法使用他人的槍械來射擊。按照日本的槍砲管制條例，甚至不能像買車前試乘那樣「購買前試射」。

如果是在ＧＧＯ內，就可以自由地用任何槍械在任何時機下開槍。

由於忠實地重現真實存在的槍械與子彈的性能，所以能進行各種嘗試。而且還完全不用擔心事故或者受傷。

託這些好處的福，才可以進行「使用各種槍械射擊」、「從各種姿勢，各種距離射擊」的練習。

ＧＧＯ特有的「雞婆」輔助——著彈預測圓雖然很難斷定究竟是好是壞，但只要在開槍前盡量不碰到扳機就可以了。獵人同伴們不久之後也都可以在沒有輔助的情況下開槍射擊。

ＧＧＯ裡有鹿、熊或者山豬等變成殭屍般的怪物。

其行動模式酷似現實世界的動物，追逐並將其擊倒將可達到練習狩獵的目的。當然，就算幹掉牠們也不會拿來吃就是了。

就這樣，夏莉等人就在ＧＧＯ裡磨練射擊與狩獵的技術。

在ＧＧＯ的練功場當中選擇與生活的北海道類似的地形，大家一起，或者是獨自狩獵著怪物。

通常選擇的是丘陵、森林地帶，又或者是雪山。有時候會步行走過相當長的距離，有時候會裝上滑雪板，一邊追逐獵物一邊瞄準，然後了結其性命。

就這樣，在這個冬天到來的狩獵季裡，舞確實感受到練習的成果。

為了讓作為食用肉的蝦夷鹿將「美味」保存下來，要點是在解決牠時，必須要1發子彈擊中不食用的頭或者脖子，將其一擊斃命。而這樣的情況被稱為「Clean kill」。

野生動物和人類不同，對於疼痛有很強的忍耐力，即使子彈擊中身體，也會為了生存而持續逃亡。如此一來，血就會滲進全身的肉裡造成味道變差，最慘的情況是最後無法回收這條失去的生命。

另外，內臟被子彈打傷，內容物飛散出來讓肉沾上其氣味的話，就會變得根本沒有辦法食用了。

當然，要射中頭部或者脖子可是比擊中身體要困難多了。在獵人們「沒有擊中的自信就不應開槍」的規矩下，很多時候就算瞄準了也沒有開槍射擊。

而這個狩獵季裡，整體來說Clean kill的成功率比上個狩獵季要進步。

因此可知在虛擬實境世界裡的練習有相當大的效果。舞也就有了「玩GGO真是太好了」、「不能因為成見而拒絕嘗試」的想法。

但是其中一名伙伴……

「狩獵期也順利結束了，大家要不要一起參加Squad Jam大賽？」

傳來這樣的電子郵件後，一切就產生了變化。

至今為止，夏莉他們在GGO裡都極力避免與人戰鬥。

因為既然主要目的是狩獵與射擊的練習，現實世界裡也擁有輕易能殺人的槍械——「射擊人類」就是明顯的禁忌了。

雖然GGO裡玩家之間可以盡情互相殘殺，但只要不積極地襲擊他人，就幾乎可以避開對人戰鬥。

如果在狩獵途中或者歸途遭到其他玩家或是中隊的攻擊，只要全力逃走就可以了。如果無法逃走，為了防止隨機掉寶，只要迅速把武器收進倉庫欄裡，然後當場登出就可以了。

在GGO裡，就算在安全的城鎮之外的地點登出，角色的肉體也不會立刻消失，在這段期間被殺掉的話，多少會喪失一些「遊戲角色」的經驗值。但是，既然是希望獲得「玩家」的經驗才玩遊戲，就不會在意那點經驗值了。

「現在發動襲擊的小隊應該覺得很失望吧。」

只要像這樣一笑置之就可以了。

明明至今為止一直都維持這樣的態度——

卻自己積極地想參加對人戰鬥的小隊大混戰大賽，真的會讓人懷疑是不是腦袋有問題。

舞打從心裡感到傻眼，也認為其他同伴不可能會贊成這樣的提議，但是……

「好耶！就參加吧！」

「也想試一下自己的實力。」

「我加入！夏莉妳呢？」

回過神來才發現，已經是時間可以配合的同伴裡，只有自己尚未表明是否參賽這種令人無法置信的情況。

舞隱藏著憤怒，以冷靜且客氣的電子郵件詢問為什麼要參加ＳＪ２……

「怎麼了，妳就為了這種事情在煩惱嗎！不必為了『玩樂』這麼認真嘛。遊戲就是遊戲。為了能分清楚現實與遊戲的界線，我認為夏莉也應該參加一次這樣的大賽才對。」

結果回答的電子郵件，就是想以這種高高在上的態度來說教兼說服她。

當時真的覺得自己的血管爆掉了。

舞本來想乾脆跟他們分道揚鑣，但現實世界裡他們是相當珍貴的同伴，同時也是經驗與知識都十分豐富的前輩。雖然是很現實的理由，但考慮到狩獵也是冬季貴重的收入來源之後，就沒辦法隨便切斷與他們之間的關係。

雖然策畫要說謊表示自己生病了……

「拜託妳啦！夏莉加入才能有五個人耶！四個人實在太少了！」

「我請妳吃加了滿滿叉燒的大碗拉麵！」

「再加上妳最喜歡的蛋糕喲！」

同伴們不理會舞的心情，以極輕率的態度這麼懇求，最後她只能在不斷嘆氣的情況下答應參加大賽。

只不過……

「隨便找個理由連１發子彈都不發射，然後扯同伴們的後腿！」

她內心下了這樣的決定。

「因為是首次射人，所以無法扣下扳機。」

只要這麼說，怠惰的行為就不會被發現了吧。

就這樣，來到完全沒有參加意願的預賽當天。

由於夏莉和四名伙伴都沒有戰鬥服，所以就以平常狩獵時的造型參加了預賽。

只要冷靜一想，就能知道自己這群對人戰經驗為零的人，怎麼可能贏過想參加這種大會的小隊呢。

這麼想的夏莉，就帶著立即落敗的期待來參加預賽。只要在這裡被敵人打到毫無招架之力，同伴們就會知道自己的實力，再也不會興起進行對人戰鬥的念頭了吧。

然後——就發生了不得了的事情。

敵人小隊做出令人無法相信的行動。

他們六個人一起握著「光子劍」——有著閃光劍刃的科幻武器，大叫著朝自己的小隊展開突擊。

「只有」射擊技術相當優異的同伴們，手裡的步槍一起噴出火花。由於他們注意盡量不使用著彈預測圓來進行射擊，結果就變成不給對方躲避機會的無線射擊。

可憐的拔刀隊在6發轟然槍響過後，就迎接了胸口被射穿而全員死亡的悲慘結局。

夏莉完全搞不懂他們為什麼會使用光劍這樣的武器，以及為什麼會在整個身體都暴露在槍口的情況下衝過來。

不論如何，隊伍順利通過預賽了。夏莉她——也就「不得不」參加正式的大會。

而在這裡她也盡可能做出派不上用場的演出。

最初的戰鬥裡沒有開過1槍，然後為了快點被擊中退場而裝出搜敵的模樣，直接把身體暴露出去。

但是卻沒有任何人射擊自己。

之後也不知道為什麼，敵人就是不到自己這群人的地方來。

只想著要待在原地狙擊敵人的這支小隊就這樣逐漸失去戰鬥的機會，終於成為殘留下來的七支小隊之一。

隊長做出與優勝候選聯手的提議並且與他們接觸，遭到拒絕後——

「那個女人！那個女人！那個女人！」

就被那個叫作Pitohui的刺青女冷血地從背後開槍射擊。

逃走的夏莉，首次聽見超音速的子彈掠過自己耳邊的聲音。

在可能會被擊中的恐懼驅使下，專心一志地在瘋狂舞動的紅色彈道預測線裡不停奔跑再奔跑——

已經不知道跑了多少距離。

回過神來時，夏莉已經在前方盡是雪山的地點。

想要救助而揹起來的伙伴……

「…………」

就算回頭也看不見身影了。這時也想不起究竟他是什麼時候從自己身上掉下去了。

視界右側是龐大的巨蛋，左側則可以看見森林與岩石，中間的平原上有自己的足跡一路延伸過來。

只把眼睛往上動就能夠看見ＨＰ。包含自己救出來的一個人在內，四名同伴已經全部死亡，隊長標誌轉移到自己身上。而自己的ＨＰ幾乎沒有減少就只能說是奇蹟一般了。

「…………」

精神上感到疲憊的夏莉當場坐了下來。周圍全是被雪融化之後的水濡濕的土地。所以發出「啪嚓」一聲。

即使屁股與雙手上沾滿了泥土……

「那個女人！」

只要附近有人，就能聽到她發出巨大的咬牙聲。

緊接著……

「…………」

最後從臉部開始失去力量，整個人仰躺到地上。

這時風已經停止。烏雲密布的天空停止變動，就像是要重重壓到自己身上一樣……

「夠了……既然變成隊長，乾脆就投降立刻跟這種大會說聲『再會』吧……只要說『大家都陣亡了，覺得自己也撐不下去』就可以了……結果正如自己的希望，連1槍都沒開到……」

說完便抬起被泥土弄髒的左手在空中揮動。

視窗畫面浮出，首先出現設定為經由最簡短操作就能夠叫出的道具表。

把它移開，想要叫出投降按鍵的夏莉，眼睛裡……

「…………」

映照出一個圖案以及文字。

圖案是一大大的瞄準鏡，以及一把槍托像是從中折斷，同時宛如從受汙染的水裡誕生的異形魚一般的詭異步槍。

下面的文字是「布拉賽爾R93戰術2型狙擊步槍」。

那是德國製的高性能狙擊槍。使用的是7.62×51毫米子彈。

和舞實際用來狩獵的步槍R93的通常版本比較起來，就只有被改良成狙擊用的槍托部分不一樣而已。由於GGO裡不存在通常版本，所以就選擇這把操縱方法一樣的槍作為搭檔。

而這就是夏莉的力量。

再怎麼強大的動物，只要命中要害就能一擊必殺的力量。

即使是自己這樣沒有腕力的女性，也能夠打倒巨大對手的力量。

「…………」

叫出投降按鍵的夏莉，只要按下「Yes」就可以了，但她的手指卻停了下來。

「那個傢伙……那個女人……」

手停留在空中的狀態下，夏莉的嘴巴動了起來。以像是要吐出怨氣般的濃稠聲音……

「那種傢伙……不是人類……是危害人類的害獸……」

手指觸碰到視窗某處。

並非「投降」，而是R93戰術2型狙擊步槍。光粒在空中聚集起來，開始形成步槍的形狀。

「喝！」

夏莉猛烈呼出一口氣，接著用雙手用力擊打自己的臉頰。沾在手上的泥土也附著在雪白臉頰上，而夏莉只用右手用把它們往橫向塗去。

接著雙手朝浮在空中的步槍伸去，很憐愛般把它抱緊後……

「害獸──」

她以右手筆直地將槍機往後拉，然後直接往前推回去。

這把槍被稱為直拉式槍機的獨特機能，發出讓人感覺到高準確度的清澈聲音後──

「就由我來驅逐。」

就把第1發子彈從彈匣送進彈倉裡。

臉上以泥土畫出橫條紋迷彩的女人，射出野獸般危險的眼神，微笑的嘴角也露出雪白的牙齒並且站了起來……

「1發子彈就能解決獵物。」

原本要順著自己的足跡走回來時的道路……

「…………」

但是動作卻停了下來。

夏莉斜揹著R93戰術2型狙擊步槍，然後看著左手腕上的手錶。

十三點五十九分。

距離下一次的掃描只剩下一分鐘。

夏莉迅速轉身，朝著與Pitohui他們完全相反的方向，也就是往雪山全速奔跑了起來。

SECT.13

第十三章　SHINC急奔

ＳＪ２開始之後已經將近一個小時的時間。

右手拿著裝備消音器的Ｐ９０全力奔跑著的蓮，藉由手錶的震動得知只剩下三十秒就要十四點了。

蓮一邊跑一邊迅速轉動頭部，尋找現在最靠近自己而且能夠隱藏身形的地點。

「有了！」

一發現普通人身體可能會露出來的小窟窿，蓮的腳便往該處滑行。

在柔軟的土上滑行並降低速度，然後正好塞進那個窟窿當中。

仰躺著只探出頭部來環視周圍，就在同樣的距離下看見巨蛋的頂端、丘陵地帶的上部以及雪山。附近看不見包含不可次郎在內的任何人影。

「蓮，時間到了。準備好了嗎？」

耳朵裡傳來不可次郎這樣的聲音……

「沒問題。躲好了。按照計畫進行吧！」

蓮這麼回答她。接著……

「按照計畫進行！」

又說了一次同樣的話。

全日本機關槍愛好者的五個人……

「嗚喔！存活了一個小時喲！」

「太棒了啊啊啊啊！」

「Bravo——！」

「太好了！太好了！」

「努力的話我們還是辦得到！」

以歡喜的聲音迎接十四點整的第六次掃描。

這群人幾乎都待在大會開始時的丘陵地帶。他們從最初的戰鬥裡學到了不需捨棄有利地點的教訓。

這一個小時裡，他們就緊緊趴在視野遼闊的山丘頂上環視周圍，只要發現靠近的敵人就稍微退後……

「還沒，還沒……」

擠出原本就相當稀少的忍耐力，好不容易耐住性子……

「快到了……快到了……」

敵人越過山丘進入射程，再等待對方來到往下一點的地方……

「就是現在！射擊——！」

「嗚喲～！」「呀呼～！」「看招啊啊啊啊！」

就一口氣探出身子，從有利位置開始遠距離機關槍攻擊。

和狙擊槍不同，機關槍的命中準確度較低，所以需要相當多的子彈才能把敵人全滅。

但是他們幾個人就是不缺子彈，同時也為了預防過熱與磨損而準備了許多替換的槍管。因為他們很清楚沒有子彈和替換用槍管的機關槍根本一點用都沒有。

大量射擊幹掉敵人小隊，然後再次等待、射擊並解決敵人，他們就這樣過了一個小時。總共打倒三支小隊的他們，戰果和上一屆比起來可以說有天壤之別。

接著到了第六次的掃瞄。

這次再度從北側，而且特別緩慢地開始掃描。

同樣所有人趴在山丘頂端狹窄空間裡的他們，一邊警戒著周圍一邊瞪著接收器畫面，確認著自己的所在位置。

目前是待在丘陵地帶的北側邊緣。後面聳立著高60公尺的城牆，是無法繼續往前進的地點。當然敵人也不可能從那邊過來，所以只要警戒三個方向就可以了。

而看著畫面確認最靠近的是哪一支隊伍時——

「咦？這是什麼……會不會是搞錯了？」

還有一支小隊出現在比自己更加北方的地點。觸碰光點後，就出現T－S這樣的名字。

這從各方面來看都是不可能出現的情形。

「應該是掃描壞掉了吧。」

「是啊，這怎麼可能呢。」

有兩個理由讓他們做出這樣的判斷。

第一個理由是……

自己這群人的北側有城牆聳立，到達城牆為止的150公尺左右的大地是平坦的斜坡，己方小隊可以看得相當清楚。

如果有誰靠近到掃描所顯示的位置，除非對方是透明人，否則自己不可能沒看見。雖然試著回過頭去檢查了一下北側，但當然沒有任何人影。

第二個理由是……

這支名叫T－S的小隊，上次掃描時還在地圖西北方的邊緣，也就是城市當中。從該處到這裡至少也有五公里以上的距離。他們能以平均30公里的時速穿越城市，然後在不被看見的情況下跑過蜿蜒的大地嗎？不可能吧。

「搞什麼啊！大會中出現系統故障，能夠允許這種事情發生嗎？都沒心情參賽了！」

使用ＭＩＮＩＭＩ的男人難以置信地這麼說完，手拿Ｍ６０Ｅ３的男人便表示：

「既然伺服器主機也是機械，那就不可能完美無缺。就拿機關槍來說好了，不好好疼愛它也會發生故障吧？所以我在現實世界裡也抱著Ｍ６０Ｅ３的空氣槍一起睡覺。吃飯的時候會把它放在旁邊的椅子上並跟它說話，也會一起在沙發上看電影。」

他隨口就說出了相當瘋狂的事情。

「原來如此！」「說得也是。」「你說得真好。」「有一套啊。」

結果大家都能點頭同意他的看法，這就是這支小隊的特徵了。

「其他活下來的——ＭＭＴＭ在北側。距離這裡２公里左右。離開巨蛋後往這邊過來了。接下來絕對會與他們接觸。其他隊伍都太遠了。」

使用Ｍ２４０Ｂ的男人報告掃描的結果。

「上屆第三名的強隊嗎……贏得了嗎？」

架著色列軍事工業製「內蓋夫」輕機槍的男人感到很不安般這麼表示。

「沒問題啦！」

以充滿自信的口氣這麼回答的是依然趴在地上的ＦＮ．ＭＡＧ使用者。

「不是看了上屆的影像進行研究了？ＨＫ２１機關槍固然恐怖，但７毫米等級的槍就只有那麼一把。其他都是5.56毫米的突擊步槍。在這種開闊的地形下，我們的火力占壓倒性的上風。」

他面對發出「喔喔！」感動聲音的伙伴繼續自己的演說。

「我們要死守這個地方，然後成為勝利者！不論是弓箭還是大砲我們都不怕啦！」

這麼大叫的瞬間，他的背、腳、肩膀與頭部等身體各個部位就閃爍著紅色著彈特效……

「嘿波呸？」

留下這日文字典裡沒有出現過的字眼後就失去了生命。

剩下的四個人根本沒有時間思考他喪命的理由。

他們的背部同樣被大量的子彈擊中，ＨＰ迅速減少，然後接二連三地死亡……

「咦？等——為什——」

短短二十秒左右，最後一名使用內蓋夫的男人就被從ＳＪ２裡趕了出去。

全日本機關槍愛好者就這樣全滅了。

由於仍在掃描當中，其他小隊的成員剛好目擊了從白色轉變成灰色的瞬間。

「啥？那群用機關槍的傢伙這麼容易就消失了。」

MMTM的其中一人看著十四點的掃瞄，發出難以置信的聲音。

小隊在丘陵地帶的入口，也就是接下來就全是斜坡的地點一邊警戒著周圍，一邊看著接收器。

由於名為T－S的小隊正從北側的丘陵地帶接近，所以絕對是被他們幹掉了。

「也太沒用了吧……竟然沒發現身後就有敵人。難得能夠存活到這個時候，原本想由我們來對付他們的啊。」

「別說什麼發不發現了，這麼近的話在掃描之前都沒開始戰鬥也太奇怪了吧？剛剛才分出勝負的嗎？」

「難道說……是在討論是否合作時遭到背叛？」

眾成員雖然此起彼落地說出各種可能的疑問的猜想……

「不對喔，等一下。」

單手拿著STM－556的隊長就注意到對方的手法了。

「唉～」

酒場裡的觀眾們老早就知道究竟是怎麼回事。

因為他們看完了整場十四點整開始的T－S對ZEMAL的戰鬥畫面——或許應該說單方面的射殺景象。

Squad Jam的系統並沒有發生失誤。T－S的六個人，確實位於ZEMAL北方150公尺的位置。

但是ZEMAL的五個人卻沒人注意到相當重要的一件事。也就是「掃描不會判別高度」。

酒場的畫面當中，攝影機是從前所未見的高角度往下拍。那是在比城牆更高的位置。

城牆的頂端是一條寬約5公尺的通道。該處除了有水泥道路之外，左右兩邊還有高1公尺左右的護牆用來防止跌落。

這時有六個人只把槍身從護牆上伸出，然後瞄準距離150公尺之外，60公尺下方的位置。

他們是科幻世界裡的士兵。

身上穿戴著暗灰色材質不明的護具，露出肌膚的部分可以說不到1公分。胴體就不用說了，腳部從大腿到腳踝除了可動部分之外完全覆蓋在鎧甲之下。

此外不拿武器的左手（左撇子成員是右手）還裝備了盾牌。長方形的防彈板就裝設在上臂的部分。擺出一般的射擊姿勢時，就能夠確實地保護住心臟的部位。

頭上當然戴了太空裝般的頭盔。它有著連臉頰都能覆蓋住的堅固防護，同時還有護目鏡，所以完全看不見他們的表情。這已經是GGO內所能辦到的最完美未來士兵打扮了。

或許是需要體格之外辨認伙伴的方法吧，頭盔後方或者左手的盾牌上都以相當講究的字型標記了「001」到「006」的編號。

附在頭盔後方的小隊共同徽章，是一隻從水裡探出頭部並露出銳利牙齒的殺人鯨。

平常拿在手上的武器當然是光學槍，只有這次使用的是實彈槍。但即使如此還是盡可能選擇了外形帶有科幻感的槍械。

使用機槍的人，選用了黑克勒&科赫公司的「GR9」5.56毫米機關槍。包含附屬的瞄準鏡在內，有著光滑曲線的外形算是其設計上的特徵。

另外四個人拿的是「斯泰爾AUG」與「SAR21」。

這兩把都是「犢牛式」突擊步槍。犢牛式指的是彈匣和槍機位於扳機後方，與槍托結合的槍械設計。雖然全長比通常的槍械要短，但架在肩膀上時空彈匣會從臉旁邊飛出來，所以擁有架在左側便無法射擊的弱點。

另外還有一個人拿著進入試製階段就沒有下文的黑克勒&科赫公司的「XM8」突擊步槍。這把槍從側面看的話也同樣呈曲線狀隆起，輪廓看起來就像是一條魚。

全身穿著科幻裝備的他們——

在各角色的能力以及小隊的整體力量上都不是特別強。

事實上，他們在預賽的激烈競爭中就輸給另一支無名的小隊，所以屬於敗部復活組。身上的重裝甲雖然防禦力相當高，但代價就是被抓住「移動速度緩慢」這個弱點。

不過六個人之中的一個，在遊戲一開始時就指著城牆……

「嘿！說不定……可以爬到那個上面去喔。」

然後說了這句話，而這也改變了他們之後的命運。

「看戰場地圖的話，城牆確實還能算在範圍之內……」

「一開始會有十分鐘左右的空檔，雖然不抱希望，要不要找一下能爬上去的地方？」

「好吧！」

這樣的對話過後，他們就貼在城牆上四處調查周圍的環境……

「有了……」

結果真的找到一扇祕門。

到處亂按的一個人，確認到水泥材質般的城牆就這樣流暢地打開了。從遠處完全看不出來，但靠近並且定眼凝神就能看見微小的縫隙。看來每隔１００公尺左右就會有一個類似的出入口。

進到裡面後是一間點著暗沉燈光的小房間，裡面還有通往上方的螺旋階梯。

如此一來當然要爬到最上面去看看才行，結果爬上去後就發現是在城牆上面。高度約60公尺的該處，是視野相當良好的地點。

「真是絕景，真是絕景啊！」

他便自己往下看著巨蛋、田地以及城市，並且扮演著石川五右衛門，而他的身邊……

「搞什麼！遊戲的設計師根本在打混嘛！」

看著另一側的伙伴，以難以置信的口氣這麼表示。

所有人都同意他的看法，並且做出「真的耶」「太過分了」的附和。因為特設戰場的外側，就只有上下左右全和雲同樣顏色的空間而已。

也就是說，設計師認為反正是參加ＳＪ２的玩家看不見的地點，所以完全沒有設定電腦繪圖。

那麼為什麼能夠像這樣爬到城牆上呢？

設定階梯的設計師與設計總監之間是不是沒有溝通好呢？

不對，應該是溝通過了，只是認為沒有傻瓜會爬到上面！

不對，是故意只讓爬到上面來的人能看到這種特異的光景。

他們激動地討論著這些與ＳＪ２無關的事情。

不過這些都不重要——

「喂！沒時間在那裡鬼混嘍！」

因為最初的掃描時間接近而回過神來的他們開始煩惱了。爬上來是沒關係，但接下來該怎麼辦呢？

待在上面的話就能單方面射擊敵人，但那也只能在敵人進入４００公尺左右的有效射程範圍內才行。敵人真的會經常那麼剛好地出現在那種地方嗎？

結果小隊內就分成了還是跟平常一樣在戰場上作戰比較好的意見，以及既然都爬上來了，就幹掉能從上面射擊的敵人，然後在小隊數量減少到一定程度之前，都在城牆上到處逃跑的意見。

「我們下去吧」這一派的人，反對的原因是要在城牆上移動得走上許多冤枉路所以相當辛苦。結果「直接前進吧」這一派人馬，這個時候就發現了某些東西。

那是在遠方可以看見的道具。以雙筒望遠鏡確認之後，就知道那些物體竟然是六台腳踏車。為了讓玩家能在城牆上快速移動，設計師貼心地準備了這樣的道具。這下子「我們下去吧」這一派的人也不得不屈服了。

就這樣，他們選擇了在城牆上持續移動來逃亡這樣的作戰。

全身科幻造型的男人們揹著時髦的槍械，卻騎著到處可見的腳踏車在高高城牆上移動的模樣可以說特異到了極點。

一直沒有機會打倒敵人的他們，就持續在城牆上騎車欣賞絕景，最後全日本機關槍愛好者終於進入他們的射程之內。

當他們在最初的戰鬥當中以單方面攻擊獲得勝利時，剛好是大會經過一個小時的時候。

「那些傢伙是由城牆上移動過來的。他們十分鐘前還在西北角，應該是擁有某種快速移動的手段吧。機關槍那群傢伙就是沒注意到這一點，才會被他們從後方進攻。」

ＭＭＴＭ的隊長這麼說完，成員們就回答「原來如此」。

使用ＨＫ２１的傑克……

「那麼被他們占領那個地方不就很麻煩？趴下來的話，從下面就射不到他們了吧？」

提出了確切的問題。

而隊長則是……

「所以要從上方進行攻擊。」

砰一聲拍了一下著裝在愛槍上的槍榴彈發射器。

＊　＊　＊

時間稍微拉回到十四點整的時候。

「開始檢查掃描！」

躲在窟窿裡的蓮瞪著接收器。

其他地點裡——

不可次郎、老大等人、Pitohui等人以及除此之外的存活小隊都注視著第六次掃描的結果。

而酒場裡的觀眾也是一樣。

從北方緩緩開始的掃描——

首先映照出T－S與ZEMAL，接著又宣告後者的全滅。

其過程也映照在酒場的螢幕上。

「唉～」

「真可惜……」

「都這麼努力了。」

觀眾中傳出替到目前為止算是相當努力的全日本機關槍愛好者感到惋惜的聲音。

映照出地圖的畫面上，持續轉播著掃描的結果。

ＳＪ２終於來到了尾聲。現在還存活的，不是真正擁有實力，就是異常幸運，再不然就是兩者兼備的小隊。

這次的掃描之後，各小隊將會積極且全力朝距離自己最近的敵隊襲去吧。因為已經沒有必要等待了。

戰鬥將變得更加激烈，大概會在跟上一屆差不多的時間，也就是大約三十分鐘以內結束這屆的大會。

知道這一點的觀眾，為了確實掌握存活下來的小隊所在位置，就跟實際參加戰鬥的角色一樣，以嚴肅的表情注視著掃描結果。

衛星掃瞄持續南下，傳達出強隊ＭＭＴＭ在距離Ｔ－Ｓ大約２公里的南方，也就是開始成為丘陵地帶的位置附近。

由於沒有其他戰鬥，所以轉播畫面上就出現他們這支小隊，接著拉近的鏡頭映照出隊長拍打ＳＴＭ－５５６的槍榴彈發射器時臉上出現的爽朗笑容。

「那些科幻打扮的傢伙被ＭＭＴＭ鎖定了。」

「是技術居上風，還是位置居上風的會獲勝呢……」

在觀眾們爆發出的感想當中，掃描接著捕捉到蓮她們ＬＭ的所在位置。那是在巨蛋的東北

（右上）方大約2公里左右的地方。

畫面中映照出隱身於窟窿中的粉紅色小不點盯著衛星掃描接收器的模樣。

「嗯……離開巨蛋之後就離東北方相當遠呢……是不想對上PM4嗎？」

雖然有人提出了疑問，但當然沒有人能夠回答。攝影機緩緩往後拉，蓮的身體跟著逐漸變小。

周圍全是草都沒長一根的潮濕土地，看不見其他人的身影。

「為什麼她的搭檔槍榴彈發射器少女沒有在附近？」

不知道誰提出這樣的疑問，但果然沒有人能回答。

掃描從地圖上一點一點南下，蓮的右側，也就是東方距離2公里左右的位置出現了一個光點。

酒場裡的掃描結果立刻就會出現小隊名稱，所以就映照出KKHC四個字。這個光點目前也在移動當中。朝著雪山上面，也就是東北方逃走。

畫面立刻出現穿著寫實樹木圖案的迷彩外套，同時有一頭綠色頭髮的女性。由於鏡頭的角度相當近，螢幕上只能看見背部與後腦杓。

女性背上揹著一把黑色線條粗獷的步槍。

「喔！剛才存活下來的女生還沒有投降嗎！」

「布拉賽爾的R93戰術2型，竟然用這麼酷的槍械啊。」

「加油！好好幫伙伴報仇吧！」

小隊成員幾乎都遭到謀殺的景象讓酒場觀眾記憶猶新，而這也使得他們熱情地幫女性加油。

「不過，只有一個人的她打算怎麼辦呢……？」

「說得也是……而且還逃往反方向耶。」

接著就有人提出這理所當然的問題。

雖然看不見腳下，但是從景色流動的方向就能知道，她現在專心地往雪山上方，也就是遠離其他小隊的方向前進。

「這是在只剩下一支小隊前逃走並躲藏起來的戰術。然後還能從山上狙擊敵人。」

「原來如此……只剩下一個人的話，也只能這麼做了。」

掃描繼續南下，顯示出PM4，亦即M所率領的四名蒙面男與那個危險女人的所在位置。

他們目前巨蛋的東（右）側，大約2公里左右的地方。以地圖來說，就是被南北山脈包夾形成山谷的起點處。距離蓮的所在位置有3公里以上。

畫面轉換，從空中拍攝六個人。

地面上長著短短的草。不算巨蛋裡面的話，這裡是戰場當中綠色最為豐饒之處。到處有小河流過，同時可以見到沼地散布，像是自然公園般的地點。如果天空不是泛紅的鉛色，看起來一定會更漂亮吧。

綠色當中可以見到一棟建築物。

那是正面寬度50公尺，高8公尺左右，總共為兩層樓的圓木屋。

雖然組合圓木所蓋成的圓木屋沒辦法蓋成太過巨大的建築物，但畫面上這棟卻相當巨大。以GGO裡的建築物來說損傷算是少，窗戶上的玻璃都還完好如初。

這棟外表十分時髦的建築物，讓人聯想到高原上的飯店。

蒙面的四個人待在距離圓木屋300公尺左右的地方。

每個人以10公尺的間距趴在草木旁邊，處於隨時能以愛槍射擊的狀態下警戒著周圍。

使用異形散彈槍UTS－15的矮小男人，眼睛正貼在大大的雙筒望遠鏡上。

搬運行李的瘦高男跟在架著MG3機關槍的魁梧男人左側，負責輔助裝填由金屬環連結起的彈藥。

他們的中央可以看到M半蹲看著接收器。

剛才發威的那把加裝消音器的M107A反器材步槍，在他面前與M14・EBR並排放在一起。目前擺出的是只要有需要，隨時可以拿起任何一把的姿勢。

由於五個男人都穿著迷彩服，待在綠色植物當中的話，要找到他們可以說相當困難。

至於那個女人嘛——

以變身後全副武裝的造型，手上拿著武器KTR－09，在M身後面朝反方向，不過也同樣趴在草地上。她的面前放著M原本揹著的那個裝滿防彈盾牌的背包。

右手握著槍柄的她，食指雖然伸直，但槍械的安全裝置兼快慢機已經打開，調到了全自動射擊模式的位置。

這一臉嚴肅，完全進入臨戰態勢的模樣……

「哦？還以為那個大姊會光明正大地翹腳打混呢……真讓人意外。」

酒場裡雖然傳出這樣的言論，不過立刻就遭到反駁。

「她知道剩下來的隊伍都是強敵，所以千萬不能大意。這遊戲也有可能因為1發流彈就死亡啊。」

「原來如此。強者依然毫不懈怠嗎？」

由於只剩下六支小隊，最後顯示出來的是SHINC的位置。

她們是在巨蛋東南方的田裡。

從M等人的方向來看，是在西南方位，直線距離大約2公里左右的地方吧。雖然是一大片田地所以視野相當良好，但這樣的距離就連M107A1也沒辦法瞄準。

畫面轉換成一群女孩子。

知道掃描時間快到的娘子軍集團面朝外圍成圓圈趴在田中央，警戒著四周圍。

從之前掃描的結果中得知，自己的南方與西方還有敵人存在的機率相當小，但就算這樣依然毫不懈怠地警戒著四周就是她們的優秀之處。

「那些小姐們上一次用卡車來快速移動。這次也確實考慮到敵人同樣有可能這麼做。」

「少露出那種炫耀的嘴臉。大家早就都知道了啦。」

「說到這個我才想起來，這次沒有交通工具耶。」

「確實如此。不知道是尚未登場，還是還沒被參賽者發現。」

「哎呀？不是有腳踏車這種環保的交通工具了？」

「那可以算嗎？」

畫面當中，半蹲的老大瞪著接收器看。

老大確實是瞪大了眼睛來看，而眉間出現皺紋的那張臉，更是讓她的壓迫感大增。這時她忽然迅速抬起頭來。

她瞪著的無疑是ＰＭ４的方向。前方一大片田地是視野遼闊的空間。

緩慢的掃描終於結束——

酒場裡地圖上的光點也消失了。

接下來的九分鐘裡面，除了目視之外就無法得知對手的位置。該如何行動，或者是原地不動，就得看各小隊採取什麼樣的戰術了。

雖然酒場裡的觀眾們擅自說出今後的預想，但大混戰到了尾聲時想法其實都一樣，大家都有同樣的意見。

也就是——

ＭＭＴＭ將驅使優秀的整體能力以及隊長擁有的槍榴彈發射器，輕鬆地解決掉城牆上的Ｔ－Ｓ。

蓮既然逃避與ＰＭ４的戰鬥，那麼到下一次掃描為止都會專注在移動上。由於是只有兩個人的隊伍，所以會等待強敵們互相戰鬥而筋疲力盡。

ＫＫＨＣ僅存的一個人將持續逃亡，接下來也都不會參加戰鬥。她將虎視眈眈地窺探以狙擊將最後一支小隊打倒的機會。

ＳＨＩＮＣ與ＰＭ４會直接在開闊的地點展開對峙。聰明的他們會避免正面衝突，將為了攻擊對手的側面而移動。

這個時候的觀眾們完全沒有想到。

他們的預測會全部落空。

＊　＊　＊

整整花了一分鐘以上的掃描才剛結束……

「各位，要上嘍！所有人打起精神來！」

老大一邊把接收器收進戰鬥服左臂口袋裡，一邊以尖銳的聲音向眾人搭話。

「Да（是的）！」

黑髮上戴著毛帽的冬馬握緊德拉古諾夫狙擊槍……

「好耶！」

抱著ＰＫＭ機關槍，紅髮雀斑的堅強大媽羅莎……

「那就上吧！」

在她旁邊準備著彈藥箱的女矮人蘇菲……

「好的！」

另一名使用德拉古諾夫狙擊槍的金髮美女安娜……

「上吧！」

銀髮狐狸臉，手拿野牛衝鋒槍的塔妮亞以充滿決心的聲音這麼回答。

老大一拿起消音狙擊槍ＶＳＳ……

「很好！目標ＰＭ４！開始『零食作戰』！」

酒場的螢幕當中，ＳＨＩＮＣ展開行動了。

六名女性互相拉開適當的間隔，然後以快走或者小跑步開始移動。

手拿ＰＫＭ機關槍的羅莎、老大以及負責警戒後方的塔妮亞待在中央，蘇菲則跟在羅莎身邊，最後左右兩側是兩名狙擊兵。

由於知道距離敵人還相當遠，所以尚未採取分為兩組人馬，一組移動一組警戒的形式，而是六個人聚集在一起展開進擊。

她們前進的方向是——

「咦？」

「喔！」

從映照在畫面上的巨蛋與雪山的配置，可以知道她們確實朝向ＰＭ４布陣的位置。

她們就這樣衝過沒有任何遮蔽物或掩蔽物，平坦且視野遼闊的田地……

「什麼——！那些女人在想什麼！」

「這不是等於是要人家開槍射擊她們嗎？」

這樣的移動讓酒場裡的觀眾們發出質疑的聲音。

現在對手雖然距離她們2公里左右，但像這樣直接從正面接近並不是什麼聰明的方法。

當她們進入ＰＭ４擁有的，以１５００公尺有效射程為傲的Ｍ１０７Ａ１以及Savage１１０ＢＡ的利牙可到達的範圍時，只會面臨單方面遭到狙擊的結局。

「到底是怎麼了？」

「開始自暴自棄了嗎？」

觀眾頭上都浮現問號的酒場裡，有人注意到某件事。

「不對！娘子軍集團不知道ＰＭ４擁有超長距離狙擊槍吧？如果記取了上次戰鬥的教訓……應該只會警戒Ｍ的Ｍ１４．ＥＢＲ以及他的盾牌吧？」

「啊，對喔！我們只是看了這屆的影像才知道有這麼回事。」

「那麼，她們是覺得在到達7.62毫米的有效射程——８００公尺左右之前，就算大刺刺地靠近也ＯＫ嘍！」

酒場就這樣籠罩在「原來如此」的氣氛之下——

但立刻就又有人注意到了。

「等等，就算這樣也不能正面接近吧！會變成槍靶耶！」

十四點三分。

「果然來了。」

M簡短地這麼宣布。

他站起來暴露出整個巨大的身體，同時將眼睛貼在雙筒望遠鏡上。看著的方向是西南方。望遠鏡圓滾滾的視界裡所看見的是，朝著自己這邊進軍的敵人士兵們。

「SHINC小隊——就是那支娘子軍。PKM機關槍一把、德拉古諾夫狙擊槍兩把，再加上VSS與野牛衝鋒槍各一把。另一個人是擔任機關槍的輔助嗎？手上沒有任何武器。距離大概1600公尺。依然徒步直線接近中。」

聽見M的報告後，以Savage110BA擺出臥射姿勢警戒著相反方向的胖子狙擊手……

「果然來了。另一側沒有動靜，我到那邊去了。」

嘴裡就這麼說著，並且單手拿著黑色狙擊槍開始在草地上爬行。同一時間，以臥姿架著MG3機關槍的壯漢也從目前的位置緩緩改變槍口的方向。

持續警戒著另一側的是拿著UTS－15散彈槍的矮小男子，以及負責搬運的高大男人。兩個人都把雙筒望遠鏡貼在眼睛上，警戒著來自後方的攻擊。

「雖然不知道會如何攻過來，但是盡量從射程外加以攻擊。我會從盾牌後面以M107A1射擊。馬上開始準備，不過為了慎重起見，還是等她們接近到1300公尺再進行攻擊。」

M的發言……

「咦～那我要做什麼？」

讓趴在背包旁邊警戒著側面的Pitohui這麼發問，而M則這麼回答：

「稍微退後，在凹陷處繼續警戒後方與側面。」

「咦～？不讓人家用小巴開槍嗎？人家要開槍啦。」

面對開始要賴的Pitohui……

「這次的敵人不好惹。妳覺得自己的狙擊技術在我之上嗎？」

M毫不留情地這麼回答。

「嘖。」

Pitohui鬧了一下彆扭後，立刻聳著肩膀說：

「好吧，就把力氣留下來對付小蓮吧。」

嘴裡這麼呢喃著，按照指示退了下去。

酒場的畫面切換成開始行動的ＰＭ４。

Pitohui離開M的背包旁邊，移動到平坦草原中的凹陷處，同時開始警戒相反方向。

M把背包的蓋子整個打開……

「那面盾牌！又出現了！」

取出把瓦片重重疊起來般的物體。一片的高度約50公分，寬30公分左右。

M用力把它攤開後，八片板子就橫向擴展開來。以加裝在上下兩端的圓環連結，成為高50公分，弧長240公分左右的斜立扇狀護牆。

那是M在瀑布後方使用過，Pitohui狙擊待在山麓的隊長等人時也使用過，現在M又在此使用的鋼鐵盾牌。

「那個……真的很犯規。」

「你應該是想說『很想要吧』？」

「也可以這麼說啦。」

觀眾裡傳出相當老實的感想。

「發現敵人！M的盾牌！前方1600公尺！隔了一間圓木屋距離的左邊！」

揹著德拉古諾夫狙擊槍，快步往前走並且看著雙筒望遠鏡的安娜發出尖銳的聲音……

「所有人都別停下來！裝出沒發現的模樣繼續突擊！」

老大也立刻做出指示。然後……

「安娜，盡可能說出詳細的情況。」

「了解──M在草原上正對著我們打開盾牌。他旁邊有一個蒙面戴護目鏡的胖男人。槍械是外形從未見過的黑色狙擊槍。」

「正在打開盾牌？」

聽見老大驚訝的反問……

「沒有錯。」

安娜則這麼回答。

「這邊也確認到了。」

另一名狙擊手冬馬也做出同意的報告。

持續步行著的老大，臉色變得很難看。

「為什麼……？還有1600公尺的距離，為何……？」

面對如此自問自答的隊長，在新體操社裡擔任副社長的加奈──所操縱的蘇菲……

「老大，這樣的確太快了。」

先同意老大的看法並幫助她思考。

「嗯……如果是M的槍，有效射程應該是800公尺。雖說需要準備，但這麼早就攤開實在有點奇怪……」

「是啊。還趴著的話就不會被我們發現，但拿出盾牌就很顯眼了吧。」

「這樣的話……能想到的理由就只有一個。」

老大以消去法導出解答。

同時傳達給伙伴們知道。

「M他們有從1公里以外就能狙擊的槍械！」

「這樣對方應該也注意到我們了吧。」

肥胖的狙擊手對M這麼說。他在M盾牌的右端，用兩腳架支撐著Savage110BA。

雖然不像待在盾牌中央架著M107A1的M那麼安全，但是待在右側擺著武器的他，全身也有一半以上待在被盾牌保護著的位置裡。他蒙面的臉頰靠在槍托上，以護目鏡隱藏起來的眼睛看著瞄準鏡。

M把M107A1的瞄準鏡前後的蓋子打開。然後將倍率調到最大，趴下擺出臥射姿勢。

「沒關係。從這邊單方面持續進行射擊，盡量減少對方的數量。她們有可能會用機關槍掃射。你一看到預測線就要立刻避開。」

「了解。不過，在那之間就先把她們全滅掉吧！」

「嗯。」

兩個男人透過瞄準鏡，眼中可以看見放大的風景。

田地的另一端，有六名步行著朝這裡逼近的女性。肥胖狙擊手讀出瞄準鏡內的測距儀。

「剩下１５００公尺。」

「１５００公尺。」

安娜讀出剩下的距離。

ＳＨＩＮＣ的六個人依然繼續前進。

「發動攻擊的應該是12.7毫米的反器材步槍。已經是可以瞄準的距離，之所以沒有開槍，大概是為了確實命中目標而等待我們接近。但絕對會在我們的射程，也就是８００公尺前射擊。不知道是１０００或者１２００公尺就是了。」

老大緊繃的聲音傳到「六個人」的耳裡。

「Ｍ會在沒有預測線的情況下射擊。保持警戒！」

老大雖然這麼指示，但再怎麼警戒也無法得知沒有預測線的狙擊。真要說的話，大概就只能夠「察覺對方的殺氣」吧。

「雖然還有點遠，但要按照計畫實行『對盾牌作戰』！在命令前做好準備！冬馬、蘇菲、塔妮亞——拜託妳們了！」

從被叫到名字的三個人那裡同時傳回「了解」的聲音。

「嘿，要對上了，真令人期待……」

「哪一邊會贏呢？」

久違的戰鬥畫面讓酒場裡的觀眾興奮了起來。

看來目前應該沒有其他的戰鬥，所有攝影機從各個角度拍攝著PM4與SHINC。

雖然不知道為什麼沒有發生預測當中的MMTM對T－S的戰鬥，但對觀眾來說這已經不重要，現在所有人都對兩支強隊的正面衝突充滿了期待。

PM4設下陣地等待著敵人。在草地中的盾牌保護下，使用M的M107A1以及另一個人的Savage110BA這兩把超長距離狙擊槍。另外還有7.62毫米口徑的MG3機槍作為輔助。

而娘子軍集團SHINC則大剌剌地靠近。

「還問哪邊會贏？那當然是M他們啦！那些女人只會遭到單方面從遠距離射擊然後全滅！和聯合小隊的隊長們一樣！就算要反擊，子彈也會被那面盾牌彈開而發揮不了效用吧！」

「不對，就算看不見彈道預測線，在那麼遠的距離之下就能靠移動來躲開狙擊吧？就算可以攻擊得到，到著彈為止也得花上兩秒喔。在知道對方位置的現在，應該不可能只是被對方壓著打。」

雖然出現兩種不同的意見……

「你是說能夠靠移動而不被擊中，然後還打倒躲在盾牌後面的M？想要繞到側面還是有其他的同伴在喔。或許可以奮戰一陣子，但最後還是得面臨所有人被擊中的下場吧。」

但還是沒有人能夠推翻這樣的預測。

「距離1300公尺。」

肥胖男的報告……

「差不多要上了。」

讓M做出這樣的回答。

將瞄準鏡倍率調高到極限的兩個人，視界當中可以清楚地看見六個走在荒田上面的女人。

再來只要對應實際間隔的距離，瞄準上方扣下扳機就可以了。

「後方呢？」

M一這麼問……

「看得到的範圍內沒有敵人。」

以臥姿看著雙筒望遠鏡的矮小男人回傳這樣的答案。除此之外……

「既然交給你，就要快點把她們解決掉啊。」

像感到很無聊的Pitohui也做出這樣的回答。

「好了。」

M把所有注意力集中到瞄準鏡的圓形視界上。他並沒有閉上左眼，只是把意識移到慣用眼上。

待在遠方的六個女人。裡面雖然有女人魁梧到不像話，但也算是女性。

看見橫向散開往這邊走來的她們，M考慮起要先狙擊哪個人。必須把決定告訴身旁的同伴，讓他不會與自己攻擊同樣的目標。

使用Savage110BA的胖子，雖然在GGO裡是優秀的狙擊手，但是沒有實彈射擊的經驗。在這麼遠的距離之下，沒有著彈預測圓的輔助將無法命中目標。

這樣的話，讓預測圓與預測線在M本身開出最初一槍的同時發生，並且進行狙擊就是最好的選擇。

M迅速在腦裡面計算著。1200公尺的距離下，M107A1的子彈要命中目標大約得花兩秒的時間。

而手指觸碰到扳機讓著彈預測圓出現在視界裡是零點幾秒內發生的事情。順利的話，就能在對方中彈前開槍。

雖然不知道敵人確認伙伴中彈到趴下的反應速度有多快，但只要遲鈍一點的話就能夠射穿對方吧。

「好。隊長就交給我。就是那個外表魁梧又綁辮子，手上拿著VSS的傢伙。在我開槍的同時，你就射擊右側邊緣的那個金髮太陽眼鏡狙擊手。」

「金髮嗎，了解了。」

聽見回答的M，眼睛已經瞪著辮子女的臉。

她的嘴裡似乎在說些什麼。

「對方差不多要發動攻擊了……」

聽見老大的自言自語……

「我隨時都可以開始喲。」

待在最後面的塔妮亞這麼回答。她已經不再警戒後方，不知何時已經靠到老大附近。

SHINC的成員全都以嚴肅的表情走著。

這兩三分鐘裡，隨時都可能被從那面盾牌後面的彈道預測線瞄準。甚至已經是子彈隨時飛過來都不奇怪的時間。

面對承受著這樣的恐懼，裝出不知情的模樣持續走著的同伴……

「幹得好。要上嘍！別忘記『三秒』與『兩秒』！突擊！」

老大大聲下達這樣的命令。

這道命令傳到「六個人」的耳朵裡面。

六個人一起展開了行動。

首先是最後面的塔妮亞握緊野牛衝鋒槍，晃動著銀髮開始全力狂奔。她瞬間就超越所有人來到最前方。

「呀呼————！」

在GGO裡，提升過敏捷性的角色全力奔跑的話，就能發揮出超乎常人的速度。

雖然比不上蓮，但塔妮亞是這支小隊裡速度最快的女人。以猛烈速度踢向大地的腳，在乾枯的田地上捲起大量土塵。只見她拖著茶色的煙，朝對手發動突擊。

當然，突擊的不只有塔妮亞而已。

剩下的五個人也為了盡快縮短距離而開始全力奔跑。

只不過，光是筆直往前跑的話只會成為槍靶，所以每隔幾秒鐘就會緊急更換方向，以鋸齒狀往前奔跑。

這種模樣也映照在瞄準鏡當中……

「M先生！」

「嗯，我看到了——可惡！」

M難得發出明顯的咒罵聲。

明明再一下子就能擊中步行中的敵人了，結果被對方搶先了短短的兩秒鐘。

「那個隊長有很敏銳的戰鬥第六感——變更狙擊目標。我瞄準跑在最前面的那個小個子。你隨便射擊後方的傢伙。機關槍，進入射程後就牽制靠近的敵人。但只要用最低限度的子彈就可以了。後方警戒則是繼續。」

「了解！」「了解！」「了解」「了解！」「好喲～」

同伴們傳回答覆的同時，M的M107A1也發射出子彈。

傳出即使加裝了消音器依然相當刺耳的槍聲，從前端左右兩側的孔洞裡噴出的發射氣體，像是要砍倒周圍的草一樣晃動著它們。

飛出去的12.7毫米子彈，劃出平緩的拋物線後朝著塔妮亞靠近——

呼嘯著從突然改變角度的她右邊30公分左右經過。

「嗚哇！看到了！真是驚險！」

臉頰感受到子彈衝擊波的塔妮亞，從笑著的臉龐中發出悲鳴。

「被那種子彈射中的話，我就要變得更矮了！」

「開始了！」

「躲開了！」

酒場裡的觀眾群，這時興奮到像是要把酒杯捏碎一樣。

一邊畫面上出現的是趴在盾牌後面的M開槍的畫面——

另一邊的畫面上則是塔妮亞千鈞一髮之際避開子彈的嬌小身軀。

「剩下１０００公尺左右吧？究竟能躲開子彈前進到什麼樣的地步呢？」

「可惡……」

使用Savage１１０ＢＡ的胖子不停移動以臥姿擺出的狙擊槍。

瞄準鏡裡，有一群每隔三秒鐘就會呈鋸齒狀奔跑的女性。由於敵人距離還很遠，所以不用大角度移動也沒關係，但是卻很難瞄準目標。

因為手指碰著扳機，所以著彈預測圓已經出現，再來就只要把它在子彈能到達的時機下移到女人所在的地點就可以了……

「嘖！」

但是對方能夠看見自己鮮紅的彈道預測線，所以當然會躲開。

就算是這樣，為了不讓敵人靠近就還是得射擊。即使無法命中，能夠牽制對方的突擊也算很不錯了。

Savage110BA隨著轟然巨響開火了。

338拉普麥格農子彈帶著數重衝擊波往前飛翔——

「哎呀！」

從看見預測線後緊急停止的冬馬面前通過。

冬馬在雙手拿著德拉古諾夫狙擊槍的情況下轉過身子……

「還早得很呢！」

沒有開槍就立刻再次開始朝敵人突擊。

她們做過在空曠地點朝著敵人狙擊手突擊的訓練。是在使用實彈，而且認真射擊同伴的情況下。

最後掌握到的是……

「同樣的動作維持三秒以上就會被擊中。停下兩秒以上就會被擊中。」

這樣的鐵則。

「1～2～3……」

冬馬邊靈活地以日文數著數字邊往前跑，然後突然改變方向。用的是新體操的模擬練習所培養出來的敏銳動作。

子彈通過沒有任何人在的地方。

「可惡！M先生，老實說有點困難。那些傢伙的動作相當凌厲。」

聽見操作著槍機裝填下一發子彈的肥胖男示弱的發言，對塔妮亞發射第3發子彈依然落空的M……

「看來是這樣。」

也馬上同意他的看法。緊接著……

「改變作戰。不再個別射擊。改由你的預測線進行牽制，等她們停下來時由我來解決。」

立刻又做出指示。

那是剛才為了打倒隊長集團所使用的技巧。當時M107A1的射手……

「不管啦不管啦不管啦也讓我用小巴開火，不然我要開槍射你嘍！」

是這時候像這樣鬧著彆扭的Pitohui。

而肥胖的男性……

「了解！那麼，從金髮小姐開始！」

這麼說完，就把目標放在跑在最右側的金髮美女身上。

「剩下900公尺左右！再一下下！」

老大邊跑邊鼓勵眾人。

絲毫沒有休息而不停奔跑，同時還得持續改變方向是很耗費精神的一件事，但只要一停下來就會被擊中。反器材步槍的話，一擊就足以讓人斃命。

再一下下，不接近到800公尺的話，己方就攻擊不到敵人。

剩下870……剩下860公尺……

奔跑著的六個人當中，預測線來到跑在最左側的安娜身上。在後面的老大，看見預測線過來以及安娜迅速避開的模樣。

當子彈消除預測線飛過來，貫穿無人的空間時——

「哈哈！」

躲開的安娜也同時露出了笑容。

而到了下個瞬間——

帶著那張笑容的身體被整個往後轟飛並消失在視界當中。

「可惡！」

老大的咒罵……

「漂亮！」

以及肥胖狙擊手的歡呼聲……

「被幹掉了！」

還有酒場觀眾的悲鳴全部一絲不亂地重疊在一起。

老大一邊跑，一邊將眼睛往左上方移動，然後就看見同伴出現在視界邊緣的ＨＰ條。安娜的ＨＰ條迅速減少，最後完全歸零。

「嗚！安娜死亡！」

在無法確認屍體的狀態下，老大——以及其他四個人繼續往前跑並不斷往左右兩邊跳躍。

下一刻……

「已經可以了！上吧！安娜幫我們爭取到時間了！」

聽見冬馬的聲音，老大立刻做出決定。她發出一句簡短的命令：

「好！上吧！」

在剩下８５０公尺的地點，五個人開始了作戰。

「接下來要換誰？」

成功以彈道預測線牽制敵人，看見M幹掉金髮狙擊手的肥胖男，把新的彈匣裝進槍械裡並且以充滿期待的興奮聲音這麼說道。

「接下來──不對……等等。」

回答的是M感到疑惑的聲音。

接著肥胖男就看見了。

到剛才為止都那麼努力，真的是帶著必死決心縮短距離的女人們，不但忽然停下來還整個人趴到地上。這麼一來，在平坦的大地上就幾乎看不見人影了。

雖然試著瞪大看著瞄準鏡的眼睛，但土地畫出的地平線上，最多就只能看見帽子的頂端。瞄準頂端狙擊原本就不確定是否能命中了，而對方看到預測線也只要往旁邊滾動就能輕易避開了吧。

「距離是８５５公尺。」

使用MG３機關槍的壯漢報告出望遠鏡測距儀的內容。

「為什麼呢……？」

肥胖男這麼呢喃著。

855公尺這樣的距離，應該遠於她們手上武器的有效射程才對。

明明可以繼續往前突擊，為什麼忽然停住了呢？

因為一個人陣亡了？

不對，如果是一個人陣亡就停止的突擊，那麼打從一開始就不應該這麼做吧。即使付出更大的犧牲，也應該繼續朝這邊猛衝。

「M先生，我不知道那些傢伙在想什麼。」

由於超乎肥胖男的理解能力，所以他也老實向隊長這麼坦承。不為了自己的面子而撒謊

「了解對方想法」也是優秀玩家的資質。

「我也不清楚。但千萬別大意。」

M也說出了老實話。

酒場裡的觀眾也理所當然般……

「為什麼停下來？這時候就算多少有點犧牲也得繼續突擊吧？」

湧出了這樣的聲音。

知道答案的……

「好！上吧！」

就只有做出命令的老大，以及她手下的ＳＨＩＮＣ眾成員而已。

五短身材的女矮人蘇菲……

「開始嘍！」

維持趴在土地上的姿勢，左手在空中揮舞了一下。

只有她能看見的道具視窗出現在眼前，然後迅速從中選擇實體化的道具，接著立刻按下ＯＫ的按鍵。

這段期間，從蘇菲身後爬過來的是黑髮的狙擊手冬馬。她在土上拚命地匍匐前進，爬到一半時德拉古諾夫狙擊槍被土絆住，於是就直接將其放在身體旁邊。

「我來嘍！」

冬馬這麼告訴蘇菲的同時，兩人中間就有光粒聚集，開始進行某種道具的實體化。

接著……

「各位！拜託妳們了！」

蘇菲露出笑容這麼大叫完，當場就站了起來。

「啊啊？」「啥啊？」

在敵人狙擊手眼前站起來，她到底在想什麼？

酒場裡的每個人都抱持著同樣的疑問——

「啥啊？」

戰場之上，身為敵人的肥胖男也同樣感到十分驚訝。

站起來的女矮人，只會成為狙擊的目標。原本做好她會立刻往前跑的心理準備……

「啥啊啊啊？」

女矮人接著竟然當場重重坐了下來。這名橫向面積相當寬的女人就這樣盤腿坐著，並且看向這邊咧嘴笑了起來。

接著女矮人邊伸直粗壯的雙臂與手指，把它們朝著地面插下。還以為她要開始掘土，結果竟然以手插在土裡的姿勢靜止不動。

「……M先生？那是怎麼回事？那個女人到底想做什麼？」

跟剛才一樣，不對，應該說比剛才更加難以理解的事情出現在眼前，讓肥胖男向自己的隊長尋求幫助。

「我也完全搞不懂……不過就先讓我幹掉她吧。」

這麼說完的M，把M107A1的瞄準鏡對準女矮人的瞬間——

就發生更加令人難以置信的事情。

咧嘴笑著的女矮人頭上，閃爍著著彈特效的光芒。她的頭部左側散落閃亮的紅色多邊形，在粗大脖子上的大頭則稍微往右傾斜。

經過HP迅速減少的三四秒鐘，「Dead」標籤就在她的上方浮現，宣告她立刻死亡的事實。坐著的女矮人，就這樣變成坐著的屍體。

「什——」

M準備觸碰M107A1扳機的手指直接停了下來。

因為被擊中頭部，所以可以知道對方立刻就死亡了。

但開槍的人是誰？

從這邊看的右側，由她來看是從左側被擊中頭部，但那種地方實在不像存在其他的小隊。

不過M還是為了解開謎題而把M107A1往右移動，接著就知道了答案。

由於對方立刻就趴下了所以沒能射擊，但是透過瞄準鏡看見的短暫光景，已經清楚地烙印在M的眼睛裡。

那是身為敵方小隊老大的那個女人，對著自己同伴擺出VSS的模樣。

SECT.14 第十四章　砲戰

酒場裡的觀眾——

因為在這之前就有一台攝影機聚焦在SHINC目前的狀況上，所以清楚地看見整件事情的經過。

娘子軍集團的隊長，也就是綁辮子的女性，拿槍射擊了自己的同伴。

趴著的隊長迅速撐起上半身，擺出VSS消音狙擊槍，對著重重坐在30公尺旁邊的女人開了1槍。

非常沉重的9×39毫米彈頭命中她左邊的太陽穴後立刻奪走她的性命。

「什！」

「等等！」

「喂喂！」

「瘋了嗎！」

「啥啊啊啊啊？」

「為什麼！」

近似悲鳴的喊叫聲籠罩整間酒場。

而在喊叫聲止歇之前，他們就看見了。

變成屍體的蘇菲身後，她死前從倉庫欄裡叫出來的道具終於逐漸結束實體化的過程現出身影。

光粒聚集在一起，變成一根長長的棒子。

「怎麼了？」

M以及PM4小隊成員的耳朵裡，傳出Pitohui感到疑惑的聲音。

「剛才一名敵人被她們的小隊長爆頭然後死亡了。」

M做出極為簡潔的說明。這時似乎連Pitohui都感到驚訝……

「什麼～？怎麼會？」

不由得發出奇怪的叫聲。

「搞不懂……」

「自相殘殺？那不就跟上次的M一樣！」

Pitohui雖然發出興奮的聲音，但不論她是笑還是生氣，都沒有隊員有所反應。

而在這之後……

「嘿，我看不見那個人是怎麼被同伴殺死的？拜託告訴我詳情。」

Pitohui就追加了問題。

M則是……

「啊？噢。她們為了縮短距離而朝這邊突擊，不過我用狙擊槍打倒了一個人。不久後，所有人就在距離855公尺的地方先趴下來。但其中一個人站起來盤腿而坐，然後被伙伴擊中就立刻——」

沒能說出「死亡」兩個字。

因為M的說明被Pitohui的聲音給蓋過去了。那是Pitohui用盡力氣的喊叫。

「盡快趴到地上！」

比在現場戰鬥的本人更加了解詳情的是——

在酒場裡看著轉播的觀眾們。

當女矮人最後留下來的道具實體化時，有一半的觀眾就了解SHINC的作戰了。

光粒聚集起來所形成的是一把巨大的槍。

全長大約有2公尺。

槍身單純是整個外露的金屬製管子。中間部分有作為支撐的兩腳架。槍口具備將發射氣體朝橫向吹出來抑制反作用力的砲口制動器。

光是槍身就長達1．3公尺左右。這個數值幾乎比所有突擊步槍的「全長」還要長。

為了成為讓人類使用的槍械，重心後面加裝了扳機、槍柄，以及貼在肩膀上用的槍托。

從槍身左側凸出來的瞄具上，有著原本沒有，也就是事後才加裝上去的瞄準鏡。

這像曬衣竿一樣，令人難以置信的長大槍械，名稱是……

「『PTRD1941！』。」

「『捷格加廖夫反坦克步槍』！」

酒場裡的某兩個人同時叫了出來。槍械迷是一種總想比別人更快說出名稱的生物。

而他們兩個人說的都是正確答案。

那是1941年，參加第二次世界大戰的蘇聯紅軍所採用的「反坦克步槍」。

捷格加廖夫是開發者的名字，亦即PTRD裡的「D」字。因此在日本，它也被稱為捷格加廖夫反坦克步槍。

由於當時戰車的裝甲比較單薄，所以這把超大口徑的步槍就是被設計來貫穿其裝甲。因為從第二次世界大戰後半開始，就無法用這種槍械貫穿戰車，所以現在已經不存在「反坦克步槍」這種類別，而是被稱為「反器材步槍」。

它是手動槍機式的單發步槍，使用的彈藥是蘇聯製的14.5×114毫米彈。這就表示子彈的直徑有14.5毫米，彈殼的長度有114毫米。

從M他們所使用的M107A1的50口徑子彈，規則是12.7×99毫米彈來看，就能知道它是大了一圈，而且更加強力的彈藥了吧。當然，子彈所擁有的力量也遠居上風。

面對繼M107A1之後登場的怪物步槍……

「那是什麼！」

「出現超級骨董了！」

「那種東西是怎麼入手的！」

「是想用那個反擊嗎！」

「就是為了這一刻而一直隱藏在倉庫欄裡吧？」

「確實有一套……有那麼強大的威力，就能正面對抗M的盾牌了。」

「上次沒有這把槍吧？應該是特別去克服超難任務來獲得的吧。」

同樣患有槍械迷這種病症的觀眾們氣氛整個熱絡了起來。

但是……

「不過，要如何對抗呢？在這種平坦的土地上，臥射沒辦法進行遠距離的狙擊吧？」

就又產生了這極為理所當然的疑問。

雙方是在相當平坦的地點對峙。

就像M他們無法順利狙擊趴下的SHINC一樣，她們不把槍抬到一定高度的話也無法瞄準M他們。

但站起來射擊，不對，應該說就算坐著射擊也會變成很好的槍靶。

最重要的是，這種重量的槍械別說是立射，就算是坐著開槍應該也無法精密地狙擊敵人。

像這種超重量級的槍械都需要依託——也就是靠在什麼東西上來射擊。

她們到底要如何使用這把槍呢？

負責使用這把槍的狙擊手，以行動來回答觀眾們的疑惑。

怪物步槍的射手，是位於後面近處的黑髮狙擊手。

看過上屆SJ的人應該就知道。

黑髮上戴著針織帽的她，是使用具備可變倍率瞄準鏡的德拉古諾夫狙擊槍。而她同時也是在上一屆時狙擊了蓮，差點就蓮讓命喪黃泉的人，射擊技術可以說是小隊裡的第一名。

要再補充的話，那麼她在上屆SJ裡也是最後死亡的角色。

她一坐到屍體後面，就緩緩抬起這段期間實體化的，全長大概2公尺，重量大約有16公斤的槍械。

然後把長長槍身的前方，放到成為屍體而一直坐在那裡的同伴左肩上。

「啊啊……」

這個瞬間，觀眾們就因為恐懼感閃過背肌而發抖，同時也理解了。

女矮人為什麼要在敵人面前坐下。

女隊長又為了什麼要射殺自己的同伴。

而且還是從左側射擊頭部。

「那些女人——把伙伴變成『盾牌』和『槍座』了！」

在Squad Jam裡——

屍體會成為不可破壞物體並留在現場十分鐘。

這樣的話，這段期間——

屍體就會變成無敵的盾牌。

冬馬以右手舉起PTRD1941的銀色槍機，並將其拉到面前。

光是用它來揍人似乎就能把人殺掉一般的巨大子彈，就裝在防水布袋裡和槍械一起實體化了。

子彈的數量共有10發。

冬馬一用左手抓起1發，就有油沾到手套上。為了讓槍械確實運作，子彈上塗了大量的油。

冬馬把子彈從下側的開孔裝進槍裡，接著迅速把槍機往前推來裝填子彈。

在手臂插進大地的屍體後方1公尺處，黑髮狙擊手擺出跪射的姿勢。

看著距離眼睛相當遠的瞄準鏡，透過其鏡片瞪著855公尺前方的某面盾牌。

手指觸碰到扳機的瞬間，就有淡綠色著彈預測圓浮現，在圓形首次收縮的同時……

「你的命——在下接收了！」

由俄羅斯人米蘭所操縱的冬馬，呢喃著古裝劇裡會出現的台詞。

然後開槍。

與其說是槍聲，或許用「爆炸聲」來形容會比較貼切。

「盡快趴到地上！」

聽見Pitohui的聲音……

「嗚！」

M就放開手中的M107A1，當場緊緊趴在地上。雜草與土壤甚至跑到他的嘴巴裡面。

「咦？」

肥胖男的反應慢了一些。

而更不幸的是，從冬馬那邊發出的彈道預測線被他面前的盾牌擋住，所以沒有進入他的視界。

飛過來的直徑14.5毫米子彈——

命中呈扇狀攤開的盾牌當中最右側的一面。

然後被彈了回去。

不愧是宇宙戰艦的外甲板。同時因為稍微傾斜，所以即使是來自855公尺前方的14.5毫米彈，也沒有貫穿盾牌。猛烈的火花爆散並傳出強烈的聲音後，攻擊就被擋了下來。

只不過——

「沒有貫穿」並不代表「威力無法傳達」。

子彈上帶著極為強大的動能。受到強烈打擊的其中一片盾牌，當然承受了猛烈的壓力。

盾牌是可以承受任何熱度與壓力的強力物體。

但上下兩側連結起盾牌的金屬環部分就不像盾牌那麼堅固。

幫忙支撐這受壓盾牌的兩處金屬環，瞬時像糖果一樣扭曲，然後直接被擰斷。

而這一片盾牌脫離弧形後往後彈飛——

直接擊中在後面架著Savage110BA狙擊槍的男人顏面。

他沒有辦法說出任何話，不論是悲鳴、不滿還是驚訝都再也說不出口。

被堅固裝甲板猛力擊中的男人，脖子的角度變成人體構造上不可能出現的狀態，然後從該處產生被認定為受傷證據的紅色特效光。

「Dead」標籤浮現，顯示出PM4首名戰死者的位置。

PTRD1941一開槍，同時就有強大的旋風往周圍襲去，在乾燥的地面上揚起一片巨大的塵土。

強烈的後座力讓冬馬的身體猛烈往後搖晃，但跪射時已經將身體重量加諸於前方，所以還是撐了過去。

這把槍雖然是手動槍機，但是搭載了「利用後座力開放槍機並排出空彈殼」的獨特系統。GGO裡也忠實地重現了這一點。

射擊之後，包含槍柄在內的槍械本體——也就是靠在肩上的槍托以及靠在臉頰上的托腮板之外，幾乎所有零件都會因為強力的後座力而退後65毫米左右。

利用這後退的勢頭，槍機會撞上後面的金屬零件而彈開。後座力會幫忙完成原本應該手動的退膛動作。

退下的槍機會繼續因為慣性而後退。塗上油增加潤滑度的空彈殼會被從彈倉裡拖出來——然後從槍械下方排出。

冬馬用左手捏起被油濡濕的子彈，將其再度從下方滑進槍裡。把褪下的槍機往前推並且往右鎖定，就能夠再次射擊了。

「下一個！」

＊　＊　＊

SHINC的諸位女孩，認為要獲得優勝就一定得做出「M的盾牌對策」，而她們選擇的……

「總之就是要獲得比現在更為強力的武器！」

是這種單純的方法。

如果現在自己隊伍的火力無法擊倒對方，那就獲得更強力的「矛」來擊破「盾牌」就可以了。

那麼，什麼能算是矛呢？

首先想到不可次郎也使用著的槍榴彈發射器。以呈拋物線的彈道，從M的盾牌無法防禦的上方進行攻擊即可。

但最大只有400公尺的射程實在太短了。得比M所持的M14·EBR的800公尺射程更遠，或是在同樣的距離下進行攻擊。

這樣的話，答案就只有一個了。

應該入手的是大口徑且威力強大的反器材步槍。

就算無法貫穿裝甲板，也能夠以衝擊力破壞連結的部分吧。不然應該也可以把盾牌的位置錯開。

為了獲得這樣的武器，她們在繁忙的課業、社團活動以及嚴格訓練的空檔時間收集情報。

雖然知道反器材步槍在GGO日本伺服器內是大概只有十把左右的存在……

「但那是去年的事情了。最近實際上線的數量似乎增加了，實際上應該有更多把，而且比之前更容易入手。」

不過也獲得這樣的傳聞。而這也讓眾人的期待感大增。

接著便嘗試採訪已經擁有反器材步槍的人，詢問他們是如何獲得該種武器。

只要聽見哪個人擁有那種槍的傳聞，就會找到那個人並追上去，但最後只攔截到四個人，而且只有兩個人確實地回答了她們的問題。

兩個人都表示：

「奇蹟似的解決了困難的任務，打倒魔王後掉寶就獲得了稀有的槍械。」

果然不出所料，那不是一般商店裡所販賣的武器。

當然，獲得的人將其賣掉的可能性也比其他槍械要低，以前出現在拍賣上時，換算成現實世界裡的日幣後，竟然高達20萬這種令人難以置信的金額。

回答的兩個人當中，有一個是女性玩家。她是有著一頭藍髮，名字叫作詩乃的可愛少女。

當然，那只是虛擬角色的外表，玩家本人可能已經是上了年紀的成熟女性。而這位詩乃更是能夠打進BoB決賽的超強槍手。SHINC的所有成員，和她一對一的話都不可能是她的敵手。

當時遇見詩乃的是及早做完回家作業的老大和安娜。或許是看在同為女性的面子上吧，詩乃告訴她們極為詳細的狀況。

她表示，跟荒野比起來還是首都格洛肯的地下迷宮深處難易度較高，所以也比較容易出現稀有武器。當中又以因為陷阱而被強迫掉落的地點掉寶率更高。因為她自身也是這樣才獲得稀有槍械。

從那一天開始，新體操社為了獲得反器材步槍的魯莽挑戰就開始了。

突擊怎麼想自己小隊的等級也無法對付的區域，被魔王級的超巨大怪物或者巨大機械到處追著跑，當然有時會被對方蹂躪。中隊全滅後回到安全地帶的「死亡回歸」這種絲毫賺不到經驗值的嚴酷戰鬥就這樣持續著。

經過無數次挑戰，當她們已經放棄想這到底是第幾次時，幸運女神對她們微笑了。

那是在原本可能是地下鐵車站的細長迷宮裡所發生的事情。

與襲來的敵人——巨大戰車上加裝了數根挖土機怪手般的機械進行攻防當中，伙伴遭到雷射光貫穿後就潰不成軍。而使用機關槍的羅莎因為來不及閃避敵人的衝撞，被粗大履帶壓得支離破碎而戰死。

但不曉得是執念還是怨念，即使被壓得四分五裂，她的右手還是持續扣著扳機。

ＰＫＭ機關槍像是要幫持有者雪恨一樣持續發射著子彈。

在屍體變成多邊形碎片並且消失之前的短暫時間裡，就朝著地下空間的側面發射了20多發子彈。其中有幾發命中橫向經過的水管，在上面開了幾個洞。

從該處猛烈噴出的是地下暖氣用的熱水。

從高壓熱水管裡噴出來的水直接擊中機械。或許是讓電力系統發生故障了吧，它的行動變得極為遲緩。籠罩整個空間的水蒸氣則減弱了從怪手前端發射出來的雷射光線。

「機會來了！所有人一起攻擊！」

「太好了！」

「上吧！」

「幹掉它！」

「唔喔喔喔喔！」

殘活下來的五個人，在熱血沸騰的情況下，不顧全身淋著熱水一起朝著敵人攻去——

結果立刻全滅了。

因為至今為止累積的傷害實在太大了。如果光靠氣勢就能贏得戰鬥的話，那麼就沒有國家會在戰爭裡落敗了吧。

但她們還是找到攻略的線索了。

隔天再次闖進那個迷宮的女孩們，首先在熱水管上安裝了炸藥。然後引誘敵人靠近，在一開始時就讓敵人淋了比上次還要多的水。

接下來就是靠力量強攻了。

對著動作遲緩的對手不斷不斷地開槍。對著發射雷射的怪手開槍之後，它立刻就變得無法準確地瞄準。

但就算是這樣，嚴酷的戰鬥還是持續了三十分鐘以上。老大甚至在ＨＰ所剩不多時，抱著所有電漿手榴彈，朝對手發動特攻而戰死——

然後終於打倒敵人。

最後是冬馬以德拉古諾夫狙擊槍發射的一擊，射穿了外露的動力爐一般的部位。

只不過，那個時候因為發生猛烈的爆炸，讓從遠處攻擊的她以及安娜這兩名狙擊手之外的同伴全都陣亡就是了。

在充滿霉味的空間裡跳出刺眼Congratulations字樣的情況中，完成最後一擊的冬馬面前出現一個小小的視窗。

碰了一下視窗後，在眼前實體化的是宛如巨大曬衣桿般的反戰車步槍PTRD1941。

原本就只使用蘇聯製槍械的她們——

系統就像是早就決定好了一樣，也掉下了蘇聯製的槍械。

安娜想起詩乃曾說過以法國製的狙擊槍打倒魔王後，就獲得了法國製的反器材步槍……

「原來如此，會因為打倒魔王時的武器而獲得不同的稀有槍械嗎？」

她覺得應該是這樣沒錯了。只是沒有人知道這是不是正確答案。

冬馬和安娜拿著巨大曬衣竿——PTRD1941回到因為死亡而回歸城市的同伴身邊時，所有人都相當高興。

互相抱著喜極而泣的模樣，已經完全感覺不到剛認識時的不合了。女校新體操社的她們，拿著槍多次出生入死之後，已經成為了無可取代的伙伴。

就這樣，她們獲得了強力的矛。

再來是必須熟練地使用這款武器。

光是槍械本身就大約有16公斤的PTRD1941，角色所需的筋力值當然也設定得相當高。

隊伍裡立刻可以運用，也就是可以隨手拿著它奔跑的就只有蘇菲和羅莎兩個人。因為她們兩個人平常就拿著沉重的機關槍、大量的預備彈藥以及預備槍管。

但這把槍是狙擊槍。

應該交給狙擊能力高而且擁有專用技能的冬馬或者安娜來使用，所以為了提升兩個人的筋力值，她們便更加努力地進行特訓。趁著進入春假，她們除了社團活動的時間之外，就全部拿來鍛鍊自己。

最後冬馬把能力值提升到「拿著走的話會受到重量懲罰，但可以開槍」的狀態，所以這把槍就歸冬馬所有了。

首次叫出視窗來按照說明書射擊時，它那德拉古諾夫狙擊槍根本無法比擬的後座力就讓冬馬以為自己的肩膀脫臼了。她覺得這實在不是人類（虛擬角色）所能使用的武器。

但是，不馴服這隻怪物的話，隊伍就不可能贏得優勝。於是冬馬便準備了大量的14.5毫米子彈，反覆進行射擊練習。最後磨練出承受後座力的骨氣。

這把槍上面沒有瞄準鏡。這個時代的反戰車步槍上本來就沒有那種東西。由於覺得這樣要在遠距離下與M戰鬥實在沒有什麼信心……

「沒有杜鵑鳥的話，就自己加上去吧。字數不足就是了。（註：仿效比喻戰國三大武將織田、豐臣與德川性格的知名俳句）」

於是冬馬使用自訂槍械的機能把瞄準鏡裝了上去。

雖然是毀掉附在槍身左側的金屬製瞄具，再把瞄準鏡焊接上去這種粗暴的方法，但只要能運作就沒問題了。

直接使用步槍用瞄準鏡的話，很可能因為槍械的退後而傷到眼睛周圍。於是購買了良視距（眼睛與透鏡之間的距離）比步槍用更遠的手槍用瞄準鏡，並且把它裝了上去。

像這樣完成的是……

「PTRD1941反戰車步槍．附屬女校新體操社特製版」。

別名……

「對M決戰兵器」——簡稱「M槍」。

為了進行測試戰鬥，她們再次挑戰掉下這把槍械的機械。

以熱水限制其行動，然後冬馬從遠距離連續狙擊。看見敵人原本讓她們吃盡苦頭的裝甲板如此容易就被貫穿……

「這樣就能獲勝了喔喔喔喔喔！」

老大就在地下空洞裡大聲咆哮了起來。

之前的辛勞就像在作夢一樣，這次很輕鬆就打倒了那架機械。當然，機械上沒有再掉下另一把反器材步槍了，不過倒是賺取到經驗值與購物點數。

冬馬看著高興的眾人並提出疑問：

「但是，在空曠地點無法使用兩腳架的話該怎麼辦？因為我沒辦法拿著這把槍移動……」

這把又長又重的槍，一旦架設好了之後要再移動就很辛苦了。也難怪冬馬會有這樣的不安。

結果使用機關槍的兩個人，也就是羅莎與蘇菲就同時露出笑容。

羅莎表示：

「各位，我們在用機關槍射擊時，妳們不是會站在前面當成支撐的台座嗎！」

蘇菲則是說：

「對啊對啊。那就跟那個時候一樣就可以了。由粗壯的我們穩如泰山般坐下來，然後把槍身放在我們肩上來射擊就可以了！」

冬馬隨即瞪大眼睛。

「但是！這樣的話，妳們兩個就有可能被擊中而身亡！」

結果蘇菲就回答：

「這就有點困擾了——如此一來，就沒辦法確實負起台座的責任了。」

「等等，我不是這個意思……」

「這樣的話，其實有很簡單的解決方法喲！」

女矮人咧嘴笑了起來，同時說出符合副社長身分的負責言論。

「只要一開始先把我殺死就可以了，這樣的話，就可以變成能夠抵擋任何攻擊十分鐘的無敵台座！」

＊　　＊　　＊

「下一個！」

在第1發揚起的土塵完全沉靜下來之前，冬馬就裝填第2發子彈。

瞄準的目標比剛才稍微偏右一些。也就是呈扇狀展開的盾牌中央部分。

只要子彈命中那個地方，就不只能把盾牌轟飛，也能讓待在那裡的M以及他使用的槍械受到傷害才對。

老實說，沒想到M會持有反器材步槍。

原本的作戰是盡可能從M14．EBR的有效射程800公尺外進行射擊，但現在已經沒時間發牢騷了。「既然我們有所準備了，那麼對方應該也會做好準備才對」——沒有想到這一點是自己小隊的失誤。

「看招！」

發射。

隨著晃動大地的轟然巨響，60公克的超高合金金屬塊，以秒速1000公尺，也就是令人難以置信的3馬赫速度飛了出去。

下一個瞬間就命中了盾牌。

冬馬的瞄準有些誤差，子彈命中盾牌左側邊緣，把該處的一片甲板轟飛出去。

如果沒有按照Pitohui的指示趴下的話，M的頭也會被轟飛的一片盾牌擊中然後因此而陣亡吧。

M立刻抬起頭來，抱住了M107A1。

M也已經知道對手的企圖了。

自己準備好變成不可破壞物體的屍體，在平原上設下大口徑槍械的台座兼盾牌，竟有如此殘酷又有效的作戰。

瞄準鏡當中，可以看見閉著眼睛坐在那裡的女矮人，以及她身後把子彈裝進巨大鐵管裡的女性。

「敵人持有捷格加廖夫反坦克步槍！就算只是擦到也會死喔！絕對不能抬頭！」

M在對同伴這麼報告的同時，也用手裡的槍械開槍了。

雖然比不上對方，但己方的也是超大口徑槍械。反擊的子彈隨著低吼飛去，擊中屍體的頭部後輕鬆被彈飛。

「可惡！」

酒場內的轉播影像，映照出大砲互相轟擊的模樣。

娘子軍團其中一個人，把伙伴的屍體當成台座來發射PTRD1941。從音響爆出漫天巨響，震動了現場的空氣與虛擬角色的內臟。

PM4的肥胖男被轟飛的盾牌擊中頭部後立刻死亡……

「嗚喔喔喔喔喔！」

「成功了！真的成功了！」

「擊破無敵的盾牌了！」

接著迅速再次裝填子彈的女性開了第二槍。

另一片盾牌被轟飛，但M卻毫不膽怯。

嘴裡叫著些什麼後立刻反擊。但被變成不可破壞物體的屍骸輕鬆擋了下來。

這段期間，女人已經裝填好第3發子彈並迅速開始瞄準。拉近的鏡頭映照出她的臉，發現黑髮底下的臉孔正露出高興且猙獰的笑容。

「這根本是砲戰……」

某個人的呢喃，直接被雷鳴般的砲擊聲掩蓋過去。

冬馬發射出去的第3發子彈，在乾燥的大地上突進。

子彈飛翔的路線下方，衝擊波在土塵上畫出一條筆直的線。子彈命中盾牌，扯下了第三片甲板。

板子被擊中後就從M的頭部上方飛過，然後插進5公尺之外的草地當中。

原本有八片的盾牌，被從左右兩側轟飛後剩下五片。但M還是不感到膽怯。

對方的槍械是自動拋殼手動裝填。而自己的是自動裝填的半自動槍械。目前彈匣裡還有5發子彈。

「來吧！」

抬起頭來擺出M107A1的M大聲吼叫著。

像是要用眼神瞪死對方一樣，望著被沙塵遮住的敵人並扣下扳機。

「噠啊！」

在M射擊的同一時間裡，冬馬也發射出第4發子彈。

結果變成上屆SJ最後決戰時同樣的構圖。

冬馬和M雙方的武器同時噴出火花。兩人的空彈殼分別從槍裡彈出。
子彈在空中隔了20公分左右的距離錯身而過——
一邊命中屍體的左肩，被堅固到異常的屍體瞬時吸收去勢，砰咚一聲掉到地上。
另一邊則是命中盾牌的中央部分，把它整個扯下來。彈出去的盾牌撞上M107A1……
「嗚！」
從側面擊中擺出它的M的身體。
倒向左邊的M拖著槍，看著它的側面。
「…………」
然後了解了一件事。
這把槍不送到武器店去修理的話就不能用了。也就是說，無法繼續在SJ2裡活躍。
猛烈撞上的盾牌邊緣，極其堅硬的素材在槍身上砍出一道相當深的凹陷。
如果沒注意到又再次開槍的話，子彈將會在這道凹陷處卡住，接著無處可發洩的壓力將會造成膛炸。也只有在槍械迷相當多，對於槍械損傷相當講究的GGO裡，才能看到如此精細的重現度。
「50口徑的槍毀了。不修理的話就不能用。」
M一邊這麼報告，一邊把M107A1放到旁邊，然後身體慢慢地後退。

當他來到距離盾牌3公尺左右的地方時——

第5發子彈飛過來，命中沒有人躲在後面的盾牌。

響起一陣如果不是在GGO內耳膜可能會破裂的金屬聲，中央部分的一片盾牌就被擊飛了。展開的盾牌終於無法繼續保持弧形，零零落落地倒了下去。

一名伙伴被殺，銅牆鐵壁般的盾牌被破壞，同時長距離狙擊槍也無法使用——

「…………」「…………」「…………」

趴在地上回過頭的三名蒙面男同時屏住呼吸。雖然看不見，但不難想像他們臉上出現什麼樣的表情。

緊接著……

「很有一套啊啊啊啊！」

只有Pitohui一個人像是感到很高興一般。

「很有一套啊啊啊啊！」

酒場裡也能聽見歡喜的吼叫聲。

娘子軍集團不惜犧牲一名自己的同伴來破壞上屆優勝者M的盾牌，同時還讓PM4首次出現喪生者，所以引起了一陣很大的騷動。

「太棒了太棒了太棒了！這下子ＳＨＩＮＣ有機會獲得優勝了！」

除了有支持娘子軍集團的人之外……

「還不知道呢！人數是五對四喲。而且Ｍ還有Ｍ１４．ＥＢＲ，最重要的是那個凶惡的女人還毫髮無傷！」

也有幫ＰＭ４說話的人。

酒場裡幫忙加油的觀眾漂亮地分成兩派，出現了極為熱鬧、吵雜的場面。

在這樣的情況當中，有一名看起來很寂寞的男人，手拿小酒杯小口小口啜著威士忌並且說著：

「我的小蓮……到底是怎麼了……在做什麼呢……」

「呼……呼……」

冬馬架著發熱且從長長槍身冒煙的ＰＴＲＤ１４９１，同時持續著急促的呼吸。

「打倒了……打倒了喔……蘇菲！謝謝妳——！」

淚流滿面的她對著眼前屍體成為台座的同伴這麼大叫。

「很好——！」

寬闊的田地當中，依然趴著的老大發出了吼叫聲。

雖然安娜和蘇菲陣亡了，但封鎖M的盾牌這個目的已經順利達成。

看了一下手錶，發現目前是十四點八分又三十秒左右。剛才實在是一段相當緊湊的時間。

「很好！絕佳的時機！準備再次開始突擊！——塔妮亞再次打前鋒。冬馬，記得向捷格加廖夫道謝！羅莎在進入射程後就開始支援射擊！」

她不斷對殘活下來的眾成員下達命令。所有人都迅速做出了解的回答。

PTRD1941已經沒辦法再使用了。因為蘇菲死亡的現在，已經沒有人可以搬運它。

由冬馬拿著它的話，不要說會因為太重而無法移動了，甚至會無法持有同時也沒辦法使用對今後戰鬥有所幫助的半自動德拉古諾夫狙擊槍。要從兩者之中做出選擇的話，當然會選德拉古諾夫狙擊槍。而這對持有PKM機關槍的羅莎來說也是一樣。

「真的很謝謝你。等一下再見了。」

冬馬笑著對順利完成任務的愛槍道謝，然後把它放在蘇菲的屍骸旁邊。同時也把剩下來的彈藥收進倉庫欄，讓它就算被人撿走也無法射擊。

老大一站起來就對著「四個人」大叫：

「M的盾牌被破壞了！時機已經成熟！——突擊！」

面對開始突擊的娘子軍集團……

「來了！」

蒙面戴著護目鏡的壯漢開始用MG3機槍射擊。經過消音器抑制的槍發出了奇怪的槍聲。

雖然敵人還相當遙遠，以肉眼來看幾乎只是小點，但還是瞄準並且每次發射5發左右的子彈。空彈殼掉到草地上，化為多邊形碎片後消失無蹤。

他不停地發射子彈。就算沒有擊中目標，只要讓對方看見預測線後閃避或者趴下也就夠了。可以藉由這樣讓對方無法發射子彈。

結果附近的射擊目標忽然從鋸齒狀奔跑狀態變成趴到地上，雖然不認為已經打倒對方，但覺得應該成功停下對方腳步的瞬間……

「快退下！」

就聽見M急促的聲音，男人就依照指示強行拖著愛槍退後。

自己原本所在之處的周圍出現幾條彈道預測線，隔了一拍之後就有一群子彈襲來。曳光彈在空中畫出橘色線條。四處有雜草飛上天空，同時土壤也彈跳了起來。

「嗚咿！」

由於只專心開槍想要打倒敵人，所以慢了一些才注意到稍微斜向的預測線。如果M沒有做出指示，可能就被擊中了。

敵人依然繼續射擊著。頭上子彈經過的飛翔聲咻咻地響起。

「可惡！」

雖然看不見，但敵人像這樣用機關槍射擊的期間，其他的敵人一定迅速往這邊移動了。然後他們——不對，對方全都是女的所以是她們在前進一定程度的距離後就會趴下，換成她們以射擊來援護其他同伴的移動。

「別擔心。沒有必要慌張。」

從M那裡傳來這樣的聲音。

「現在仍是看見預測線就能避開的距離。就算繞到側面也沒有遮蔽物。等她們再靠近一點，就拜託你進行牽制。在那之前由我來狙擊她們。」

「了解了。」

聽見回答的M，就拿起M14·EBR並全力在草地匍匐前進。

雖然這裡的地面幾乎是一片平坦，但他還是想找到稍微隆起一些的地點，這是為了在該地點的前方設置兩腳架來作為狙擊點。這樣的地點不但容易隱藏於地面，也容易狙擊敵人。

M一邊匍匐前進——

為什麼對方會這樣強行靠近呢？

M對敵方小隊SHINC的行動抱持著很大的疑問。

己方是因為擁有盾牌與超長距離狙擊槍，才會特意選擇在平坦的地形上設下陣地。

對方因為具備反戰車步槍，所以選擇在這個地方對決。同時也取得了優勢。到這個地方都還能理解。

但是順利破壞盾牌的現在，也就是說既然暫時達成目的了，ＳＨＩＮＣ就沒有正面與我方進行戰鬥的理由。

按照一般的情況來看，這時應該先退後來重整態勢才對吧？

為什麼要在這種對進攻算不上有利的遼闊平原，強行對我方發動這樣的攻擊呢？是失去同伴，被憤怒沖昏了頭嗎？

雖然不無這種可能，但實力到達這種程度的小隊，可能性應該很低才對。

這樣的話──

「是有某種作戰嗎……」

這麼呢喃著的Ｍ找到了符合的地點，在沒有彈道預測線的位置架起Ｍ１４・ＥＢＲ，接著就瞄準從瞄準鏡裡發現的銀髮女。

那是一名腳程相當快的女性。手上拿著的是野牛衝鋒槍。上屆的ＳＪ裡，和蓮碰個正著，在全是岩石的地點纏鬥的就是她。

女人每跑三秒鐘就改變角度，然後不斷重複這樣的過程往這邊靠近。目前距離大概是

700公尺左右。

接下來的切換是往右還是往左呢？

還有大概是多大的角度呢？

在什麼都不知道的情況下，M靠著自己的第六感瞄準沒有任何東西的空間……

「聽天命了。」

然後扣下扳機。

呈鋸齒狀全力奔跑的塔妮亞，在改變方向的瞬間……

「哇嗚！」

左肩就被豪快地射穿了。

閃爍的著彈特效也進入自己的視界。她整個人跌了個狗吃屎並揚起一片土塵。

HP迅速減少，一口氣只剩下一半。從綠色進入黃色階段。

「可惡！遭到狙擊了！是熟悉的無線狙擊！被看出動作了！」

發出悔恨聲音的塔妮亞從腰部拿出急救治療套件並把它打在自己的脖子上。HP立刻極為緩慢地開始回復。

「老大！看來不太能繼續靠近了！」

面對以跟平常一樣充滿精神，同時說著喪氣話的塔妮亞……

「我知道！但是，就算這樣還是要按照計畫進行！」

依然趴在地上的老大這麼回答。

在五秒鐘之後，當老大想站起來的瞬間，左腕上的手錶就產生劇烈的震動，於是她便往錶面看去。

十四點九分三十秒。

「來了！時間到了！」

老大的話……

「了解！」

讓蓮這麼回答。

SECT.15 第十五章　只不過是遊戲

雖然完全沒有出現在轉播畫面上——

但是從SHINC與PM4開始壯烈戰鬥的十四點五分左右開始，一直到九分二十秒的四分多鐘裡，有兩名角色持續著匍匐前進。

一個人是蓮。

粉紅色戰鬥服上套著以茶色為基調的迷彩披風外套進行擬裝，然後用盡全力在幾乎是同樣顏色的大地上匍匐前進。

敏捷性相當高的蓮，如果用上全身的力氣來匍匐前進的話會怎麼樣呢？

就會變成快轉畫面一般的超高速匍匐前進。

她就以宛如普通人小跑步的速度在大地上往前爬。看起來簡直就跟扁平的蟲子一樣。

另一個人是不可次郎。

她身上的迷彩服在這種地點效果相當高，所以就沒有穿上披風外套。她拖著兩把MGL—140……

「嘿咻、嘿咻、嘿咻咯咻。」

就像普通人那樣緩慢地匍匐前進。這邊看起來則如同毛毛蟲一樣。

沒有嘗試過的人應該不會知道一直匍匐前進有多麼辛苦吧。也不會了解持續使用手肘與腳，像是舔著大地一樣往前進，究竟會剝奪多少的體力與精神。

ＧＧＯ的話並不會消耗體力。不過精神就另當別論了。精神方面的疲勞感應該會襲擊玩家才對。

但蓮只是專心一志地往前邁進。

打倒Pitoi小姐、打倒Pito小姐、打倒Pito小姐。

以腦內詠唱著的這句話作為節奏，「打倒」時左肘與左膝往前，「Pito小姐」時則是右肘與右膝往前。

還不時抬頭看著前方，把遠方能看見的景色作為指標來確認前進的方向。

在較低位置上有著茶色地平線，而在它之上的是帶有一些綠色的廣大土地。

她的目標是──

剛才十四點整的掃描所顯示的Pitohui所在地。

也就是ＳＨＩＮＣ現在幫忙拚命戰鬥著的地點。

＊　＊　＊

時間往回拉一點──

巨蛋當中，十三點五十分時的事情。

看過掃描之後，老大希望和蓮來場光明正大的戰鬥，但是蓮卻無法回應她的要求。

當她因為無法透漏的理由而支吾其詞時，不可次郎隨口就爆料了。

然後又簡潔地說明了情況。

她說這次蓮是為了拯救現實世界裡的Pitohui才會參加ＳＪ２。可以說毫不留情地把一切全爆出來了。

「嗯～……」

老大發出沉吟。

原本出現苦澀的表情，但冥想幾秒鐘後就開口這麼問道：

「那麼……有什麼我們可以幫忙的地方嗎，香蓮小姐？」

蓮和老大真的在極短的時間內就訂立了作戰計畫。

那是由兩支小隊進行夾擊的作戰。

老大她們從南方，蓮她們從東方離開這座巨蛋，等待十四點整的掃瞄。確認ＰＭ４的位置大概在巨蛋東南方後，就朝著那個地方進行夾擊。

這個時候，一開始將由ＳＨＩＮＣ由南方攻擊。然後蓮她們則趁著ＰＭ４的注意力被這場戰鬥吸引過去時襲擊。

蓮最主要的目的是要打倒Pitohui，而ＳＨＩＮＣ為了輔助她，將會盡可能削弱ＰＭ４的戰力。

「沒問題！因為我們這次已經準備好策略對付Ｍ的盾牌了！如果是這點時間的話，應該可以牽制住ＰＭ４！哎呀，就算這樣而全滅也沒關係啦！」

比任何人都知道老大她們是打從內心想獲得優勝的蓮……

「…………」

原本想說些什麼，但是又放棄了。

她只是老實地深深垂下嬌小的頭部。

「下次一定請妳們吃零食吃到飽！我保證！」

然後到了十四點整的掃描之前。

從巨蛋裡衝出來的蓮，故意朝著遠離ＰＭ４的位置，亦即幾乎是正北方全力奔跑。

這是為了讓人覺得「這傢伙逃走了。接下來的十分鐘應該不會和她接觸」。

然後到了十四點，使盡吃奶力氣跑著的蓮來到雪山山麓的位置。在該處接受掃描，同時確認ＰＭ４的位置與預測當中相同。

在掃描結束之後……

「噠啊啊啊啊！」

她就像鬼一樣，往距離大約３公里之外的地點全力衝刺。

同一時間，和蓮分別之後躲在巨蛋裡的不可次郎也開始緩緩朝著同樣的地點進攻。

以超乎人類速度奔跑的蓮，以及打從一開始就在附近的不可次郎，一口氣縮短了與ＰＭ４之間的距離。

但是，繼續這樣跑下去的話，到了那個視野遼闊的地點一定會被發現。Ｍ的小隊ＰＭ４，不論在什麼時候都不會鬆懈對周圍的警戒吧。

所以蓮和不可次郎前進到一定的距離後就直接趴下，然後從該處匍匐前進。

蓮不到三分鐘就跑了２公里左右，然後套上了迷彩披風外套，為了盡可能縮短最後１公里而開始在地面上爬了起來。當然不可次郎也是一樣。

蓮的耳朵聽見了ＳＨＩＮＣ和ＰＭ４戰鬥的聲音，也就是從遠方傳過來的槍聲。

同時……

「好！目標ＰＭ４！開始『零食作戰』！」

還有老大的聲音。

之所以能辦到這一點，靠得是老大從ＳＪ２剛開始時打倒的隊伍身上奪取來的通訊道具。從其他角色身上奪來的武器和裝備，在大會結束前都可以使用。老大至今為止都向自己的同伴「加上一名外來者」傳送指示。

所以匍匐前進中的蓮都很清楚。

不論是安娜被Ｍ用超長距離狙擊槍狙擊而死，還是蘇菲按照計畫死亡成為台座。

以及……

「Ｍ的盾牌被破壞了！時機已經成熟！──突擊！」

老大等四個人順利地擊破那面盾牌，並且幫忙發動佯攻。

聽見的槍聲是來自ＳＨＩＮＣ的機槍以及Ｍ的Ｍ１４・ＥＢＲ。毫不容情的互擊應該會持續下去吧。

由於一直匍匐前進所以看不見──但距離ＰＭ４應該剩下不到５００公尺了才對。

艱險的行動，立刻就要獲得回報。

＊　＊　＊

蓮的手錶開始震動，宣告時間來到十四點九分三十秒。

「時間到了！」

面對老大衝進耳朵裡的發言……

「了解！」

蓮便這麼回答。

在十四點十分的掃描之前盡可能接近，在被ＰＭ４看見之前發動攻擊——這就是作戰的最後階段。

「不可！拜託妳了！」

到了九分四十秒時，蓮就這麼大叫。

「好喔！」

不可次郎立刻這麼回答，接著在保持臥姿的情況下架起ＭＧＬ－１４０。

「看招看招！」

在四十五秒到五十秒之間連射出６發榴彈。

目標是PM4應該會在的地點以及蓮所在的地點。不可次郎的任務是讓那片空間染上粉紅色，好隱藏起蓮的高速移動。

為此而保留下來的6發煙霧槍榴彈漂亮地飛到瞄準的位置，接著開始冒出煙霧。蓮看見眼前的空氣逐漸變成跟自己同樣的顏色。

「好！我要突擊了！」

「祝妳幸運！」「加油！」

蓮聽著不可次郎與老大的聲音，接著扯下披風外套站了起來。

她已經下定決心，剛才把自己的身體推起來的這雙腳一往大地踢去，在咬斷Pitohui的喉嚨之前絕對不停下來。

上吧！

站起身子，隔了一陣子才又把視線抬高的蓮所看見的是……

視界左端的小小黑色塊狀物。

一開始還以為只是像蟻丘般隆起的黑色潮濕土壤。

下一個瞬間，看見的是橫向延伸的黑色短線。

同時她也理解那是槍身。

理解有槍存在之後，立刻就有架著它的人影浮現。

黑色塊狀物是把腳往前伸後坐在那裡的人。對方架著細長的步槍把眼睛靠在瞄準鏡上。與自己之間大概有200公尺的距離。

其槍口所對準的，正是自己剛才想要發動突擊的方向。

在那裡的是PM4。

以機率來說，還只有五分之一。

但蓮的背肌卻竄過不祥的預感。

她停下準備奔跑的腳步……

「不行！」

放聲大叫的同時也把P90移了過去。

然後扣下扳機。

＊　＊　＊

夏莉採取的作戰幾乎和蓮一模一樣。

以狙擊來殺掉Pitohui。

做出這個決定的她，先是強行按耐下滾燙的復仇心，接著冷靜思考完成這個目的的作戰。狩獵當中最重要的並非槍法神準。

而是如何主動讓自己進入一擊必中的狀況當中。

那和能夠多靠近獵物是同樣的意思。越是優秀的獵人就能在越靠近獵物的地方開槍解決獵物。

十三點五十九分時，夏莉開始攀登雪山。這是為了盡量讓即將開始的掃描無法識破自己的意圖。

她為了辦到這一點，從倉庫欄裡實體化了另一個道具。

那是在現實世界的狩獵時也會使用，而在GGO裡也為了在雪原裡行動而獲得的道具——滑雪板。

而且不是用來滑雪玩樂的普通滑雪板。是為了在雪山活動的獵人等人所製作的特殊滑雪板。「高山滑雪板」是它一般的名稱，但日本的獵人們都稱呼它為「短滑雪板」。

長度大約是1．5公尺左右。鞋套的腳踝部分沒有固定，而是像鄉村滑雪板那樣，可以前後移動腿部來前進。

同時最大的特徵是滑雪板底部貼有名為「摩擦條」的防滑用皮毛。

它是用海豹或者海獅的毛皮，毛一定會朝著一個方向長。因此「往前的話能夠滑行，朝後就會卡住雪面而無法滑行」。滑雪者只要前後動著腿部就能夠輕鬆地爬上斜面。

舞能夠熟練地使用這種短滑雪板。因為它是能在雪山裡自由自在移動的最強道具。當然夏莉也具備這樣的能力。

夏莉揹著R93戰術2型狙擊步槍，兩手拿著滑雪杖，流暢地爬上雪山斜坡的模樣，就像是山地步兵一樣。

到了十四點時，緩慢的掃描開始了。

夏莉單手拿著接收器並看著螢幕，同時繼續攀登雪山。看見PM4的位置後，就把它牢牢記在腦袋裡。

在掃描結束之前，夏莉只是一直專心爬著雪山。這是為了讓其他玩家產生「這傢伙逃走了」的想法。

最後一分鐘的掃描結束……

「…………」

臉上塗著汙泥的女人就停下腳步回過頭去。

她已經爬了很長的距離。從平緩的雪山斜面往下看，能夠看見右側是龐大的巨蛋。左側有山谷與長長的橋，其後方則是岩山。

而正面可以看見一整片雄壯遼闊的綠色空間。以及一間小圓木屋。

「呼！」

隨著笑容短短地呼出一口氣後——

她就迅速改變腳的方向，開始筆直地朝著自己要打倒的目標滑去。

下山的速度比上山快了一倍以上。

藉由像子彈一般的直線滑降，夏莉瞬間就滑下了雪山。雖然沒有滑雪技能，但這是現實世界裡是滑雪高手的她才能辦得到的事。

距離目標剩下１．５公里左右。

接著夏莉就用了和蓮完全相同的方法，也就是匍匐前進。這是唯一一個絕對不會讓想解決的對手，以及周圍敵人發現同時還能夠接近的方法。

和蓮不同的是，她匍匐前進的時間更長，另外那個地點被雪融化之後的水弄得泥濘不堪。

夏莉為了不讓泥土跑進槍口，把自己的兩個手套都套在Ｒ９３戰術２型狙擊步槍的槍身前端。然後把槍打橫用雙肘抱住，開始在泥濘裡游起泳來。

當然，她全身上下立刻就全是泥土。不論是上半身還是下半身，甚至是漂亮的綠色頭髮幾乎都染成了黑色。

在匍匐前進當中，可以從聽見的槍聲裡得知ＰＭ４開始了和其他小隊的戰鬥。應該是從南方過來的隊伍吧。特別巨大的槍聲，宛如遠雷一般響起。感覺就像是用大砲轟炸一樣。他們發生戰鬥可以說是求之不得的事。夏莉臉上露出了奸笑。滿是汙泥的臉頰上浮現雪白的牙齒。

就這樣專心地前進再前進——

左腕上的手錶宣告已經過了十四點九分，於是夏莉就停了下來。

再過五十秒，自己的位置就會因為掃描而被輕易地得知。雖然不知道目前多接近那個女人，但也只能在這裡架起愛槍了。

夏莉為了不被敵人察覺而緩慢地動著。首先從趴著的狀態滾成仰躺。接著180度轉向，把腳朝向對手。

把槍口的手套拿下來並架起R93戰術2型狙擊步槍，然後只用腹肌的力量撐起上半身。豎起膝蓋並微微張開，把手肘外側靠在大腿內側之後，就形成了穩定的射擊姿勢。

打開瞄準鏡前後的蓋子，以稍微變高一些的視點貼著鏡頭……

立刻就知道PM4的所在位置了。

他們在距離這裡500公尺左右的草地上。由於更往前數百公尺處還有敵人不斷用機關槍射擊，發射出來的曳光彈就告訴了自己他們的所在位置。

找了一下殺死同伴的那個女人，很幸運地立刻就發現她的身影。她正趴在草地的凹陷處。

但完全沒有鬆懈的她確實地緊趴在地上，只能稍微看見她的馬尾。這樣就算狙擊也只能切斷一點頭髮。

瞄準較低處的雜草，子彈就能命中她的臉部——雖然有了這種想法，但最後還是放棄了。因為她覺得如果是那個女人的話，應該會把槍放在那個地方來保護臉部才對。

「可惡！」

好不容易偷偷溜進有效射程內，而且還像這樣單方面用瞄準鏡捕捉到她的身影了——無法瞄準要害甚至無法射擊的焦躁感讓夏莉咒罵了起來。看了一下手錶，時間來到十四點九分四十五秒了。

再過十五秒，掃描就要開始。

自己的所在位置馬上就會被發現，到時候PM4絕對會有所對應。

只是不知道會是機關槍無情的掃射、敵人狙擊手的攻擊，還是那個女人的槍擊就是了——孤身一人，而且只有一把手動槍機式狙擊槍的夏莉，可以說絕對沒有勝算。

是判斷這次的接近失敗，趁現在全力逃走呢？

還是抱著必死的決心展開突擊？

在做出究極決定的夏莉耳裡，聽見了某種射擊的聲音。

那聲音與剛才就一直聽見的機槍連射聲不同。

是「啵啵啵啵啵」這種有點可愛的聲音。

由於右耳聽見的聲音比較大，所以應該是從右邊發出的聲音。

在理解那是來自何種槍械的聲音之前……

「咦？」

貼在瞄準鏡上的右眼視界裡，從右前方浮現了令人難以置信的光景。總共從一、二、三——六個地方持續冒起粉紅色的煙霧。無風的戰場上，煙霧往正上方竄升並擴散開來。

為什麼……有煙霧？

不對……為什麼是粉紅色？

夏莉完全無法理解眼前的情況。

由於她完全沒看過上屆ＳＪ的影像，所以不知道是由全身粉紅色的小不點獲得優勝。所以也無法了解粉紅色煙霧的意圖，甚至突然有祭典要開始了嗎的想法。

到了下一個瞬間，產生混亂的她，腦袋就接到從右眼傳來的全新視覺情報。

在被鏡頭擴大的世界當中，那個女人，也就是以欺騙手法殺死所有同伴的可恨女人抬起了頭來。

頭上雖然戴著剛才沒有的頭套般護具，但那張大剌剌的刺青面容自己絕對不會認錯。

而女人臉上出現相當高興的笑容，甚至露出雪白的牙齒。

為何、為什麼、何以會如此——

實在搞不懂保持高度警戒，沒有一刻鬆懈下來的女人，為什麼光是看見粉紅色煙霧就會抬起臉來。

但是她沒有錯過這個從天而降的機會。

即使不使用著彈預測圓，在這種距離下，而且還是幾乎靜止的目標，自己不可能失手。

夏莉瞬時把瞄準鏡的十字線中央下面一點的地方對準女人的右眼。瞄準鏡是對準４００公尺處，所以已經計算出距離增加時子彈的落下。

由於女人稍微向左，只要擊中右眼，子彈應該就會一口氣陷入腦袋中央。

確定可以幹掉對方，內心產生前所未見的雀躍感時——

啊哈哈哈。

夏莉就在心裡笑了起來。

實在太滑稽了。

原本堅決認為「即使在遊戲裡也絕對不能把槍對著人」的自己——

先在氣到發抖的情況下爬上雪山，下山後又在泥濘裡專心爬了好幾分鐘，然後像這樣架著愛槍等待機會到來就立刻想射擊。

過去的自己看見這一幕，臉上不知道會出現什麼樣的表情？

不過那也不重要了。

這不過是遊戲，只是一種休閒罷了。

夏莉一瞬間恢復冷靜的腦袋做出了這樣的結論。

就算有在現實世界裡使用槍械，但在遊戲當中因為「竟然朝著人開槍！」而生氣根本沒有意義。

正如伙伴們過去露出輕佻笑容所說的一樣，沒有必要把現實世界與遊戲混為一談。

那個女人用欺騙手段殺害同伴也是遊戲。

是在百無禁忌的大混戰當中，因為上當而輕易將背部朝向對方的人自己不好。

而自己目前在這裡準備狙擊那個女人也是遊戲。

是自己大剌剌把臉露出來的她不好。

這全是遊戲。

就算虛擬角色死亡了，自己也不會真的喪命。

同時就算虛擬角色死亡了，別人也不會真的喪命。

夏莉終於有能夠打從內心享受Squad Jam的感覺。

接下來，雖然會以狙擊殺掉那個女人——

但那不過是在ＳＪ２裡發生的事情。大會結束之後，同為女性玩家的兩個人，或許可以在酒場裡喝一杯，快樂地進行「幹掉妳了」「被妳打敗了」之類的對話。

這麼想著的夏莉，在不帶怨恨與憎惡——

只是為了享受遊戲的心情中扣下R93戰術2型狙擊步槍的扳機。

愛槍像是要發洩等待一個多小時的鬱悶一般，發出了尖銳的吼叫聲。

真的是極短暫的鬆懈。

「啊哈！那是小蓮！」

看見粉紅色煙霧，Pitohui就了解一切了。

蓮將混在那些煙霧裡往這邊突擊。

所以才會笑著抬起頭來。

這時1發不帶怨恨與憎惡的子彈飛過來——

陷入Pitohui的右眼當中。

「成功了！」

在瞄準鏡當中看見那個女人的眼睛產生著彈特效後，夏莉就發出不輸給槍聲的大叫聲。

簡直就像在預賽以及田野戰鬥時，屠殺敵人隊伍的同伴們一樣。

滿是汙泥的臉上，雪白的牙齒發出光芒。

這時有大量的5.7毫米子彈飛到她的周圍，在四周雜亂地濺起許多水柱，不對，應該說是泥柱——

嗶嘰。

其中有一發命中她的右邊太陽穴。

「咦？」

這對著要害的一擊，讓夏莉的ＨＰ急速減少。

夏莉看著視界左上角的這種情況……

「啊～被打中了。可惡。附近有敵人嗎？太大意了。」

同時很高興般這麼說著，然後整個人仰倒了下去。

立刻死亡的判定，讓她的ＨＰ歸零——

「Ｄｅａｄ」的標籤在滿是汙泥的女人身體上亮起來。

往上望著天空的夏莉，就帶著極為滿足的笑容在ＳＪ２裡陣亡了。

「呼……呼……」

對２００公尺前方以全自動射擊把彈匣裡50發子彈全部射光的蓮……

「幹掉了！」

經過三秒鐘左右就看見紅色的小標籤出現。

雖然不知道那是誰，但總算是把那個人打倒了。

對方幾乎在Ｐ９０的射程之外，而且那也是以蓮的技術無法準確擊中的距離，所以算是大量發射子彈之後的幸運一擊，只是偶然擊中對方的要害。

「怎……怎麼了？」

不可次郎驚訝的聲音傳進耳裡。

也難怪她會這樣。難得把最後的煙霧槍榴彈發射出去形成煙幕了，蓮卻沒有突擊，只是突然朝著左邊全力射擊。對方也會因為這次的射擊而發覺蓮的所在位置吧。

蓮蹲了下來，然後一邊交換彈匣一邊對著不可次郎這麼回答：

「附近有其他小隊的狙擊手在！對方瞄準Pito小姐他們那邊了！所以我就先射擊那個傢伙，總算把對方打倒了！」

不可次郎則傳來這樣的回音。

「真的嗎！太厲害了！——不過那傢伙擊中什麼人了嗎？」

「不……不清楚！因為聲音混雜在一起！」

蓮老實地這麼回答。那名狙擊手究竟發射了１發子彈還是沒有，對於以Ｐ９０全力射擊當中的蓮來說根本無從判斷。

如果開槍了……目標又是Pitohui……然後也命中了的話……

蓮臉色鐵青的這個時候，手錶的指針剛通過十四點十分零秒。

雖然是開始掃描的時刻，但不論是老大還是蓮她們都完全沒有空拿出接收器來看掃描的結果。

而M他們也是一樣。

1擊命中塔妮亞後，開始尋找下一個目標的M，耳朵裡……

「後面！煙霧槍榴彈！有新敵人！」

聽見矮小的散彈槍使用者這麼報告。

由於沒有報告煙霧的顏色，M就先解開射擊姿勢，身體稍微往後退並回過頭去。

然後就看見了粉紅色那種一般不可能出現的煙霧。

M一瞬間理解所有的事情。

SHINC之所以會像那樣強硬地攻過來，完全是因為已經和蓮合作，她們只是為了削弱我方的戰力並吸引我們的注意力。雖然不知道她們是在何時何地談好合作就是了。

而那陣粉紅色煙霧是為了隱藏蓮的突擊。

在肉眼可見的情況下要擊中能高速移動，同時又嬌小的蓮就已經很困難，再被她躲在同色的煙霧裡就更加棘手了。

原來如此，確實是很棒的作戰。在那陣煙霧裡的蓮，應該會在掃描的時候開始突擊吧。

「蓮要來了！警戒後方！」

M呼籲伙伴們提高警覺，並且看著待在右前方10公尺左右的Pitohui。

「啊哈！那是小蓮！」

Pitohui也做出跟M一樣的結論，很高興般這麼說著並稍微抬起臉來——

三秒鐘後……

就噴灑出誇張的紅色著彈特效，整個人趴到草地上。

「那個女的被擊中了！」

一台攝影機捕捉到女性右眼噴出鮮紅色特效光的特寫……

「喂喂！」

「嗚哇！真的假的！」

「哇呀！」

酒場的氣氛一口氣熱絡了起來。

有一半觀眾都認為絕對會獲得優勝的最強、最狂女性玩家，竟然遭到狙擊了。而且是被擊中顏面。

「攻擊從哪裡來的？是誰？」

像是要回答這個人的提問一般，其中一個畫面切換成架著R93戰術2型狙擊步槍的女性……

「是那個傢伙嗎！了不起！」

下一個瞬間就出現她被子彈風暴襲擊而死亡的畫面。

「啊～！」

「被幹掉了！」

急速進行切換的畫面，變成蓮拚命用P90射擊的模樣。

「小蓮！真有妳的！」

時間來到十四點十分。

由於開始掃描了，所以其中一個畫面變成地圖，但根本沒有人注意。

「Pito！」

Ｍ一邊放聲大叫一邊朝Pitohui跑過去，抓住趴著的身體後將其翻過來，同時像要用自己的身體當盾牌來擋住狙擊手般抱住了她。

Pitohui被擊中的右眼出現鮮紅的著彈特效，同時有閃爍著的多邊形碎片來代替血液……

「哈哈、啊哈哈哈啊哈、啊哈哈哈哈哈啊哈哈哈哈！」

左眼瞪到像是要爆炸的她，眼淚宛如瀑布一樣不停落下，同時從張開的嘴裡……

「啊哈哈哈哈哈哈哈哈哈啊！」

發出了壯烈的笑聲。

Ｍ一從自己的腰包裡取出急救治療套件，就毫不留情地打進Pitohui的脖子裡。接著看向視線左上角的同伴ＨＰ條。

「…………」

Pitohui的ＨＰ條一口氣減少，通過黃色階段——

「啊哈哈哈哈！就是這個啊啊啊啊啊！這就是我的『死亡』啊啊啊啊啊！」

變成紅色——

「要死了～！終於要死了喲～！啊哈哈哈哈哈哈啊哈哈哈哈哈哈！」

然後隨著這樣的叫聲——

停住了。

剩下來的ＨＰ，已經少到幾乎快看不見。

「呼……」

抱著Pitohui的M重重呼出一口氣。

這時出現在他兇狠臉上的表情，是之前曾經在ＳＪ展露過的嚎啕大哭。

「哇啊啊啊啊！你在哭什麼啊，豪志！」

沒有右眼的女人像蛇一樣從自己的懷抱裡溜走，然後把臉轉過來。

「我還沒死！嗚嘻嘻嘻嘻嘻！我還不會死呢！」

Pitohui仰躺在草原上持續放聲大叫。

「真高興啊啊啊啊！對吧！真是令人高興啊啊啊啊啊！」

她纖細的身體彷彿將死的蟬一樣不停地動著……

「啊哈哈哈哈哈哈！嗚啊啊哈哈哈哈哈哈！」

然後真的非常非常高興般持續大叫。

「社長！夠了吧！妳應該也知道了才對！妳其實很害怕死亡！所以別再繼續下去了！」

M飛灑淚水並這麼大叫著……

「你在說什麼啊，豪志。要我放棄這麼恐怖又這麼快樂的事情？」

Pitohui以這樣的發言，加上下一刻的右拳來回答他。

「咳噗！」

M被粗壯脖子支撐著的臉龐，很簡單就被改變了方向。

「我呢我呢我呢我呢我呢，還能打喲——」

Pitohui的吼叫忽然停止，接著上半身就啪嚓一聲往後倒下。

「Dead」的標籤——

沒有浮現。

距離Pitohui最近的，手拿UTS－15散彈槍的矮小男人……

「…………」

不知道該做何反應，從Pitohui被擊中後就一直在旁邊看著事情發展。

Pitohui的右眼確實被狙擊槍擊中了，不過或許是遠距離的緣故吧，真的是在驚險萬分的情況下免於被判定立刻死亡。

GGO終究是一款遊戲，所以被擊中的話就會進行「角色的數值」減去「攻擊的數值」這種極為單純的計算。

鍛鍊到Pitohui這種程度，同時被子彈擊中的部位是右眼到腦部右側的話，發生這種事情也沒什麼好感到不可思議。

Pitohui的強烈武運實在令人不得不佩服。

男人也看見了兩個人之後的種種反應。

同時也對Pitohui與M在遊戲當中為了「是生是死」產生如此熱烈的反應感到有些羨慕。

就算有再怎麼現實的體感，虛擬終究是虛擬。就算死了，也不會真正死亡。

在這樣的情況中，兩人還能激動到流下興奮的眼淚。

雖說他們兩個都對這款遊戲的世界觀太過著迷，但也認為他們看起來真的很快樂。

即使在高興到手舞足蹈的情況中似乎不小心說出了現實世界的姓名，能夠裝成沒聽見才能算是一名優秀的遊戲玩家。無視也算是重要的技能。

最後男人——

內心只出現一個疑問。

Pitohui因為過於興奮而昏過去了。

但是AmuSphere為什麼沒有強制斷線呢？

男人過去看過好幾次ＶＲ遊戲的新人因為過於寫實的戰鬥而感到恐懼，因此產生「自己真的會被殺死！」的錯覺，結果陷入恐慌狀態。

身體被切斷、擊中、焚燒、轟飛——雖然是虛擬體驗，也不像現實世界裡那麼痛，但完全潛行型的體驗確實很恐怖。

但他們也不需要繼續害怕下去。

因為在恐懼感到達顛峰之前，就會被彈出VR世界了。

異常心理狀態大部分都是肉體的異常所引起。比如說心跳與呼吸次數明顯增加、急遽出汗以及血壓不規則浮動等等。

察覺到這些現象的AmuSphere就會發動極為溫柔的安全裝置，強行把陷入恐慌的這些人從「夢世界」裡拉回現實。

像是作了一場夢般瞬間睜開眼睛……

「什麼嘛，是夢嗎……啊啊，太好了……」

這一連串的流程大多十分相似。

所以從剛才Pitohui與M那種異常興奮的狀態來看，就算AmuSphere進入雞婆模式也一點都不奇怪。

不會吧，難道說……

男人腦袋裡浮現唯一的可能性——

不可能不可能。怎麼說那也，不對，應該說「只有那個」絕對不可能。

機率太低的可能性，光是想就算浪費時間。

Pitohui使用的，不可能是可以任意取消活體感知的安全裝置「生理監測儀」的初代家庭用VR機器，也就是NERvGear。

男人立刻打消這種念頭，而昏過去的Pitohui出現在男人視界左上角的HP條，這時的確緩慢地，以蝸蝓爬行般的速度開始增加。

現在自己應該煩惱的是——

可以說與M並稱為隊伍主力的Pitohui受了重傷，需要很長一段時間才能完全恢復。

從剛才開始就一直保持警戒態勢的高挑男性，依然擺著跪立看著雙筒望遠鏡的姿勢……

「射擊的狙擊手在北北西，大約500公尺處。是那支獵人隊伍殘活下來的女性。現已死亡。附近很可能有射擊她的其他小隊。大概是在那片粉紅色煙霧後面。」

然後以平淡的口氣這麼報告。

M這名已經不再哭泣的隊長……

「那就是蓮了。原本是想混在煙霧裡衝過來，但先發現狙擊手就把她幹掉了。LF的另外一個人，武器是強大的6連發式槍榴彈發射器。千萬別大意。」

立刻就做出確切的指示。

接著是MG3機關槍經過抑制的槍聲，以全自動模式瘋狂發射20多發子彈的射手……

「這邊還不要緊！娘子軍現在全趴在地上。」

做出這種充滿自信的報告。緊接著……

「但是！抱著必死決心橫向散開一起衝過來的話，就不知道能不能撐下去了！」

又發出這極為軟弱的牢騷。

M立刻做出決定……

「現在先撤退。」

對三個男人下達命令。

「我來搬運Pito。巴雷特就不要了。相對地M14和Savage就拜託你們了。」

把M107A1放進倉庫欄裡來搬運的高挑男簡短回答了一聲「了解了」。

「撤退目的地為圓木屋。在Pito回復前都固守在高處。所有人要全力奔跑。準備好！」

酒場裡頭……

「那個女人……死了嗎……？」

「但是沒有浮現『Dead』標籤……」

話題全集中在啪一聲往後倒後就一動不動的Pitohui身上。

女人在倒下之前，很高興般叫了些什麼，不知道是幸運還是不幸，攝影機不是靠得非常近的話就收不到聲音。

如果因為感情過於激昂而強制斷線的話，角色就會因為ＳＪ特別的規則而消失，但看起來也不是這樣。

那到底是什麼情形？

結果Ｍ他們就在所有人都一頭霧水的情況下開始行動了。

高挑男在草原上爬行，拿起Ｍ的Ｍ１４・ＥＢＲ以及肥胖狙擊手屍體旁邊的Savage１１０ＢＡ。立刻就為了收納進倉庫欄而開始左手的操作。

Savage雖然持有者已經死亡，但這支小隊似乎仍要使用它。高挑男同時也從屍體的腰包裡掏出備用彈匣。

至於Ｍ果然藉著迅速爬行來移動，把分崩離析的盾牌當中沒有被擊中的兩片撿起來。

「喔！想做什麼呢？」

Ｍ以行動來回答觀眾的問題。

Ｍ把昏倒的Pitohui，還有她身上所有裝備，以所謂「公主抱」的方式舉起來，然後把剛才那兩片盾牌放在她肚子上作為防禦。

「原來如此……還真是保護那個女的耶……」

「那是當然啦，怎麼說也是隊上第一的攻擊手。」

「不對，我看見了『愛』。那兩個人之間有愛啊！」

「『愛』嗎……那我的份要去哪裡才買得到呢？」

「嗯。別問我啊。」

使用機槍的高大男人，把裝了新彈藥箱的ＭＧ３架在肩膀上站了起來。開始對著娘子軍集團潛伏的地點附近進行每次幾發子彈的牽制射擊。

以這個行動作為信號，Ｍ他們開始跑了起來。

不論誰看了都知道他們想做的就是從這個地方撤退。

「果然要逃走了嗎……」

「也難怪啦。」

酒場裡的所有人都很能理解他們的行動。

然後……

「ＰＭ４也有一人死亡，一人重傷嗎……這下完全不知道會由哪支隊伍獲得優勝了……」

透過瞄準鏡看著Ｍ等人逃走的是冬馬。

在ＭＧ３機槍所發出的彈道預測線仍散布在周圍的情況中——

像是要表示「預測線上身之後再避開就可以了」般光明正大地站起來，把眼睛移向高處並看著巨大的雙筒望遠鏡。

「M他們開始朝圓木屋移動。現在距離900公尺。這裡距離圓木屋有1100公尺。」

冬馬這麼對老大報告。老大則對蓮重複了一遍同樣的話。然後再由蓮傳達給不可次郎。

「M抱著女人。臉上有著彈特效。似乎被狙擊了。因為看不見標籤，所以應該沒有死亡，但是一動也不動。」

傳言遊戲來到蓮這邊……

「嗚呀啊啊啊啊！剛才果然是Pito小姐啊啊啊啊啊！被擊中了啊啊啊啊！」

「冷靜下來。她沒有死。大概中彈後HP就幾乎歸零。不知道為什麼會被搬走就是了。」

老大以冷靜的口吻這麼表示。

然後又對蓮問道：

「怎麼辦？要立刻展開追擊嗎？當然不可能在逃進圓木屋前追上他們，但可以在M他們以該處為陣地重整好態勢之前加以夾擊。蓮能順利混進屋子裡去的話，就能在Pitohui的HP回復之前襲擊她了吧。」

「…………」

手拿P90蹲在地上的蓮無法立刻回答。

草原上剛才的煙霧幾乎都已經散去。結果保留下來作為最後必殺技的6發榴彈，就在沒有派上用場的情況下浪費掉了。

蓮很清楚老大想說的事情。

現在M他們正在撤退當中。自己這群人應該立刻包圍圓木屋，而自己在老大等人幫忙牽制對方時衝進建築物裡戰鬥的話，作戰應該就能跟剛才一樣了吧。

但現在Pitohui才剛受到相當大的傷害。最少也要六分鐘，甚至更長的時間HP才能完全回復。

襲擊完全回復前的她——

「趁她受傷時補上最後一刀，這樣能算是我打倒Pito小姐嗎……？」

蓮這麼呢喃著……

「這沒人知道。」「誰知道啊。」

不可次郎與老大的回答就同時傳進蓮的右耳與左耳當中。

接著……

「能夠決定的……」「能做出決定的……」

兩個人的聲音再次完美地重疊在一起。

「就是蓮喔。」

蓮暫時閉上眼睛。

感覺著右手上小Ｐ的重量，冥想了四秒鐘左右——

然後迅速抬起頭來。

她的眼睛裡……

「現在立刻開始夾擊！把ＰＭ４全都幹掉！只有Pito由我來打倒！受重傷？誰叫她自己在這樣的大會中掉以輕心！這就是ＧＧＯ！無論如何都要打倒Pito小姐！我就是為此而待在這裡！」

已經閃爍著殺意。

SECT.16

第十六章　memento mori

十四點十三分。

酒場裡的影像是從空中拍攝的圓木屋。

那是一棟正面寬度50公尺，縱深10～15公尺。高度有8公尺左右，總共為兩層樓的圓木屋。

牆壁與屋頂都是由粗大到令人難以置信的圓木所組成。每一根的直徑約有70公分左右。

由略細圓木組成的懸山式屋頂上，豎立著四根煉瓦煙囪。二樓的南側也同樣橫向排了四個露臺。

圓木屋周圍有一整片看起來很舒服的青草地，當中有好幾條經過整理，似乎是散步道的碎石路從東側往外延伸。

散步道旁邊有小河流過，到處形成了池塘——

攝影機靠過去之後就捕捉到不可思議的光景。從小河以及池塘裡都冒出了大量的水蒸氣。

注意到這一點的某個觀眾……

「那是什麼？溫泉嗎？」

「啊哈哈哈。不可能有溫泉吧。」

當另一名觀眾笑著這麼說時，就有其中一個池塘猛烈噴出水來。直徑應該有50公分的粗大水柱，一直上升到20公尺高左右，就開始往周圍噴灑水與熱氣大約十秒鐘，然後唐突地結束了。

一片茫然的觀眾群裡……

「不對……確實是溫泉。那叫間歇泉。就是被地熱加溫的地下水會定期噴上來的那個。」

「原來如此！這周圍之所以那麼多綠地，就是因為地熱的溫度以及水源不會乾枯的緣故吧。」

「這樣的話，那棟圓木屋就是給來看間歇泉的人住宿的飯店——設定上應該是這樣吧。知道為什麼會有那麼多煙囪了。二樓每個有煙囪的地方都是客房。」

見多識廣的觀眾如此表示。

「哎呀，M先生一行人抵達了！」

M他們現在來到圓木屋前面。

把稜角分明的散彈槍UTS－15架在肩上的矮小男人站在圓木屋中央的入口處。迅速檢查過是否有陷阱後，就拉開了巨大的門。看來門沒有上鎖。

這時以公主抱姿勢抱著女性的M、把武器收進倉庫欄的高大男人，手上拿著附加消音器的MG3機關槍的壯漢也依序走進來。這段期間沒有來自敵人小隊的攻擊。

「所有人都進入圓木屋了。」

冬馬的報告再次經由老大傳達給蓮。

「了解！」

蓮的回答則從老大這裡回傳給SHINC殘存的成員，也就是塔妮亞、冬馬以及羅莎。

雖然沒有發動攻擊，但蓮她們還有老大等人都掌握著PM4的行動。

目前蓮和不可次郎是待在圓木屋北側500公尺的位置。在間隔10公尺的情況下，一起緊緊趴在草原上。

為了不被發現而遭到狙擊，蓮再次套上綠色迷彩的披風外套。

老大她們則是在完全相反的方向。也就是能看見入口的圓木屋南側500公尺處。

這邊也是除了跪立的冬馬之外全都趴在草上，以防M使出他的無線狙擊。

蓮用單筒望遠鏡仔細觀察著圓木屋北側的模樣。

從這裡一直到建築物為止是一片大概到膝蓋高度的平坦草地。沒有任何障礙物、遮蔽物或者掩蔽物。

圓木屋是建造在高10公分左右的水泥地基上。

北側沒有太大的入口，只有左右兩端各自設置了一個小小的後門。

不論是一樓還是二樓，建築物北側似乎都是筆直的走廊，在等間隔的距離下開了一些小窗戶。以GGO世界來說，這是一棟異常漂亮的建築物。連一片玻璃都沒有破。

雖然看不見室內有打開電燈的樣子，但窗戶上並沒有窗簾，所以內部應該十分明亮吧。

老大的聲音傳進蓮的耳裡。

「就按照事前說好的那樣，我們將全力進行牽制射擊。我們要移動到比較好射擊的位置與距離，妳先等一下。我會給妳信號。」

蓮回答了一聲「了解」，並且把內容告訴不可次郎。

嗚嗚……謝謝妳們……

蓮在心裡這樣感謝著她們。SHINC的眾人現在應該為了幫助自己而拚命匍匐前進吧。

地點雖然改變了，但是作戰與之前沒有兩樣。

在SHINC從南側發動猛攻時，蓮就從北方靠近，然後不論如何，用盡所有辦法也要打倒Pitohui。

只不過，這次蓮必須要衝進那棟建築物裡面。

問題是要從哪裡進去。

圓木屋的窗戶相當小，而且還有看起來十分堅固的木框。那種窗戶應該不是左右開啟，而是往上拉的類型吧。

雖然也不是不能像最初的戰鬥那樣，採取助跑之後整個身體撞破窗戶來突入的作戰，但失敗的風險很高。

蓮的腦海裡浮現出自己被窗框彈回來，或者弄錯突入角度猛烈撞上圓木的模樣。

這樣就只剩下建築物角落的後門了。

「我要從建築物西側角落的門進去，不要射擊那邊。」

蓮這麼告訴老大與不可次郎，同時也得到兩人「了解了」的回答。

現在只能在沒有煙霧掩護的情況下，拚命朝著那棟建築物飛奔了。如果ＰＭ４的哪個人識破己方的作戰而在該處配置任何一名人員，自己就將投身於槍林彈雨之中。

「呼……」

位在右側10公尺旁的不可次郎，透過通訊道具對在披風外套下握緊Ｐ９０的握柄，以嚴肅表情呼氣的蓮……

「放輕鬆放輕鬆。沒問題，沒問題的。」

傳達了鼓勵和安慰的話。接著……

「蓮果然是Lucky girl喲。Pito小姐因為剛才的狙擊受傷而變得比較容易打倒，而且戰鬥地點在室內的話，步槍與小Ｐ的射程就沒有差距了。另外在狹窄的地點也對嬌小又敏捷的蓮比較有利吧。再來就只要順利突入就可以了！放手衝進去吧別想太多！」

依然瞪著前方的蓮，對無時無刻都相當可靠的搭檔這麼說：

「我知道了……真的、真的很謝謝妳，不可。多虧妳願意和我一起努力到這個地步。」

「嗯。最後決戰了。好好加油吧。去漂亮地把Pito小姐解決掉。」

蓮把視線移向算是在圓木屋右側的不可次郎身上。

正如過去Pitohui不停告誡她的，警戒中絕對不可以進行毫無意義的交換眼神，但是——

只有這一次，在突擊之前想看看搭檔的笑容。

嗯！我會努力！

想這麼說而把臉轉過去的瞬間……

「咦？」

蓮就看見了。

草原、不可次郎、她身後一整片的茶色大地。以及——

遠處不停往上升起的濃密土塵。

一開始還以為是出現了龍捲風。

因為那道土塵看起來實在太過巨大。不是一兩個人類，不對，就算是六個人一起奔跑也不可能捲起那樣的土塵吧。

但是，大約三秒鐘之後，蓮就知道自己錯了。

看見土塵變得越來越大……

「啊！」

這是因為發生的源頭，看起來就像是從地平線下方湧出來一樣。

土塵原來是來自三台在乾燥大地上並駕齊驅的車子。

確認外形稜角分明的四輪驅動車之後……

「有車子從西邊車來了！」

蓮就這麼大叫。因為過於驚訝，把「過」字說成了「車」……

「噗喔！」

不可次郎噴笑了出來。

聽見來自於蓮的搞笑報告之後……

「啥──？」

老大一瞬間反應不過來，於是維持趴在草地上的姿勢，迅速朝著指示的方向看過去。

然後確認往天空揚起的土塵。

幾乎在同一時刻，稍微抬起上半身的冬馬，把原本要瞄準圓木屋窗戶的德拉古諾夫狙擊槍瞄準鏡看著西方的地平線。

「是車輛！三台越野車！往這邊——不對，是朝著圓木屋逼近！」

這樣的報告之後，冬馬就被從圓木屋二樓窗戶裡飛過來的子彈貫穿右肩……

「哇呀！」

她一面發出可愛的悲鳴一面整個趴到地上。

由於完全看不見預測線，所以絕對是來自M的狙擊。不愧是有名的狙擊手。只看見身體的一部分就立刻展開狙擊，而且還確實命中目標。

「可惡！」

老大同時咒罵兩邊的人馬。

「有東西過來了啊啊啊啊！」

酒場的影像裡，捕捉到三台揚起土塵往前奔馳的四輪驅動車。

那是美軍用來運輸士兵的軍用車輛「悍馬車」。

顏色為砂黃。有著全長大約5公尺，全寬2公尺以上的扁平四角形車體。

由於有長長的懸吊系統支撐著巨大輪胎，所以底盤高度相當高為它的特徵。即使在極惡劣的路面上行駛車底也不會與地面磨擦，可以繼續強行往前突進。

悍馬車有各式各樣的類型，但在畫面中奔馳著的是美國陸軍所採用，加裝了大量防彈裝甲的「M1114」型武裝車輛。

圓形鏤空的車頂設有加裝「M2」50口徑重機關槍的架子，以及保護機槍射手用的防彈板。另外還裝設了防彈玻璃，可以不用探頭就環視周圍。

當然，因為不能提供玩家新的槍械，所以車上沒有M2重機關槍。

三台悍馬車以20公尺的間隔排成斜橫列，毫不受惡劣地形的影響，拖著長長的土塵以猛烈速度持續奔馳。空拍影像就像是越野賽車的轉播或者是新車的廣告一樣。

由於車輛不能算是個人道具，所以應該和上一屆的氣墊船和卡車一樣，是從某個地方發現的道具。

雖然因為玻璃的反射而看不見車內，但很容易就能猜想到駕駛的隊伍。因為現在還存活著的就只剩下其他兩支小隊而已。

「那絕對是──那群傢伙！」

「要上嘍，弟兄們！直接衝進去壓制圓木屋！」

上屆取得氣墊船並且藉著它四處作亂的MMTM小隊長，坐在其中一台悍馬車的副駕駛座上對同伴們做出指示。

他是從這款遊戲的草創期就開始玩的ＧＧＯ死忠玩家。

正如在酒場裡說過的，那個時候曾經和Pitohui一起組成中隊。

這名男人的心思完全沒有飛到其他遊戲身上，只是徹底地鍛鍊自己，最後終於有實力參加決定最強玩家的ＢｏＢ決賽。

而現在則是在ＳＪ裡因為和伙伴共同作戰而興奮不已的男人。

這樣的他……

「這裡的戰鬥就是實質上的最後一戰了！盡情地大鬧一場吧！不論是子彈還是性命——都可以豁出去了！」

以極為高興，男孩般的笑容放聲這麼大叫。

「這樣啊啊啊啊！又是你們這些傢伙啊啊啊！別阻礙我啊啊啊啊啊啊啊！」

蓮雖然用盡靈魂之力對著三台悍馬車發出吼叫，但光是這樣當然不可能阻止對方的突擊。

一開始發現時，還距離圓木屋有９００公尺的距離，不過轉眼間就越來越短了。

開始傳出槍聲。

從遠處傳來的沉重連射聲，是羅莎的ＰＫＭ機關槍。那是從圓木屋另一側發動的攻擊。

這時也能看到有子彈擊破窗戶，從圓木屋二樓西側窗戶飛出去的模樣。這邊的攻擊不知道為什麼幾乎聽不見槍聲，不過從連續拖著鮮豔光芒的曳光彈來看，那絕對是來自於機關槍的攻擊。

為了不讓人看見槍口與槍口火焰，所以在室內深處架起ＰＭ４的機槍射手，開始對著悍馬車全力射擊。

「嗚……」

如果蓮按照預定果敢地朝西側後門展開突擊的話，就會被那個射手發現，然後就必須鑽過機槍的火線才行——

光是看這一點的話，可以算是幫了自己一個忙吧？

蓮內心產生相當複雜的心情。

她取出單筒望遠鏡，將其對著迫近的悍馬車。

拜託了！幹掉它！

蓮期待兩把機關槍的彈幕可以毫不容情地把那些傢伙連同車輛一起打成蜂窩。這樣的話，下一刻就輪到自己全力衝刺了。

結果在能看見車輛細部的放大圓形視界當中……

「咦？」

命中的子彈只是不斷在車體上爆出火花，而三台車子則是毫不在意地繼續往前猛衝。

因為過去從Pitohui那裡學到的知識，認為車子的鈑金與玻璃都相當薄，很輕易就會被子彈貫穿的蓮……

「太狡猾了！」

忍不住這麼大叫。

完全忘記上一屆的ＭＭＴＭ也曾經對自己有完全相同的想法。

「可惡……」

隔著圓木屋的另一邊，依然趴在地上看著雙筒望遠鏡的老大也發出低吟。

老大雖然對軍用車輛並不是很清楚，但還是能看得出那些四輪驅動車是裝甲車。7.62毫米的機關槍攻擊根本無法損其分毫。

如果反戰車步槍現在在手邊的話，就能毫不容情地轟爆他們了。

但現在就算懊悔也於事無補。

被Ｍ擊中而減少三成ＨＰ的冬馬，在自行打了急救治療套件後……

「臭傢伙！」

就在身體壓到極限的情況下，以打橫的德拉古諾夫狙擊槍瞄準悍馬車。

「夠了。別開槍。」

結果被老大阻止了。

「羅莎也停止開槍。雖然很遺憾，但我只能說這是在浪費子彈。所有人，邊注意M的狙擊，邊做好那些傢伙下車就能射擊的準備。」

發出沉重吼聲的ＰＫＭ忽然沉默了下來。

憑手邊武器無法擊中敵人的塔妮亞……

「但現在該怎麼辦？這樣下去他們會衝進圓木屋裡喲。從上次的影像看來，ＭＭＴＭ在室內戰方面超強的耶，如果他們打倒ＰＭ４的話——」

雖然沒有把話說完，但所有人都知道會有什麼結局。

蓮至今為止的努力將化為泡影。

由於會讓本人聽見，所以老大只在心裡想著。

看來這次的蓮沒有那麼幸運嘍？

「上吧上吧！直接衝進去！」

酒場的觀眾們，總是會有……

「幫當時最積極攻擊的隊伍加油」。

這樣的趨勢，或者應該說氣氛……

「把三支小隊一口氣打倒！」

「展現男子氣概吧！」

現在全都熱烈地聲援著ＭＭＴＭ。

就像酒場裡的興奮傳達了過來一樣，ＭＭＴＭ持續著他們的突擊。

「雖然左邊是ＬＦ右邊是ＳＨＩＮＣ，但現在可以無視他們！由於反擊不多，就直接衝入圓木屋！ＰＭ４無疑已經受傷了！」

隊長對狀況做出這樣的判斷。

從上次掃描位置來看，ＰＭ４絕對是占了圓木屋這個有利的陣地。

而來自他們的攻擊就只有一把機關槍，就表示他們在至今為止的戰鬥裡受到相當大的傷害。當然戰場上沒有所謂的絕對，但要做決定的話，通常會選擇可能性較高的預測。

「衝進去之前由我往二樓窗戶發射槍榴彈！不需要任何支援。你們把頭縮進去就對了！之後就是我們擅長的室內戰！讓我們把裡面打掃乾淨吧！」

聽見隊長的指示後，其他成員都簡短地回答了一聲「了解了」。

三台車上各坐了兩名隊員。

最左邊的悍馬車的駕駛，是拿著義大利製貝瑞塔ＡＲＸ１６０突擊步槍的男人，名字叫

「波魯特」。

在六個男人之中，他皮膚的顏色最黑而且體格最強壯，再加上一頭短細髮辮，營造出一股異國風情。

他正是上屆ＳＪ裡唯一被蓮幹掉的男人。當然對蓮有著強烈的復仇心。

右側的副駕駛座上，坐了一名使用德國製Ｇ３６Ｋ突擊步槍的男性。

他名字叫作「勒克斯」。身為隊上最大槍械迷的他，正是上屆被拋出氣墊船，在湖底淹死的那個男人。

平常是不胖不瘦，沒有什麼太大特徵的男人，這次按照喜好戴了一副鏡片橫向連在一起的太陽眼鏡。ＧＧＯ裡頭不會出現「陽光太耀眼」的情形，所以根本不需要戴太陽眼鏡，不過他重視的是氣氛。

中央的悍馬車，副駕駛座上坐的是隊長。駕駛座上的是使用比利時製ＳＣＡＲ－Ｌ突擊步槍的男性。名字是「薩門」。

在幾個男人當中，他是肌肉最為發達的虛擬角色，使得持有的槍械看起來很迷你。不過他是中隊的菜鳥，同時也是最弱的角色。因此經常被叫去幫忙傑克搬運彈藥。

駕駛最後一台悍馬車的是另一名拿著Ｇ３６Ｋ的男人，名字叫「健太」。

體格略顯矮小且有著一頭黑色短髮的他，再加上名字後，就成為看起來像日本人的虛擬角色。但名字的由來並非本名，而是取自他最喜歡的，某間炸雞相當有名的速食連鎖店。（註：肯德基的日文發音近似「健太」）

小隊內經常被人以「小雞」這個綽號稱呼的他，實際上是個經常負責突擊危險地點的勇敢男人。

這輛車上不是副駕駛座，而是後座坐著可以說是副隊長，同時也是隊上唯一一名機槍手的傑克。

由於他的身材相當瘦削，所以乍看之下會覺得沒什麼力氣，但他其實是以筋力值最高為傲的大力士，而這就是所謂的虛擬角色魔術了。

在以5.56毫米的突擊步槍為主流的ＭＭＴＭ當中，傑克的ＨＫ２１，7.62毫米機關槍的火力可以說相當貴重。

他的ＨＫ２１上也搭載了可變倍率的瞄準鏡。這種機關槍擁有少見的半自動射擊模式，所以可以活用這種特性，作為隊上唯一的長距離狙擊槍。

只有他坐在後座，在車輛行駛當中也從車頂拿出槍來做好盡情射擊的準備。

只不過，現在奔馳在路況惡劣的道路上，所以車體晃動得相當激烈……

「嗚咿！」

在沒有繫上安全帶的車內，光是要讓身體不碰撞車身就已經很困難了。

他們根據上一屆的經驗，得知「大會將隨著時間經過出現讓移動更加容易的交通工具」。

因此MMTM在一般的移動當中，也固執地注意著四周圍的環境。

然後他們就發現了。

那是在十四點三分左右的事情。當他們為了攻擊T－S而準備穿越丘陵地帶時，在某個谷底發現蓋著迷彩塑膠布的物體。

下到谷底把護套扯下來之後，就找到了三台寶藏。

隊長立刻做出決定。

先不管在城牆上到處逃竄的隊伍，利用入手的機動力對強大的三支敵隊發動奇襲。打倒那些傢伙就等於贏得優勝了。

於是他們便逆時針繞過巨蛋，在十四點十分的掃描時對三支隊伍展開混戰的位置做最後確認。然後把油門踩到底來開始突擊。

看著揚起大量土塵，以猛烈速度由自己視界右側跑到左側的車子……

「可惡……！」

套著迷彩披風外套的蓮用力咬緊牙根。而趴在她旁邊的不可次郎……

「啊啊，只要再靠近一點……就能把他們的腳下轟爆了……」

也以不甘心的口氣這麼說著。

三台車馬上就要橫越自己小隊500公尺前方的空間。兩個人的武器都沒有那麼長的射程。

如果能靠到300公尺左右，不可次郎就可以連續發射12發槍榴彈了。即使無法命中車體，或許能夠把一個輪胎給轟走。

蓮有股立刻全力奔跑，對那三台車發動攻擊的衝動，但是——

「咕嗚……」

她知道就算這麼做也只是會反遭對方教訓一頓。被車子撞到的話，體重那麼輕的蓮，很可能會飛到城牆的另一邊去。

「M先生、Pito小姐！快逃啊！」

到剛才為止都還想解決兩個人的蓮，這時反而發出祈禱般的叫聲。

持續從圓木屋二樓射擊的機關槍，雖然有好幾發子彈擊中迫近到200公尺的悍馬車車體並爆出大量火花，但最後還是沉默了下來。

不知道是子彈用罄還是槍管過熱，又或者是知道根本沒有效果了呢。

剩下150公尺時，三台車終於慢了下來。

中央的車子速度降得最快，接著從被裝甲板保護著的車頂發射出槍榴彈……
「啊！」「喔喔！」
蓮和不可次郎的眼前，一個黑點準確地被吸進二樓的窗戶當中。遲了一拍後就發生爆炸。窗戶玻璃與窗框全部從內部被轟飛，直接掉落到外側。
雖然不知道房間有多大，但ＰＭ４的機槍手如果還待在裡面，絕對不可能平安無事吧。
三台悍馬車一接近圓木屋西側入口，漂亮地在極為靠近門口的距離下停止。不得不承認，那些傢伙連駕駛技術也是一流。
男人們立刻下車。
身上穿的是綠色直線基調的迷彩服。正如老大告訴自己的，確實是屬於ＭＭＴＭ的裝備。
再次聽見ＰＫＭ機槍的槍聲，接著悍馬車車體上就爆出火花。
男人們以敏捷的動作一個人警戒入口並將其打開，一個人警戒二樓窗戶，而其他四個人則像是被吸進去一樣進入圓木屋當中。
剩下來的兩個人當中，其中一個拍著另一個的肩膀並且通過旁邊，接著最後一個人也滑入屋內。
把車子停在建築物旁邊後，短短幾秒就迅速完成這些動作。羅莎發射的子彈連一發都沒有擊中他們。

「那些傢伙是特種部隊嗎！」

「很順利地進去了。」

「太輕鬆了吧……」

酒場裡看著這些情形的觀眾們都發出驚嘆的聲音。

「你沒看上一屆的影像嗎？那些傢伙在太空船裡的戰鬥，簡直就像室內戰的教學範本喲。小隊裡不會出現死角，不會停下行雲流水的行動，不斷地『清場』各個區塊。」

某個人說完這些話的同時，攝影機也切換成圓木屋的室內。

是從入口附近拍攝圓木屋一樓走廊的影像。光線雖然比室外少，但不至於陷入微暗狀態，還是能看得很清楚。

ＭＭＴＭ的男人們，把步槍的槍托扛在肩膀上，以流暢的動作行經粗大圓木牆之間的木板走廊，然後依序突入右邊近處的房間。

時間是十四點十五分。

「被衝進來了嗎……」

如此呢喃著的M，岩石般的臉上出現了焦躁與悔恨。

現在他所在的位置是圓木屋二樓的客房當中。

那是每一邊有10公尺的極寬敞房間。

裡面有四張木製，看起來相當堅固的單人床並排在牆壁旁邊。

其他還設置了衣櫥、沙發，以及窗邊角落的暖爐。房間的一部分則改造成廚房。延續建築物整體的特徵，是一處相當漂亮的空間。就算是現在似乎也能夠接受住宿的客人。

房間的位置，是位於圓木屋中央樓梯往東邊數來的第二間。

圓木整個外露的牆壁上，掛著一塊大大的匾額。

上面貼著寫有「間歇泉公園Map」的地圖。內容除了介紹圓木屋東側那一整片綠地與湖泊區域之外，也詳細地說明了哪個噴出口每隔幾分鐘就會噴出多高的水柱，只不過全都是用英文寫成。

Pitohui目前正躺在其中一張床上。右眼的著彈特效雖然已經消失，但是人還沒醒過來。

M等人的視界左上角，Pitohui的HP已經恢復超過五成。HP條的顏色是黃色，距離完全恢復還要幾分鐘的時間。

最重要的是……

「喂，起來啊。沒時間讓妳昏倒了。」

就算M對Pitohui搭話，或者稍微拍她的臉頰，她都還是持續熟睡著。

ＰＭ４陷入前所未見的絕境當中。

Pitohui遭到狙擊，因為過於亢奮而昏倒。為了重整態勢而順利撤退到圓木屋裡，到目前為止都還沒有什麼太大的問題。

圓木屋二樓的視野相當遼闊，比趴在平原上時可以看到更遠的地方，也可以進行狙擊。

要用機關槍與狙擊槍阻止從南北兩側接近的ＳＨＩＮＣ與蓮等人應該很簡單才對。事實上，不小心露出上半身的女狙擊手，肩膀就被M給射穿了。

固守在這裡，等待Pitohui完全回復，之後再藉助她的力量繼續戰鬥下去。

這是對M以及三名蒙面男來說都十分有勝算的作戰方法。

但沒想到ＭＭＴＭ會突然闖入。

雖說後悔也沒有用，但確實沒想到會有車輛出現。

「不行了！我先回那邊去！」

伙伴機關槍男這麼說的聲音傳進M耳裡。他目前也平安無事。但室內進身戰對使用大型機槍的他來說實在太過不利。

雖然是屋漏偏逢連夜雨的狀況……

「好吧。」

但也不能就這樣乖乖坐以待斃。

M瞬時想出接下來最佳的對策，並告訴三名伙伴。現在使用UTS－15散彈槍的男人待在中央階梯上層，高挑男則在房間前面的走廊。機槍手正從那條走廊上往這邊跑回來。

「把中央階梯設為絕對防衛線。這棟建築物就只有這條樓梯。」

M邊說邊用左手操作倉庫欄。然後把大量手榴彈實體化。他實體化的不是在狹窄室內會因為威力太強大而危及自身的電漿手榴彈，而是一般的破片手榴彈。

「不論如何都不能讓他們上到二樓。」

手榴彈不斷實體化，在等待實體化結束的這段時間裡，M把收在右腿槍套裡的「HK45」手槍拔了出來。再次確認過裝填後就收回槍套裡。他決定不用M14・EBR，而是用手槍來戰鬥。

就在這個時候——

「M先生——雖然契約是『默默遵從命令』，但我可以問一件事情嗎？」

平常不多話的高挑男進入房間，並且在從自身倉庫欄實體化Savage110BA的同時這麼提問。

「嗯。可以。」

「那我就問了——對M先生來說，Pitohui小姐是什麼呢？」

這過於意外的問題……

「啥？」

讓M的思考停住了。高挑的男人把隱藏在面罩與護目鏡底下的臉筆直地朝向M……

「嗯，也就是說——我想知道，她是讓你拚盡全力也想要守護的存在嗎？」

「…………嗯！」

稍微沉默之後，M說出極為肯定的答案。

而這也傳到另外兩個男人的耳朵裡。

「呵——」

高挑男笑了起來。Savage110BA與其彈匣在他眼前實體化後滾落到地上。

「你們兩個聽見了吧。現在輪到我們出場了。」

高挑男的問題讓使用散彈槍的男人回答：

「就是得這樣才行啊！」

同時正在跑回房間的機槍手也以興奮的聲音表示：

「沒錯！」

高挑的男人從槍套裡拔出格洛克21，並且交換彈匣。換成遠遠凸出槍柄，裝了25發45口徑手槍子彈的彈匣。

「樓梯的部分我們會盡量撐住，這段期間就請M先生把睡美人喚醒吧。這樣接下來就能交給公主大人了。請幫忙告訴她『把那些傢伙全部幹掉』。」

說完想說的話之後，高挑男便迅速轉過身子。

然後離開房間。

酒場的影像裡，MMTM正毫不手軟地檢查各個房間。

這種近身戰技能真的就像在「清場」一樣，逐一掃蕩敵人躲藏的建築物內部。

一個人持續把槍口對著走廊前端提供援護，剩下的五個人依序進入室內，入內的瞬間互相支援對方的死角，把突擊步槍像是刀子一樣刺出去。不用說也知道，只要有人在裡面就立刻開槍。

確認完一間房間後再次來到走廊，從走廊的窗戶警戒著周圍，接著突入下一間房間。腳步絕對不會停止。

MMTM的成員調查完一樓兩間較小的客房，以及一間看起來像辦公室的較大房間。

他們先通過建築物中央的樓梯，在該處留下一名警戒人員後，其他人突入剩下來的房間。

瞬間就完成建築物一樓的清場。

這段期間都保持著沉默。

酒場的觀眾也因為不知道哪個瞬間會爆發壯烈的室內戰鬥，所以一直聚精會神地盯著畫面。

接著MMTM來到中央的樓梯。

突入時由誰打頭陣是由當時的隊形來決定。除了機槍手傑克之外，所有人都能夠當先鋒。到剛才為止一直是使用SCAR－L的肌肉男薩門打頭陣，但這時他站在走廊上援護，所以率先衝入大廳的是同樣使用G36K的兩個人，也就是黑髮的健太與戴墨鏡的勒克斯。

這棟建築物中央的階梯，寬度大概是3公尺左右。從一樓走廊（北）側開始往上爬，中間有一處寬敞的梯廳，然後再轉向180度通往二樓。

槍口往上朝著樓梯上方爬去的兩個人——

磅轟！

散彈隨著巨大聲響降了下來。

「啊啊……那是在戰鬥了……」

MMTM闖入圓木屋後過了數十秒。

蓮以單筒望遠鏡從剛才的所在地看著情況。透過窗戶可以隱約看見ＭＭＴＭ的迷彩服，同時也能了解他們進出於房間的模樣。

最後當他們前進到中央時，終於聽見了模糊的槍聲，室內似乎發出某種閃光。

「蓮，這時就算進到裡面也沒有用喔。」

不可次郎為了安撫蓮的冷靜聲音……

「我……我知道！我知道啦……」

讓蓮像要警惕自己般這麼回答著。

現在就算蓮進到裡面，也很明顯無法坐收漁翁之利奪取Pitohui的性命了。

不對，隨便接近圓木屋的話，甚至可能遭到ＭＭＴＭ的成員狙擊。因為對方還有六個人，就戰力來說毫無疑問是最強。

現在的蓮——

神啊拜託祢在我殺掉Pito小姐之前請保護她吧！

ＰＭ４對上ＭＭＴＭ的戰鬥，就算只有Pitohui一個人活下來也沒關係，只能祈禱是由他們的小隊獲得最後勝利了。

「果然在上面。」

健太發出首道聲音向伙伴們報告。

同時勒克斯則為了牽制而持續瞄準著樓梯上方。兩個人回到樓梯最下端，做好上面可能會進行手榴彈攻擊的準備。

這兩人幾乎早就預測到敵人會從樓梯上方射擊了。

他們的戰鬥並非都是一窩蜂地闖入——

「以這條樓梯的構造來看，露出這麼多的臉部，上面的敵人就會開槍了吧。」

就像剛才所實行的那樣，他們也可以會帶著這樣心理準備，故意裝出衝上樓梯的模樣來引誘對方開火。

使用UTS－15，因「上當」而開槍的矮小男人……

「哈！有一套！」

做出稱讚敵人的發言，一邊把稜角分明的散彈槍前部槍柄往後拉，拋出射擊完的彈殼。

「但是，這樣就能爭取到時間。」

如此呢喃的男人身邊，高大的機槍手正蹲著進行某種作業。

那是將M實體化的大量手榴彈，以名為牛皮膠布的暗灰色強力黏著貼布捆在一起的作業。

牛皮膠布的黏著力遠超過日本的一般膠布，美國人會用它來做各種修補，另外有時也會用在其他用途上。

就算在GGO裡，它也是每個人身上都一定會有一個的道具之一。甚至有玩家發現它實在太過方便，於是在現實世界裡也利用網購等手段買來使用。

外表粗獷手卻相當靈巧的男人，用牛皮膠布把十二個手榴彈貼成像佛珠一樣後，就完成一條長2公尺左右的「手榴彈繩」。最後再以膠布黏住保險，完成一拉就能一口氣把保險拉開的構造。

然後將其斜揹在自己龐大的身軀上，讓它不會與自己分開。然後為了為了拔開保險而把膠布底端纏在右手上並且緊握。

「那麼，之後就拜託你們了。」

以像是要請人關電燈般的輕鬆口氣這麼說完後，就大步跑下樓梯離開了。

在階梯最下方警戒著的健太與勒克斯——

即使對突然跑下來的男人感到驚訝，但當對方出現在樓梯平台的瞬間，G36K就同時開火了。

那是半自動模式的快速連射。雖然有5發左右的子彈陷入男人身體裡，但他在臉部前面交叉手臂，同時胸口穿戴著防彈板，所以光是這樣還不能讓他死亡。

蒙面男一面跑下樓梯……

「嗚喔呀啊！」

右手一面隨著喊叫聲強行一拉，把身體上手榴彈的所有保險都扯下來。

健太和勒克斯同時理解了……

這傢伙是自爆特攻兵。

按照一般的手法把手榴彈從上面丟下來的話，會被敵人逃掉。

所以才會實行纏在身上緊追過來的作戰。他打算即使被擊中幾發子彈，也要在ＨＰ全損之前的短短幾秒鐘裡持續奔跑並且引爆手榴彈。

如此一來，自己還有自己的伙伴就無法毫髮無傷了吧。

但是，就算想犧牲自己一個人來阻止他，也不可能擋下那種體格衝下樓梯時所帶的動能。被身體撞上的話，飛走的只會是自己。

那麼該怎麼辦才好呢？

兩個人瞬間，而且同時做出解答，甚至還同時展開行動。

Ｇ３６Ｋ瞄準的位置是自己的３公尺前方，也就是五階樓梯上方——

男人現在正要著地的左腳踝。

兩把G36K很有默契地發出吼叫聲，發射出去的5.56毫米彈被吸進黑色靴子裡。腳踝這個狹小範圍一瞬間吃了好幾顆子彈，就只能出現斷裂的結果。無法支撐男人的重量後，小腿與整隻腳分離了。

「嘎？」

以左腳為支撐後準備踏出右腳的男人，整個往左邊傾斜。在樓梯上往旁邊傾倒後，就只能滑下剩下的三格階梯。

健太與勒克斯朝左右兩邊跳開來逃走……

「可惡，被擺了一道。」

無法追上去的男人低聲呢喃了一句後，就被捲進身上手榴彈的連續爆炸當中。上半身遭到紅色特效包圍並碎裂。

聽著「滋滋滋滋滋滋滋滋」這道撼動整座建築物的爆炸聲……

「…………」

依然站著的M往下俯視床上睡美人的臉龐。

有著刺青的姣好臉龐靜靜地發出鼻息。

已經打下第三劑急救治療套件，HP一點一點地上升，目前已經超過七成。應該馬上要變成綠色了吧。

Ｍ不再叫Pitohui醒來了。

沒有任何拍打她的臉頰或者是呼喚她的行動。

只是保持沉默，靜靜地等待著。

他的耳裡聽見矮小男的聲音。

「Ｍ先生，看來自爆攻擊失敗了。不過接下來就由我爭取時間吧。請不用擔心！」

過了幾秒鐘後，即使隔著圓木也能聽見ＵＴＳ－１５散彈槍壯烈的連射聲。

接著就是幾把突擊步槍撕裂某個男人的聲音蓋過了連射聲。

Ｍ沒有看伙伴的ＨＰ條。因為不用看也知道結果。

ＭＭＴＭ調整隊形，正準備往樓梯上方突擊的瞬間——

就有一個蒙面男子連續發射ＵＴＳ－１５並且衝下來。

這次負責打頭陣的薩門立刻以ＳＣＡＲ－Ｌ瘋狂射擊。

雖然有幾發子彈擊中蒙面男的胸口，但自己的腳也被散彈擊中，當場整個人往後倒。ＨＰ則減少了兩成。

如果是一對一的戰鬥，薩門或許就會因為受到散彈的追擊而死。

「嗚啦！」「喝！」「噠！」

現在只要健太、勒克斯以及跟在後面的隊長也一起射擊，矮小的男人就沒有繼續開槍的機會了。

操縱泵動式槍機的左手被擊中，之後就只能任人擺布了。

身體上全是閃亮著彈特效的他，就這樣站著變成屍體。

接著啪嚓一聲撲倒，在臉孔朝下的狀態緩緩從階梯滑落，到了高大男性自爆的地點才停下來。

「Dead」標籤浮現的同時，剛才爆散的巨大身軀也開始回復，手腳重新聚集起來形成人類的形狀。

一開始死亡的男人遺體復原之後，就重重地掉在矮小男人上面。

「看起來好重……」

波魯特小聲呢喃著。

好，上去吧！

這是隊長藉由手勢下達的最終命令。

健太與勒克斯在前，後面跟著波魯特與隊長，再來從中彈狀態中恢復的薩門全都一口氣衝上樓梯。

樓梯是室內戰鬥最危險的場所之一。像這次這樣由下往上進攻時則又更加凶險。掉下一顆電漿手榴彈的話，隊伍就有可能輕鬆遭到全滅。

所以決定爬上去時，速度就是重點。只能小隊聚集在一起一口氣往上衝，然後立刻壓制樓梯上層。

ＭＭＴＭ的男人們通過樓梯平台，可以看見二樓時——

就有床從上面滑下來。

「嗚哇。」「啊啊？」「嗚。」「啥？」

這時就連ＭＭＴＭ的成員，也為這種情形感到驚訝。

因為樓梯上方有打橫的木製單人床一邊在樓梯上彈跳發出巨大聲音，一邊朝下面滑過來。

四個人的下半身依序被床撞上——

然後直接被推回樓梯平台。

最後背部撞擊圓木牆，變成被床夾在中間的三明治。

腳、下半身以及手上的步槍都被夾住。雖然只有一丁點，但還是產生了傷害認定。

「哈！」

這過於出乎意料的攻擊，讓被夾住的隊長臉上也忍不住露出笑容。

而抬起臉所看見的是，站在樓梯上方的高挑蒙面男。

他用雙手把一張單人床高舉在頭上。

「咦？」

現在朝著自己這群人丟過來了。

ＰＭ４的蒙面男，其最後一個人以恐怖怪力發動床鋪攻擊的模樣……

「…………」「…………」

也在酒場裡被轉播出來，讓所有看見的觀眾啞然失聲。

伙伴們被打倒的時候，男人就從樓梯旁邊的房間拉出兩張床。

原來如此，筋力值提高到一定程度後，就能辦到那種事嗎，所有人又學到了一個新知識。

「很久以前……確實有一款大猩猩從上方丟下木桶的電視遊戲……」

某個人這麼表示。

圓木屋的樓梯平台上，夾住四個人的床鋪上方又掉下一張同樣的床鋪。

木頭與木頭碰撞的鈍重聲音響起……

「咕哇！」「喔喔喔！」「噗！」「嘎！」

接著被壓扁的男人們就傳出痛苦的悲鳴。再次出現傷害認定。只不過還是沒能殺掉他們。

隊長在被夾住的情況下抬頭往上看。

丟下兩張床的男人，迅速從腰間的槍套抽出格洛克手槍。

裝有冷血長彈匣的黑色手槍正緩緩朝向自己這幾個人。對方當然會一口氣把子彈射光吧。

高挑男為了確實瞄準而往前靠進一步，站到幾乎是樓梯邊緣的地方。

搶在男人射擊之前……

「傑克！就是現在！」

隊長這麼叫了起來。

高挑男當然也聽見了叫聲。

「嗚！」

格洛克的準心稍微移動了。從槍口延伸出去的彈道預測線，由無法動彈的四個人身上移往樓梯平台的角落。

但是該處沒有出現新的敵人。相對的——

咚喀咚喀咚喀咚喀咚喀咚喀。

男人腳下的木板不斷出現孔洞。

從下方發射的子彈接二連三地射穿男人的腳與身體。他的下半身也持續出現紅色著彈特效。

「唔……」

發出苦悶呻吟的高挑男，即使被擊中也還是以格洛克手槍瞄準隊長並開了1槍。

45口徑的子彈擊中隊長前面的床鋪，彈飛出去的木框在他臉頰上造成一道小小的傷口。

「嗚喔喔喔喔喔喔啦啊！」

在一樓的傑克，從男人正下方以愛槍HK21機槍瘋狂地射擊。

雙手持槍的他把槍口朝向正上方然後直接扣下扳機。用的是全自動模式的連射。

從彈藥箱連結到彈鏈的子彈被吸入，然後隨著巨響發射出去。子彈貫穿一樓的天花板以及後面的隔熱材，最後再穿透二樓的地板——

喀嘰。

50發的彈鏈全部擊發的瞬間，待在那裡的男人就變成了屍體。

浮現「Dead」標籤的同時，高挑的男人也軟綿綿地癱了下去。

「傑克！快躲開！」

聽見隊長的叫聲……

「啊！」

傑克就往後退了一步。

屍體隨即貫穿殘破不堪的地板，掉到他原本站著的位置上。

「嗚哇！」

即使透過圓木牆也能聽見的機槍聲，以及伙伴一口氣歸零的ＨＰ。

Ｍ巨大的身軀正跪在床旁邊。

朝西擺著的四張床當中，從窗戶數來的第二張上，睡美人正沉睡著。

「…………」

Ｍ從床上拿起一顆電漿手榴彈。自動引爆已經設定為較長的五秒鐘。

他的嘴巴靜靜地動了起來。

「是妳……拯救了……我……」

淚水不停從雙眼流下，變成水滴滴落到電漿手榴彈上。

「謝謝。」

Ｍ緩緩傾斜巨大身軀——

短暫地親了一下睡美人的嘴唇。

當他把身體移回來時，右手就靜靜地按下左手手掌上電漿手榴彈的引爆按鍵。

酒場裡並沒有轉播這樣的過程。

ＭＭＴＭ的成員們……

抓住我！

抱歉！

在保持沉默的狀態下，解救著被夾在樓梯平台上的四個人。

最先脫離的隊長與沒有被夾住的薩門推著床的期間，剩下的三個人也依序脫離。這段時間裡，傑克一直在樓梯平台的角落，拿著重新裝填好子彈的ＨＫ２１對準樓上。

幾秒鐘後，所有人再次可以自由行動，迅速檢查完愛槍……

好，可以上去了！

遵從隊長的手勢，越過床鋪準備突入二樓的這個瞬間。

晃動整個建築物的轟然巨響朝他們的耳朵襲來。

電漿手榴彈爆炸了？在哪裡？

所有人瞬間產生同樣的想法。

SECT.17　第十七章　魔王復活

應該可以讓自己永遠輕鬆的電漿手榴彈爆炸聲……

「咦？」

結果M是從窗戶外面聽見。

就算閉著眼睛，也能清楚知道位在視界左上的ＨＰ條。自己的ＨＰ條是綠色。而Pitohui的也是綠色。

張開眼睛的瞬間，M看見的是……

「喂喂，你在搞什麼啊？殉情？這裡是曾根崎嗎？還是六本木？（註：曾根崎為日本知名殉情地點，而六本木殉情則為知名老歌）不是吧！是ＧＧＯ才對！」

嘴裡這麼說並瞪著自己的是心愛女人所操縱的虛擬角色。

Pitohui從床上撐起上半身，右臂則筆直地朝向窗外。

M了解是怎麼回事了。

恢復意識的Pitohui把電漿手榴彈丟到打開的窗戶外面，然後它就在地面爆炸了。

「啊啊！」

M瞪大雙眼，然後從該處流下歡喜的淚珠……

「這個蠢貨！」

Pitohui則是揮出鋼鐵般的右拳往他的臉襲去。

「啊嗚！」

左臉頰被揍了一拳。

「這個笨蛋！」

「咕噗！」

右臉頰也遭到拳背擊中。

「這個傻瓜！」

「喀！」

胸口吃了一記掌底，也就是手掌下方堅硬處的刺擊。

巨大身軀很輕易就被轟飛並倒下，地板也整個晃動了起來。

「難得作了個好夢！」

從床上輕輕跳起的Pitohui站到M面前。接著……

「這臭傢伙！」

用腳朝M雙腿之間猛烈壓去……

「嘎嗚嘎嗚嘎嘎嘎嘎嘎嘎！」

像被閃電打中一般，粗壯的手腳在空中胡亂揮舞。

「嘎嗚嘎嘎啊啊啊嘎嘎嘎嘎嘎！」

「別隨便把我殺掉！」

「嘎嘎嘎嘎嘎嘎嘎！」

幸好這種模樣也沒有被轉播出來。

幾秒鐘後——

腿部啪一聲從M身上移開的Pitohui，用右手拿起床旁邊的愛槍KTR－09之後……

「只有我們兩人嗎，敵人呢？」

就要求M說明狀況。

「MMTM在樓梯下方。馬上就要衝過來。」

一臉嚴肅的M一下就撐起身體，同時迅速拔出右腿上的HK45。其可靠的身影，已經絲毫看不出幾秒鐘前那種苦悶掙扎的模樣。

「那就把他們全都幹掉吧！」

Pitohui咧嘴笑著，把左手繞到腰部後面。打開該處腰包的蓋子後，把手伸進裡面。

此時M開口問道：

「妳剛才說『難得作了個好夢』——是什麼樣的夢？」

Pitohui把腰包的內容物拉出來回答：

「在變成死亡遊戲的Sword Art Online刀劍神域裡，和封測時期的愉快伙伴們一起單手拿著劍盡情戰鬥的夢喲！」

藍白色光芒照亮她臉上凶惡的笑容。

以行雲流水般動作上到二樓的ＭＭＴＭ成員立刻突入左側，也就是建築物西側的客房內。由於高大男是從該處把床拉出去，所以他們判斷剩下來的ＰＭ４成員是在裡面。但寬敞的客房裡沒有任何人在。

當傑克架著機槍在走廊上警戒著東側時，突入旁邊另一間客房的ＭＭＴＭ——

Clear！

確認敵人也沒有在這個地方了。雖然室內因為隊長的槍榴彈攻擊而變得凌亂，但當中沒有屍體。同時也沒有可以隱藏的地方。只有失去主人的ＭＧ３機槍默默地佇立在該處。

這樣的話——

隊長以簡單的手勢下達命令。

「要突入另一側，亦即東側的房間嘍」。

酒場裡轉播著目前的情形。

六個男人採取低姿勢，盡量不發出腳步聲在寬2公尺左右的走廊正中央前進。

GGO的玩家都會盡可能不走在牆邊。

理由是因為跳彈。敵人子彈斜向擊中牆壁時，角度將會降低然後幾乎沿著牆壁飛過來。

MMTM在走廊正中央，而且是排成一列來前進。打前鋒的男人，早已做好敵人衝出來開槍時自己會被擊中的覺悟。

到時候他的身體將會變成守護其他伙伴的盾牌。而身後的人將會把敵人解決掉。

只剩下兩間客房了。

M和那個女人就在其中一間。

沒有腳步聲或說話聲，六個男人就這樣在走廊上前進。

避開剛才有一個人掉下去的樓梯前洞穴，各自把槍口稍微改變方向。

走在前頭的是以隊上動作最敏捷為傲的G36K使用者，亦即不是小雞的健太。

後面的順序是使用同一把槍的墨鏡男勒克斯。

手持ARX160的黑皮膚男，波魯特。

拿著SCAR－L的肌肉棒子，薩門。

再來是把STM－556換成短式槍管的俊男隊長。

瘦削的傑克則稍微拉開一些距離殿後——負責在後方的警戒工作。

從樓梯到右手邊房間的入口處大約有7公尺。左右兩邊都是粗大圓木組成的牆壁。

在建築物內戰鬥時，和跳彈同樣一定得特別注意的是「穿牆」。

正如名字所顯示的，就是子彈貫穿牆壁或者是門等遮蔽物朝自己飛過來。也就是看不見的對手突然做出的攻擊。

在GGO裡，要察覺牆壁後面的敵人，就只有利用聲音尋找位置的聲納探測器之類的道具或者是類似的技能。再來就純粹是感覺可能會在那邊的「第六感」了。

只不過，就算知道位置，只要攻擊不到敵人就無法穿牆。至於能否穿牆，將因為槍的口徑與遮蔽物的種類與厚度而有不同結果。

由於步槍的子彈擁有驚人的貫穿能力，所以可以輕易貫穿一般木造住宅的牆壁。就像剛才傑克透過地板幹掉二樓的敵人那樣。

但現在MMTM左右兩側的是直徑達70公分的粗大圓木。

雖說要以反器材步槍之外的槍械貫穿它也不是絕對不可能，但應該相當困難才對。就算好不容易能穿透，子彈的威力也會大幅降低，而那種子彈的力量應該不足以讓自己這群人死亡吧。

從這方面來看，在這條走廊上就只要注意前後以及來自於窗戶的攻擊即可，所以算比較安全了。

原本應該是這樣才對。

健太在剩下三步就要抵達門口的瞬間——

走廊上響徹猛烈的槍聲，接著隊長就看見了。

走在自己眼前的薩門，右側腹不斷出現閃亮的著彈特效。

「哇噗！」

他巨大的身體往右扭轉，然後繼續噴出光芒，手上SCAR－L的強化塑膠製槍托也全部裂成碎片。子彈破壞完槍托後，再次襲向持有者。

他的HP開始以恐怖的速度減少。由於看過無數次類似的狀況。所以他知道這種速度是被判定為立刻死亡了。

「右邊！從牆壁來的！」

隊長打破沉默朝著同伴這麼大叫，但是連他自己也無法理解是怎麼回事。

雖然知道對方是從房間裡攻擊——

但為什麼有這麼多子彈可以貫穿如此厚的圓木，同時還能保持原本的威力。

難道說這些圓木，只是像電影布景那樣虛有其表。所以才能穿牆嗎？

「可惡啊！」

走在將死薩門前方的波魯特，以ARX160半自動模式對著牆壁連續射擊，造成許多木屑在空中飛舞。

而子彈很明顯無法貫穿……

「快住手！」

隊長如此下令的同時，敵人依然沒有停止槍擊。腹部遭到無數子彈擊中的薩門……

「可惡！」

邊咒罵邊倒了下去，從別在左肩上那骷髏頭咬著匕首的臂章處跌落到地板上。接著便浮現「Dead」標籤。

事到如今，必須盡快衝進室內打倒在裡面的兩個人才行。

就像看透隊長這樣的想法般，健太眼前的門開了個大洞。

從一擊就能轟出數個彈孔來看，用的絕對是散彈槍。那是來自室內的攻擊，而且是不間斷的三連擊。

「嘖！」

再往前一步，不對，應該說半步的話就會被轟成蜂窩的健太，這時連同G36K一起退後。繼續站在門前面實在太危險了。

這個瞬間，MMTM行雲流水般的動作倏然停止了。

停止射擊的波魯特把身體靠到圓木牆邊，把臉從旁邊靠近射擊伙伴的子彈飛過來的地方。

然後小聲把看見的情形傳達給伙伴們知道。

「有洞！」

原來如此，被擺了一道嗎！

MMTM的隊長對這極為簡單同時有效的花招——不對，應該說是陷阱而驚嘆不已。

PM4預測自己這群人一定會通過這裡，所以趁那群蒙面且戴護目鏡的男人們拖延時間時，已經悄悄在圓木與圓木重疊之處打了洞。

不知道用的是什麼方法。實在不認為他們有時間用子彈來打洞，難道裡面有強力的電動鑽頭嗎？剛才外面傳出的電漿手榴彈爆炸聲，或許就是為了掩蓋打洞作業時的聲音。

發現洞穴的波魯特，把背緊貼在洞穴旁的牆壁上，然後迅速把自己的槍，ARX160的槍口插進洞裡。這樣的話就算對方射擊也只會擊中槍械。接著以半自動模式開始帶著節奏感的射擊——

開了2槍之後就倏然停止。

「喀……？」

他的臉在浮現苦悶與疑問表情的狀態下僵住了。

接著除了在前方瞪著門的健太之外，隊長以及其他成員都看見了。

靠著牆的波魯特，瞪大的右眼發出藍白色光芒。

接著光芒增加亮度，變成棒狀之後緩緩突破眼睛伸了出來。從眼睛裡伸出3公分左右就停止不動。

「喀啊啊啊啊啊啊啊啊啊！」

波魯特在右眼閃著藍光的情況下開始不停抖動。ARX160從他手上離開，在槍口插在洞穴裡的狀態下變成牆壁的一部分。

隊長的視界左上角，波魯特的HP正以恐怖的速度減少。

啊啊……可惡……是這麼回事嗎！

怎麼這麼晚才注意到呢。這次沒有稱讚對方的時間，只是不停地詛咒自己。

竟然忘記有可以輕易貫穿直徑70公分的圓木，以及其後方人類頭部的武器。

因為自己不可能使用那種東西，所以就被排除在記憶之外了。

上一屆的BoB第三屆大會裡，明明就有一個未曾聽過名字的新人玩家靠著它揚眉吐氣了一番啊。

那是不存在於現實世界的，超強力的超近身戰武器。

能夠產生將近1公尺的光刃，把碰到的任何物體砍成兩半的武器。

槍之世界裡的劍——光子劍。

波魯特變成屍體，從腿部開始脫力。

光子劍同時被快速抽回去，幽靈般的藍白色光芒從走廊上消失。屍體隨即滑落到地面。

下一個瞬間，牆壁上出現一個藍白色圓形。

一個動作就瞬間在圓木牆上畫出一個直徑1．5公尺左右的圓。圓形是出現在最前方的健太眼前——

「快避開！」

隊長這麼大叫的同時，圓形的牆壁就直接朝著健太襲去。圓形的圓木聚合體，從室內以猛烈的速度飛出——

「呼呸！」

健太被彈飛之後，在走廊的另一側牆壁上被夾成三明治。

然後從牆上出現的洞穴裡，輕快地飛出一顆相當常見的手榴彈。它在被夾在走廊牆壁與圓形之間的健太頭上掉落，然後在該處爆炸。

健太的上半身，胸口以上的部分被炸得四分五裂，在走廊上噴出閃亮的紅色多邊形。被切出圓形的圓木當場分崩離析倒了下來。

一些手榴彈碎片也襲擊了待在旁邊的勒克斯。爆炸的旋風把太陽眼鏡從他臉上吹跑。

「可惡！」

他不因為受傷而膽怯，確實將右肩的G36K以半自動模式連續射擊。鑽過剛才出現的洞，把子彈往室內送去。

隊長也立刻仿效他，把愛槍朝向3公尺斜前方的圓洞，一邊往正面移動一邊開始射擊。

事到如今，只能斷斷續續地開槍並接近圓洞，然後一口氣闖進室內來解決那兩個人了。與其單方面繼續遭受攻擊，倒不如先行突入，在至少可以看見對手的地方戰鬥並將其打倒。

某種物體從那個圓洞的低處滾到走廊上來。

那是一個小顆西瓜一般的，又黑又圓又大的圓形塊狀物。

也就是巨大電漿手榴彈，通稱「巨榴彈」。

其一部分閃爍著光芒，就是引爆鍵已經被按下的證明。

「咿！」「怎——！」

勒克斯與隊長僵硬的聲音漂亮地重疊在一起。射擊也跟著停止。

敵人是笨蛋嗎！是想同歸於盡啊！

隊長懷疑敵人是不是瘋了。在這個狹窄的空間裡，就算是電漿手榴彈威力也夠強大了，現在他們竟然丟出威力大了三倍的巨榴彈。

雖然不知道計時器設定為幾秒，但這東西爆炸的話，在附近的自己就不用說了，連在圓洞後面丟出手榴彈的本人也不可能平安無事吧。

然後他就了解了。

啊啊……那傢伙的話……確實可能這麼做。

如果是那個瘋女人，Pitohui的話——

只要可以殺掉眼前敵人，就算犧牲自己也在所不惜。過去剛開始玩GGO時，就看過她好幾次做出這樣的行為。

這時候才來一記同歸於盡的攻擊嗎！臭傢伙！

隊長雖然知道沒有用，也還是翻轉過身子。同時就看見了。

巨榴彈滾落到腳邊的勒克斯，拋下槍後就朝它撲了上去。

「撲在手榴彈上的人體會變成盾牌，自己雖然會死但周圍的伙伴能得救」。

這種犧牲小我的行動，在古今中外的戰場上已經不知道重複過多少次了。而這在GGO的世界也是一樣。

只不過，那是在面對碎片會因為爆風飛出的一般手榴彈時。

至於對上威力強大的電漿手榴彈，以及破壞力更為增強的巨榴彈時能有什麼效果——其實跟本就微不足道吧。

隊長有了幾秒鐘後將死亡的覺悟。但同時也帶有對手將會全滅的期待。

藍白色的爆炸奔流將襲擊室內，把裡面的所有人轟飛。雖然不清楚這棟圓木屋有多堅固，但牆壁和天花板或許會被吹跑吧。

這樣的話，乾脆從正面看著爆炸吧。

下定決心的隊長停下逃走的腳步。也不再轉過身體。然後他就看見了。

從牆壁上的圓洞裡走出一個女人。

深藍色連身衣褲包裹著穠纖合度的身體，同時全身著裝大量防具以及武器的女人。

把長黑髮在後腦勺綁成馬尾的女人。

褐色肌膚的臉上，刻畫著煉瓦色幾何圖形刺青的女人。

以一碰即死的毒鳥為名的女人。

Pitohui。

兩手繞過腰部後方來到走廊上的Pitohui，首先把右臂往前伸出。

才看見她握住的銀色筒子前端伸出藍白色線條，接著線條就伴隨著殘像高速被揮舞起來。

那是從下到上，擦過地板往上撈的動作。

光是這一下，覆蓋在巨榴彈上的勒克斯就身首異處，只有頭部滾落到地面。

隊長不用看小隊的ＨＰ條也知道。就算是在ＧＧＯ世界裡，也沒有人被斬首之後還能夠活著。

看見屍體抱住的強力炸彈旁邊那個笑容滿面的女人……

原來是這麼回事嗎！

隊長就注意到了，那個巨榴彈暫時不會爆炸。

就像在迷宮裡引誘魔王出來再將其解決掉一樣，爆炸計時器應該設定了幾分鐘以上的長時間吧。這是為了一瞬間停止我方射擊的陷阱。

當然也應該考慮到這種可能性，但過去令人不堪回首的體驗，擅自就讓他產生「Pitohui那個女人有可能會這麼做」的想法。

這樣的話，妳現在就去死吧。

隊長把槍口朝Pitohui移去的同時，Pitohui的左手也往身體前面伸出。

然後槍聲響起。

ＳＴＭ－５５６噴出火光，5.56毫米彈以比聲音還要快的速度，襲向短短４公尺前方的

Pitohui胸口——

在該處爆出火花往旁邊彈去，最後刺進牆壁的圓木當中。

Pitohui握在左手上的50公分×30公分大金屬板，斜斜地把子彈彈開了。那是M的其中一片盾牌。事先預測到可能會有這種用法，已經在背面焊接上小小的把手。

「噠啊啊啊啊啊啊！」

Pitohui隨著尖銳吼叫聲全力朝著地板踢去。隊長第2發子彈的彈道預測線來到身上，就再次用盾牌把它彈開——

「可惡啊！」

以輕巧的側步躲開瞄準腳下的第3發子彈——

在第4發子彈發射前，看起來像長1公尺光棒的藍白色光劍就猛烈揮下。

藍白色劍身讓STM－556的短式槍管變得更短了。輕鬆地融化金屬後往前挺進，把粗大的槍榴彈發射器砲筒等部分的前半段一刀兩斷。

如果不是隊長迅速把左手抽回來，手腕前方的部分也會跟著被砍斷吧。

「嗚啦啊！」

隊長把需要修理的愛槍扔了出去。

金屬塊朝眼前的Pitohui飛去，Pitohui則完全沒有閃躲。以頭盔的額頭部分承受金屬塊，頭部稍微後仰就把它擋了下來。

趁著這些許空檔，隊長一邊後退右手一邊朝側腹的槍套伸去。接著拔出插在該處的「斯泰爾M9－A1」，9毫米口徑自動手槍。

然後直接從側腹部的位置連續射擊。根本沒有瞄準，只是拚了命地開槍。

全力發射出去的9毫米手槍子彈，其中1發陷進Pitohui的腿裡，一發穿透她的側腹部，但是——

「呀啊咿！」

Pitohui的左手隨著很高興般的聲音一揮，盾牌前端就直接擊中M9－A1，隨著鈍重金屬聲把它從隊長手中奪走了。

機槍手傑克從之前就一直尋找著射擊Pitohui的機會。

待在走廊最後方的他，甚至有時間把HK21機關槍架在肩膀上，並且將選擇器改變成半自動模式。

但是從圓洞裡衝出來的Pitohui，經常重複著讓自己待在隊長身後的動作。她像是完全沒有看著自己，實際上卻是觀察地很仔細。可以說毫無破綻到令人害怕。

「可惡啊！」

因為擁有強大火力，所以傑克沒辦法射擊。

把隊長愛槍擊落的Pitohui迅速把右手的光子劍往後拉，然後將左手的盾牌朝前方推出……

「沙啊啊！」

隨著詭異的聲音用力撞向隊長。

「喀！」

隊長從胸口到臉部都被堅硬的甲板直接擊中，然後遭到恐怖的怪力不停往後推，腿部也不顧本人的意願往後退……

「嗚咿！」

最後直接撞上架著ＨＫ２１的傑克。

怪力女的突進直接把傑克連同機關槍往後轟飛。

「別小看人啊啊！」

因此得以停下腳步的隊長，在取回控制權的雙腳上灌注渾身的力量穩住身形。雙手抓住眼前的盾牌，用盡吃奶的力氣將其扯下來並丟開。

下一個瞬間隊長所看見的是，在眼前把光子劍高舉過頭並且露出笑容的Pitohui。

在室內戰鬥時把刀劍高舉過頭只能說是愚蠢到了極點。

這是因為劍刃將碰到天花板而無法往下揮落。日本在很久以前，就發生過許多武士在決定生死的戰鬥中把刀高舉過頭，結果刀刃卡在門楣或者梁柱上的事件吧。

而光子劍則完全不在意這種事。

「那就去死吧。」

Pitohui隨著呢喃般的聲音，把左手靠在右手上，一口氣把劍往下揮落。藍白色光劍前端順利撕裂天花板並且增加速度，朝著隊長的額頭一直線降下……

「嗚啦啊啊啊啊啊！」

然後停了下來。

隊長的雙手往天空伸去，從上方抓住Pitohui握住光子劍劍柄的雙手，然後擋住劍的來勢。

兩個人的動作一瞬間停止。體格幾乎沒有差距的兩個人，藉由雙手連結在一起。

從上面不停施壓的Pitohui……

「哎呀討厭。真能撐耶。」

從下面抬起她手臂的隊長……

「怎麼了，只有這點實力嗎？」

兩人把所有力量加諸在手上，持續比試著力量。

接著Pitohui的手臂緩緩被推了回去。劍刃不斷朝上，最後前端再次接觸天花板。

劍刃通過頭頂朝向後方，然後接近Pitohui的額頭。隊長繼續在手臂上加強力道，把劍刃一點一點朝對方推去。

「哈！光劍終究只是玩具啦！」

隊長瞪著眼前的女人這麼大吼，女人則微笑著說：

「哎呀討厭啦。你這個槍械迷明明對光子劍完全沒興趣。」

「那又怎麼樣！」

「所以你應該不知道吧？不知道對吧？這把『村正F9』也有一種很棒的機能！」

Pitohui的右手大拇指，輕鬆地把劍柄上部的轉盤往左轉。結果伸長的光刃瞬間消失，變成兩個人單純只是在搶奪一個長30公分左右的筒狀物——

「啥？」

完全搞不懂Pitohui意圖的隊長，眼睛裡再度映照出藍白色不祥的光芒。而且比剛才更鮮豔、更炫目。

Pitohui的手指開始繼續把轉盤往左轉。這次則是用極緩慢的速度。

「什——」

隊長他看見了。

自己連同女人雙手一起按住的，類似路邊攤玩具的筒子——

從剛才伸出劍刃的另一邊孔洞裡出現藍白色光芒。

光芒一點一點地朝自己的臉伸過來。

「什！——妳……妳這傢伙！」

這把光劍不論上下哪一邊都能夠伸出光刃。

隊長理解它的「機能」後立刻全身寒毛直豎。

「看吶看吶……伸得更長了……Long、Longer、Longest……」

Pitohui的手指輕快地轉了多少轉盤，劍刃就慢慢伸出多長的劍刃。

隊長的手稍微放鬆力道，Pitohui也會配合著減輕力量，藉此來一直保持光劍的角度。

「這……這個瘋女人！」

「別這樣誇我，我最了解我自己了。」

「可惡，這樣很好玩嗎？」

「感覺剛才好像也有人這樣問我——當然很好玩嘍！太棒了！你也在享受生與死嗎？來吧來吧！」

劍刃在這段期間也不斷伸長、伸長——

「Pitohui——————！」

「對，那、就、是、我！」

藍白色光刃的前端觸碰到隊長的額頭。

「咕啊！」

「咻哩」一聲刺耳的聲音響起，光芒陷入腦袋當中……

「咕嘎啊啊嘎嘎嘎啊嘎嘎嘎嘎嘎啊！」

隊長的臉因為足以讓左右眼形狀變得完全不同的精神痛苦而抽搐。

「嗯，這是哪國話？我只會說英文和日文。Understand？」

「Pi——tohui——嘰咿咿咿咿咿咿咿！」

腦內被光芒侵蝕後發出臨死前吼叫聲的男人，雙手急遽失去力量。最後軟趴趴地下垂。

「不行喲，還不能死——！」

Pitohui在把光劍插進對方腦部幾公分的情況下……

「看啊啊啊啊啊啊啊！」

以左手抓住隊長的胸口，然後直接往前突進。被往前推的隊長，背部再次撞上好不容易才站起來的傑克……

「最！後！一！擊！」

這次一口氣把轉盤轉到最大。

發出「噗嗡」的低吼後，村正F9的藍白劍刃就一口氣成長為100公分左右——

完全貫穿隊長的頭部……

「喀噗！」

然後被吸進身後傑克的左眼當中。

從ＭＭＴＭ硬著頭皮對最後的房間展開突擊前，到最後兩個人死亡為止——

酒場裡頭轉播了一連串的經過，由於沒有其他戰鬥，所以這也是理所當然的事。

從牆上洞穴槍擊靠近的ＭＭＴＭ開始，到最後分出勝負的時間根本不到兩分鐘。

一開始因為突然展開的戰鬥而發出熱烈喝采聲的觀眾們——

也從Pitohui一下把趴著的男人斬首左右就靜了下來，到了最後的死鬥時已經是鴉雀無聲。

ＭＭＴＭ全滅的瞬間……

「啊～」

看見被光劍連結起來的兩個男人，某個觀眾丟出這麼一句話：

「這陣子不敢吃串燒魚乾了。」

「…………」

另外還有一個人，是帶著比任何人都要複雜的心思……

看著Pitohui宛如魔王般的活躍模樣。

那個人不是別人，就是為了殺死Pitohui來拯救她而參加ＳＪ２的女人——

也就是蓮。

她在距離圓木屋５００公尺遠的地點，把嬌小身體趴在從平坦草地上找到的小窟窿裡，以迷彩披風外套隱藏身形並看著單筒望遠鏡。

從ＭＭＴＭ突入之後就一直看著了。

「啊啊……那是在戰鬥了……」

她對旁邊的不可次郎以及在圓木屋另一側的老大，報告著透過窗戶所能看到的範圍內有什麼戰況。

「啊啊，來到樓梯了。雖然二樓有那群蒙面的男人——啊啊，好像有一個人被射中了！」

還有……

「在樓梯途中爆炸！好像是特攻？自爆？但ＭＭＴＭ還是有六個人……」

以及……

「好厲害，蒙面人用床鋪進行攻擊！——第二張床！啊啊！下面有機關槍，快逃，快逃啊！——被擊中了！——死掉了……」

就像這樣轉播著實況。

不過提到床鋪的時候，老大也忍不住……

「那是什麼槍械的名稱嗎？」

提出了這樣的問題。

然後，看見幾乎毫髮無傷的ＭＭＴＭ，六個人一起對Pitohui潛伏著的房間展開進攻時……

「快逃快逃Pito小姐快逃現在先逃走吧！」

以祈禱般的心情這麼呢喃，同時也讓另外兩個人能夠聽見的蓮——

接下來就反而看見相當恐怖的東西。

也就是ＭＭＴＭ每個人都沒辦法好好反擊便遭到屠殺的模樣。

從Pitohui開始揮舞藍白色光劍，她就沒辦法繼續轉播，只能看著圓形視界裡進行著的地獄繪圖般殺戮……

「喂，蓮，怎麼了？睡著了嗎？」

「蓮，怎麼了？發生什麼事了？」

也對兩個人的聲音沒有反應，只是一直凝視著。

看見兩個男人的頭部被一起刺穿，鬼火般藍白色光芒消失的同時就重重掉落到地板上的模樣……

「咿！」

蓮才回過神來。

「怎麼啦？」「蓮？」

「Pito小姐一個人，把六個人……全……全滅了……」

蓮向兩個人報告完……

「啊──我必須得贏過那種怪物嗎……」

蓮的口中就說出了內心的吶喊。

而左手腕下一刻就突然發起抖來……

「哇啊啊啊啊啊！」

把發抖誤認為被誰抓住的蓮，驚訝地發出悲鳴，然後一瞬間看見了幻影。從地面爬出來的Pitohui，抓住自己手腕後咧嘴一笑的幻影。心跳有了爆炸性的加速，差點就讓愛多管閒事的AmuSphere把她帶回現實世界。

不停捶著心臟的她，同時看著左手腕內側的手錶，結果就發現快到掃描的時間了。

十四點二十分。

SJ2的第八次衛星掃描開始了。

SECT.18 第十八章　瘋狂的蓮

關於十四點二十分的衛星掃描……

「這大概是最後的掃描了吧。」

酒場裡的所有觀眾都是帶著這樣心情注視著螢幕。上一屆共花了一小時二十八分鐘的時間來分出勝負，而且現在只剩下四支小隊而已。

從西邊開始的掃描，出現了以高速掃描地圖左半部，緩慢的速度掃描右半部這樣的結果。

雖然不可能有如此靈活的人造衛星，但倒是沒有任何人吐嘈這一點。

畫面上顯示出幾乎是南北向排成一列的殘存光點——也就是蓮等人、PM4以及娘子軍集團的位置。距離全在1000公尺內的他們，彼此之間接近到必須擴大地圖才能分辨出各自的光點。

最後一支小隊是在城牆上騎著腳踏車逃竄的鎧甲六人組，小隊T－S——

他們是在東邊城牆上幾乎正中央的位置。

上一次十四點十分掃描的時候位於東北角，所以應該是藉著腳踏車繼續南下了。

「看來是打算從山谷那裡靠近，襲擊經過熾烈戰鬥的三支小隊存活者。」

「哼！太下流了吧！是男人的話就光明正大的戰鬥！除了M之外其他的是女人耶！」

在眾男人的意見當中……

「大家加油啊啊啊啊啊!」

從戰死者待機區回到酒場裡的金髮墨鏡美女，安娜這麼放聲大叫。

她的裝備與迷彩服都還穿戴在身上，胸口的裝備背心被50口徑擊中的地方則還留著一個大洞。這是因為破損的裝備還是會在損毀的狀態下回歸。

而且不只有背心，該部分的迷彩服也破了一個大洞。至於可以看出胸部相當豐滿的T恤——就已經復原了。

由於SJ裡的汙垢不會被帶出來，所以服裝相當乾淨，但長長的金髮已經顯得蓬亂。身上揹著修長德拉古諾夫狙擊槍的那種「殘兵」模樣具有相當的魄力。

酒場裡原本因為安娜灌注了靈魂的吼叫而一瞬間恢復安靜……

「說得沒錯，嗯，我了解妳的心情。要不要到這裡來一起看?我可以教妳許多狙擊的技術喲。」

「下次要不要一起去解任務?我知道一個風景非常羅曼蒂克的地方——」

充滿色心的男人們，看準這個其他娘子軍不在的機會，以色瞇瞇的表情靠近安娜……

「吵死了!喂喂，看見真實世界的我之後你們還能這麼說嗎?給我閉嘴看螢幕吧!」

遭到美女大聲斥責後，便唯唯諾諾地退了下去。

「喔喔，真恐怖……我才想收回剛才的話呢。」

「一點都不可愛。操縱者一定是個賤婊子吧……」

只敢偷偷呢喃著狠話的他們，如果見到現實世界乖巧內向的女高中生安中萌的話，應該會驚嚇而死吧。

殘活下來的玩家們也看見掃描的結果。

心裡全都想著「這或許是最後一次受到這個機器的幫助了」。

蓮與不可次郎，以及ＳＨＩＮＣ的殘存成員——老大、塔妮亞、冬馬、羅莎都趴在跟ＭＭＴＭ突入之前同樣的地方。

距離圓木屋大概５００公尺。露出身體的話不知何時會遭到Ｍ狙擊的距離。

確認到ＰＭ４依然在建築物裡面，還有Ｔ－Ｓ這支小隊在東側最邊緣的位置上了。

老大她……

「這支小隊在城牆上面移動。大概是靠某種交通工具。而且還毫髮無傷。」

這麼對自己的同伴與蓮說道。由於想不出其他可能性，所以眾人都能夠同意她的看法。

看見Pitohui展示壓倒性力量的蓮……

「剩下一支小隊……說不定我什麼都不用做，Pito小姐也能直接獲得優勝……」

吐露出今天不知道是第幾次的示弱與期待的發言。

「…………」

不論是老大……

「…………」

還是不可次郎，都沒有對她這段話有所回應。

蓮趴著握緊雙手……

「不對，這樣不行！我一定得想辦法！但是該怎麼辦才好怎麼辦才好怎麼辦才好——」

像是唸經般不停地重複這樣的話。腦袋裡頭則拚命想著作戰方法。

直接這樣突擊的話能獲勝嗎？因為對自己的腳程有自信，所以或許可以到達那棟建築物。

但是，在那之後的戰鬥中能獲勝嗎？連ＭＭＴＭ那群人都沒辦法贏了耶。

「怎麼辦才好怎麼辦才好怎麼辦才好——」

室內戰的話，要讓不可次郎如何輔助自己才好？和ＳＨＩＮＣ的合作呢？不會打到自己人吧？要是誰不小心幹掉Pito小姐的話一切努力就變成泡影了，該怎麼阻止這種情形發生呢？

「怎麼辦才好怎麼辦才好怎麼辦才好——」

不能光是大家隨便衝進去一定得想出什麼作戰不然就會像ＭＭＴＭ一樣輸掉被殺掉輸掉輸

掉輪掉。

「怎麼辦才好有什麼作戰作戰作戰作戰作戰作戰作戰作戰作戰作戰——」

面對腦袋過熱而不停唸經的蓮……

「所有人，準備一起突擊！」

老大一句話就讓她停了下來。

「咦？」

「沒辦法再等蓮的指示。我們自己來吧！開始支援射擊！」

「咦？」

然後就聽見ＰＫＭ機槍的聲音。

一定是從圓木屋另一側對準Pitohui他們可能會在的窗戶所進行的援護射擊。

「喂喂，等一下！還沒——」

蓮急忙抬起頭來……

「怎麼了？」

不知道什麼時候已經爬到自己身邊的不可次郎把臉靠過來這麼提問。蓮雖然因為這至近距離而嚇了一跳，但還是……

「老……老大她們擅自開始突擊了！」

「哦……」

不可次郎咧嘴笑了起來。那是小惡魔般的微笑。

「大家等一下！我們還沒準備好！」

蓮對老大這麼說……

「太慢了！我們要自己上了！」

但卻被這樣的回答反駁了。老大她……

「全員突擊！」

不是對蓮而是對ＳＨＩＮＣ的同伴們下達命令。

「啊，等──怎麼這樣！等一下啊！」

老大沒有回答蓮的呼喚。

「哦，也就是說老大她們不在乎合作或者是確定能獲勝的機會就擅自展開突擊了。」

不可次郎這麼詢問……

「好像是這樣……這根本是自殺行為！為什麼！不合作的話不可能打倒Pito小姐啊！要有作戰！沒有作戰不行！作戰！作戰！作戰啊！」

不停叫著同樣的話，同時用雙手搥打地面的蓮……

「哼哼……」

沒有注意到不可次郎正用鼻子哼歌，似乎在自己身後進行著某種作業。

五秒鐘之後……

「那我也要走了！」

面對隨著這種發言站起身的不可次郎……

「作戰──啥？」

趴著的蓮抬起眼淚快流下來的臉龐。

不可次郎露出跟之前沒兩樣的笑容，只舉起右手的MGL－140……

「笨人想不出好主意，只是在浪費時間！只會嚷著『作戰作戰』根本沒用！這樣的蓮就在那裡哭哭吧！不理妳了，這個一個人就什麼都辦不到的小孬孬！」

隨著小學生般的叫罵聲朝著圓木屋跑去。

「啥──？」

「看著吧！我們會活抓Pito小姐，五花大綁之後帶來妳面前！」

不可次郎說著不可能實現的計畫並跑走了。

看見只拿著一把MGL－140且越來越小的背影，蓮的腦袋根本完全無法運轉。

嗯？

也就是說？

那個？

思考了兩秒之後，才注意到唯一的真相。

總而言之……

伙伴們把我自己丟在這裡了。

「等一下，不行啊啊啊！」

蓮放聲大叫並準備站起來……

「——呼哇！噗呸。」

但卻辦不到。只能重新趴回草地上。

明明想跟平常一樣敏捷地站起來，但左腳卻無法跟平常一樣運作。於是從胸部跌回草地上……

「為什……麼……？」

扭轉身體往下方看去……

「——咦？咦咦咦咦？」

視界就看見造成這種情形的原因。

由於太過驚訝，所以一瞬間無法理解，但總不能不相信親眼所見的事實。

蓮看見自己的左腳，以及纏在靴子上的尼龍製寬大布條。還有布條前端綁著的槍榴彈發射器MGL－140。

雖然不知道它是「右太」還是「左子」，但絕對是不可次郎的武器。這極為沉重的武器，變成了蓮的腳鐐。只不過是鐵球變成了槍械，就讓蓮看起來簡直像過去的囚犯一樣。

不用說也知道是誰幹的好事。就是蓮在忸忸怩怩地煩惱時，不可次郎所幹下的好事。

那個臭傢伙——————————————————！

蓮內心的吶喊響徹整個腦海。

她立刻伸出手想把它解開。

「可惡！真氣人！可惡！」

蓮的手數度滑開，在沒有辦法的情況下只好脫下兩手的手套再次挑戰，但是重重纏繞並且打了結的背帶……

「啊啊啊啊真是的！」

完全無法解開。

背帶異常地強韌，而且又被不可次郎用一身蠻力死命把粗大的尼龍結成一顆小圓球。

蓮為了不被發現，也為了不被射中而低著頭，同時拚命拉著不可次郎打的結，然後手再次滑掉……

「啊啊啊啊啊啊啊啊啊我受夠了！」

發出悲鳴的蓮，耳朵裡聽見……

「冷靜下來！不要急，慢慢解開就可以了！」

看透蓮正在做什麼的不可次郎，那簡直像是嘲弄人般的聲音，透過通訊道具傳到耳朵裡。

「不可————！妳在想什麼啊啊啊！別一個人先跑走啊啊！」

蓮停下手來放聲大叫，瞪著在草原上奔馳而越來越小的背影。

而不可次郎……

「『能夠解開那個結的人，就能夠成為這個世界的王！』，啊哈哈哈哈！」

則是這麼回答。

「大——大笨蛋————！」

透過通訊道具聽著蓮吼叫聲的老大則露出奸笑。

手拿VSS，全力在草地上呈鋸齒狀奔馳的她，先把與蓮之間的通訊道具關上之後……

「為了讓蓮能夠像之前那樣戰鬥！所有人抬頭挺胸地前進！」

就對伙伴們下達嚴格的命令。

其他人立刻就理解「作戰」，塔妮亞首先表示：

「為了讓蓮能可愛地活躍，也只能這麼做了！」

冬馬接著說道：

「在這邊賣她一個大人情，下次讓她請我們吃零食吧！」

然後羅莎則是……

「做好康的事，吃好吃的零食對吧！」

繼續用押韻的說法來回答。

「…………」

老大沉默了一陣子，最後……

「可惡！為什麼想不出好的答案！」

真心感到懊悔不已。

「四名娘子軍開始突擊。依然接近當中。」

M趴著架起自己的愛槍M14·EBR。

這裡是建築物南側，附屬於房間的露臺上。由於原本就不寬，所以M的巨大身軀幾乎都在室內。

以兩腳架架起的M14・EBR，只稍微從露臺的欄杆之間突出一些槍身。

圓形木製的欄杆上，也設置了剛才Pitohui使用過的「板子」。

兩片板子之所以能空著露出槍身的縫隙並且連結起來，完全是因為使用了「橫桿」與牛皮膠布的緣故——

而被拿來當作橫桿的，竟然是剛才MMTM成員所使用的突擊步槍——G36K以及ARX160。把兩把步槍用牛皮膠布重重捆起來，然後再黏到盾牌上。

變成屍體的角色必須在待機區域裡等十分鐘，為了打發這段時間，他們能夠看見戰鬥的實況轉播。這時候兩把槍的主人，應該會感到很難過吧。

羅莎的PKM機槍，發出的彈道預測線在房間周圍閃爍著，然後零散飛過來的子彈除了在窗戶上打洞之外，也能聽見陷入圓木中的聲音。

雖然用德拉古諾夫狙擊槍瞄準了的子彈也會飛過來，但從低處的射擊最多只能擊中露臺的圓木或者屋頂。

M像是要表示射不中的子彈根本不用理會般，一臉輕鬆地無視這些子彈……

「請求隊長的指示。」

然後對接下主導權的Pitohui這麼問道。

「這個嘛……」

Pitohui正在建築物北側，也就是走廊那邊。

趴著的她架著伙伴留下來的手動槍機式狙擊槍——Savage110BA。

並沒有使用著裝在上面的兩腳架。這時支撐著槍枝的是——

MMTM的其中一個人，也就是屍體。把健太被炸死後只有恢復外形的軀體面部朝下，然後把槍靠在腰部的凹陷處。

除了不會動之外也能彈開子彈，高度也很剛好，可以說跟剛才SHINC的作戰完全相同，不過她們用的是伙伴，這邊用的是敵人。

這在倫理上沒有問題嗎？雖然會產生這樣的質疑，但Pitohui似乎一點都不在意。而她的這種模樣，現在應該正在屍體待機處看著實況轉播的健太本人又會怎麼想呢？

雖然走廊的低處沒有能夠當成槍眼的窗戶，但沒有就自己做一個就可以了。以光子劍在圓木上刨開一個直徑40公分左右的洞後，Pitohui就把槍身與瞄準鏡朝向該處。

透過鏡頭後出現在圓形視界裡的是，從草原上往這邊奔馳的敵人。而且只有一個人。手上拿著6連發槍榴彈發射器。距離還相當遠，大概有450公尺以上。

「這邊小蓮不知道為什麼沒有出現……拿6連榴發的女孩子獨自愉快且光明正大地往這裡靠近。前隊長，你有什麼看法？」

Pitohui保持隨時可以射擊的姿勢並這麼反問。

「就算問我我也……實在看不出對方只是拚命往這邊橫衝直撞的作戰意圖。這樣就像是自己朝子彈湊過來一樣。」

「就是啊……讓人有點害怕。會不會有什麼詭計……？」

Pitohui也以感到狐疑的口氣這麼說著。如果不是用槍托抵著臉頰並且看著瞄準鏡，這時候應該歪起脖子了吧。

「不過，能夠減少敵人人數的時候就不應該客氣。」

「也只能這樣了。那麼，命令是隨意射擊擊潰敵人。被侵入２００公尺時再另作對策。」

「了解。」

一秒鐘後──

M的M１４・EBR以及Pitohui的Savage１１０BA就幾乎在同時噴出火花。

酒場裡的實況畫面──

映照出趴在地上射擊PKM機槍的女人，從頭上閃爍著著彈特效的模樣。

「啊啊！」

「被幹掉了！」

在男人們的悲鳴當中……

「…………」

以門神般站姿，並且雙手環抱在胸前的安娜，靜靜地看著伙伴們的戰鬥。

「雖然被射中了——但還沒死！我會繼續援護！」

堅強大媽羅莎在頭部右邊角落閃爍著紅光的狀態下，一邊對往前跑的伙伴這麼報告，一邊抱著PKM站起身子。HP條迅速減少到只剩下兩成，在變成紅色的情況下停了下來。

不施打急救治療套件了。像要表示哪有那種時間一般，把沉重的機槍扛在肩膀上後，就對著300公尺左右前方的圓木屋二樓，剛才擊中自己的槍口火光……

「嘿啊啊啊啊啊！」

用盡全身的力氣開始射擊。

以筋力抑制往上彈的槍，並持續把曳光彈的光線送進那個房間裡。

PKM宛如將主人的鬥志實體化了一樣，毫無滯礙地持續發出怒吼。

從槍口噴出的火焰與熱風，讓周圍的草呈放射狀搖晃著。空彈殼以猛烈的速度往左飛，最後變成多邊形碎片鮮明地消失。

五秒鐘之後——

從槍械下方彈藥箱供給過來的100連發彈鏈全部射光，世界突然安靜了下來。

「呼……」

1發子彈朝著放下PKM的羅莎額頭飛來——

貫穿後直接飛到後方。

聽著建築物南側傳來激烈開火聲並往前奔馳的不可次郎……

恰咯哩！

聽見自己頭上傳出過去從未聽過的金屬聲。同時彷彿被某個透明人推了一下般，脖子稍微往右傾斜。

「嗚咿，子彈擦過頭盔了好恐怖啊啊啊。不過我真幸運！」

即使如此，她還是繼續跑著。

射擊的Pitohui……

「身材嬌小真的很作弊耶……」

操縱Savage110BA的槍機把空彈殼排出，然後把下一發子彈送進彈倉裡。接著……

「那邊如何了？」

對在建築物另一側開火的M這麼問……

「現在解決第二個人。應該可以幹掉全隊。」

然後得到這樣的答案。

酒場裡的觀眾們……

「看來是不行了。」

「要被幹掉了……」

也完全放棄她們了。

畫面當中，可以說進行有勇無謀突擊的SHINC成員，使用德拉古諾夫狙擊槍的冬馬被擊中後倒地。

她雖然不斷重複著跑動、停止然後射擊幾發子彈的行動，但在以機槍援護射擊的羅莎被打倒而停止射擊的狀況下，她接著被選中也是理所當然的事。

把德拉古諾夫彈匣內的10發子彈射完之後，劇烈來回的槍機就在完全退後的狀態下停止，當她準備從腰包裡拿出新的彈匣時——

頭部中了1發。

接著胸口較高的位置也中了1發。

遭到無情連射的冬馬從膝蓋跪了下去，然後整個人趴到地面。最後浮現「Dead」標籤。

「算是幫『盾牌』報了仇吧……」

「SHINC也只剩下兩個人。分別使用野牛衝鋒槍與VSS。」

「兩個人的動作都很不錯，但都還無法攻擊到M吧。」

「不過都努力到這種地步了，只得到這種結局還真讓人有點難過……」

進行對話的其中一名觀眾，偷偷瞄了一眼站在左後方的女性。

安娜依然保持著門神般站姿緊盯著畫面。

由於她在室內也戴著太陽眼鏡，所以看不見她的眼睛。她是以什麼樣的眼神看著伙伴被擊中，以及即將被擊中的模樣呢？

這個時候，娘子軍的小隊成員之一，五短身材的女人出現了。就是故意死亡，成為PTRD1941台座的女人。現在剛從待機區域回到這裡。

「安娜，情況如何？」

面對女矮人的問題……

「老大她們正在實行作戰。」

金髮美女頭都不回一下，只是簡短地這麼回答。

M交換完彈匣，就把瞄準鏡朝向下一個目標。

手拿野牛衝鋒槍，腳程最快的銀髮女性。距離大概是250公尺左右。雖然每三秒鐘會變換一次奔跑的方向，但是模式過於單調。

「右……左……右……」

M很容易就猜想到接下來的行動，由於對方身材嬌小，所以瞄準的不是頭而是身體。子彈像是要把自己與目標的腹部縫在一起般往前延伸，之後對方的身體便往前撲，滾了一圈後仰躺在地上。雖然受了重傷但應該不至於死亡，所以女性就在躺著的狀態下摸索著掉落的野牛衝鋒槍，然後只用右手朝著這邊射擊。

但那只不過是無謂的抵抗。

使用手槍子彈的衝鋒槍不論再怎麼射擊，子彈也不可能攻擊到這裡。

事實上，彈道預測線不要說命中M了，甚至沒有延伸到他的周圍——

M悠然把瞄準鏡對準變成靜止目標的女性頭部，然後扣下扳機。

從開槍到著彈為止的短暫時間裡，M看見了。

那個女人臉上露出很高興的笑容。

「…………」

M凶狠的臉龐上，兩個眼睛瞪大到前所未見的程度——

但因為角度的關係沒有被轉播出來。

「唉……最後只剩下我嗎？」

以不符合巨大身軀的速度急速奔跑著的老大，從左上角的HP條確認伙伴已經全部陣亡。

把視線移回來後繼續拚命奔馳，剩下的距離還有200多公尺。

眼前是已經變得相當大的圓木屋，同時也能看見在二樓擺出槍械的男人。

「那麼，該怎麼辦呢……？」

當她這麼呢喃時，就被從男人槍上延伸出來的鮮紅彈道預測線照射到……

「哦！」

老大微笑了起來。

M平常總是使用無線射擊，這無疑是第一次受到他的預測線照射……

「哈！有一套！不愧是M！已經了解這邊的想法了嗎！」

老大大大稱讚著想要殺了自己的男人。

同時停下腳步，為了躲避預測線而往旁邊跳去。巨大身軀輕輕在空中飛舞，接著子彈便通過一瞬之前所待的空間。老大以單手撐住身體，然後展現漂亮的前受身。

完美閃過攻擊的老大……

「機會來了！」

在半蹲的狀態下迅速架起VSS，以瞄準鏡對準男人並扣下扳機。

必殺的消音狙擊槍發出確實十分細微的運作聲後子彈便衝出，最後陷進露臺的欄杆裡造成木屑飛濺。

「不行！沒射中！」

在觀眾的悲鳴聲中，畫面裡的M扣下扳機。

這一邊則跟剛才一樣沒有錯過瞄準的目標，子彈被吸進架著VSS的辮子大猩猩左眼當中。當巨大身軀搖晃了一下時，第2發子彈就命中幾乎相同的位置。

在似乎可以聽見「咚滋」的劇烈撞擊聲下，猩猩女仰躺到地面——

「Dead」標籤傳達出上一屆準優勝SHINC小隊全滅的消息。

觀眾群當中，為她們的失敗感到惋惜的聲音還大過了稱讚M射擊技術的聲音。

在這樣的情形下……

「呵！」

安娜輕輕一笑……

「唉……老大，妳也太過火了吧。」

旁邊的蘇菲則是這麼呢喃著。

安娜拿下墨鏡，把臉朝向待在左側且身高比自己矮的蘇菲。鮮艷翠綠色的眼睛，讓她身上妖豔的美感更加增添魅力，在場偷偷瞄著她的男人都發出了嘆息。

安娜毫不理會這群男人，直接對蘇菲問道：

「妳對剛才的老大打幾分？」

擊倒老大，完全排除這一側威脅的M……

「消滅ＳＨＩＮＣ了。」

首先簡短地向Pitohui報告……

「妳那邊呢？」

然後提問。

M開槍射擊期間，Pitohui也發射了2發子彈。

威力比M射擊的7.62×51毫米子彈多出一倍的３３８拉普麥格農子彈，其粗豪的發射聲在Savage１１０ＢＡ的砲口制動器引導下往側面擴散，在走廊上傳出了轟然巨響。裡面迴響的槍聲應該比室外還要巨大。

面對這「當然幹掉對方了」，但為了慎重起見還是確認一下的提問……

「只不過——就是沒出現啊。」

由於沒有主詞，所以M聽不懂這個答案。

「我過去那邊。」

「請喲～」

M舉起愛槍站了起來，由於直徑只有1．5公尺的圓洞太過狹窄，所以就鑽過自己轟出許多彈痕的門來到走廊上。

首先把仍在計時的巨榴彈停下來。

然後站到把屍體當成台座來支撐Savage110BA的Pitohui身旁，架起M14．EBR，透過瞄準鏡看向窗戶玻璃外面。

「十一點鐘方向。370公尺。」

按照Pitohui的指示移動視界……

「…………」

結果在那裡的不是蓮，而是應該是她搭檔的女性角色。

少女用背帶把MGL－140揹在肩膀上，戴著巨大頭盔，身負大背包拚命在草地上爬著。她正筆直地朝這邊過來。

而她雙腳的底部已經消失了。

從以瞄準鏡擴大的視界可以看得很清楚。和手臂一起動著的腳，其纖細腳踝以下的部分已經消失，目前只閃爍著紅光。

「一開始的第1發只是偶然喲。」

Pitohui在狙擊姿勢下這麼說明。

「射中可愛女孩的左腳，把它轟斷了。然後她就滾倒在地。等了一陣子還是沒有人出來，所以我就射擊另一隻腳。但就算這樣還是沒有出來。小蓮她人在哪裡呢……？還是說，她完全沒有拯救伙伴的意思？」

Pitohui以尋找捉迷藏對象的口氣這麼說著。

讓一個人受到不足以致命的傷害，然後因為疼痛與死亡的恐懼而發出痛苦呻吟，再把無法坐視不管跑來救援的士兵全部擊殺——

實際戰鬥時，狙擊兵經常會使用這種殘酷且具有效果的技巧。

不過GGO怎麼說也是遊戲，所以大概都是……

「抱歉，只能說你運氣不好，放棄吧。」

「這個無情的傢伙。」

「不然我讓你輕鬆吧？」

「臭傢伙，別開玩笑了。」

會演變成這樣的對話。

「夠了，1發子彈給她一個痛快。應該很容易辦到吧。還是說，真的沒子彈了？」

M一這麼說……

「這是什麼意思？溫柔？慈愛？慈悲？」

Pitohui噘起了嘴。M則是……

「慈愛和慈悲是一樣的。然後全部都不對。這不是現實世界的戰鬥。蓮不會魯莽地衝出來解救同伴。她是上一屆和我搭檔，戰鬥到那種地步的勇者。應該具備這種冷靜的判斷力。」

M以平淡的口氣這麼回答。

「跟這個比起來，我比較擔心蓮是不是偷偷繞到死角了，還有另一支殘存的小隊會不會找到交通工具朝我們迫近。南側已經收拾乾淨了。只剩下北側和東側。希望能快點幹掉那個傢伙，開始警戒四周圍。沒時間讓妳玩了。」

當M緩緩說了這一長串話的期間，敵人少女相當有骨氣地繼續匍匐往這邊迫近。

距離剩下340公尺左右。這已經在槍榴彈發射器的射程之內，雖然相當困難，但幸運地射進窗戶裡的話將會相當危險。

只不過對方還沒有朝著這邊架起武器，所以Pitohui依然悠閒地說：

「可以再等一下嗎？」

「不行。那讓我來吧。」

M單手打開眼前的玻璃窗。從下方往上抬，將其固定之後，再次架起M14・EBR……

「唉……」

Pitohui開槍射擊了。

子彈隨著巨響往前飛，擊中匍匐前進中的少女左手腕。

戴著手套的小手隨著紅色著彈特效飛上空中。

被擊中的少女因為驚嚇與擬似痛楚而扭曲身體——

接著側躺，以右手按住左手手腕。看起來簡直就像實際失去手腕，為了止住溢出的血所做的動作。

「啊，抱歉。我瞄準頭部，但是射偏了。因為不習慣這把槍～」

裝填著下一發子彈的Pitohui忝不知恥地這麼說完，接著發射下一發子彈。

第2發子彈也因為「射偏」而擊中少女右手手腕。當然該處也就跟左手一樣被轟飛。

「Pito……」

M雖然以苦澀的口吻這麼說，但是沒有開槍。

Pitohui沒有裝填下一發子彈。

「受到這種程度的傷害，大概馬上就會死了吧——咦咦？」

出乎意料的是，躺著不動，或者應該說無法動彈的少女身體上並沒有浮現「Dead」標籤。

也就是說，即使受到四肢全被轟飛的傷害，她的HP也沒有歸零。由於SJ裡沒有辦法看見對方的HP，所以不知道對方還剩下多少數值……

「真是強壯！不愧是蓮的搭檔！不知道是從哪裡找來的……GGO裡有那麼嬌小又實力堅強的女孩子嗎……」

感到佩服又疑惑的Pitohui，最後輕鬆地丟出一句話。

「不過這樣接下來就有兩分鐘以上她什麼都不能做吧？沒有手也沒辦法射擊！」

酒場裡頭——

不可次郎陷入重大危機的模樣被攝影機轉播出來。

「喂喂！太過分了吧！」

「這未滿十八歲禁止收看吧……」

「雖說是虛擬角色，但是欺負那麼小的女孩子有什麼好玩的！」

除了有這麼說的人之外……

「她從剛才就轟飛別人的頭或者是斬首了，現在這只是小兒科吧！」

「那個女孩子，剛才在車站不也毫不留情地把好幾個人轟成肉醬？」

「虐待人的也是女生啊……」

也有人說出這種極為正確的言論。

到了最後……

「嗯，不論看起來多殘忍，終究只是遊戲。還是得跟現實世界做出區別喲。」

則是以這種煞風景的話做出結論。

時間稍微回溯一些——

「可惡！可惡！」

當蓮不知道是第幾次解結失敗時，耳裡就聽見槍聲。很明顯是從建築物那邊往這邊射擊。

然後……

「嗚咿，子彈擦過頭盔了好恐怖啊啊啊。不過我真幸運！」

是不可次郎的聲音。

「被射中了嗎？快趴下！」

「才不要哩！」

除了這樣的回答之外，也能聽見建築物另一邊正在進行劇烈槍戰的模糊聲音。正在連射的狙擊槍，自己很熟悉它的槍聲。那是M的M14．EBR。

SHINC正在突擊，而M則是在應戰——過去曾經接受M鍛鍊的蓮能夠聽得出來。

這樣的話，攻擊不可次郎的就絕對是Pitohui了。

那現在該怎麼辦才好呢？

總之現在最重要的是把腳鐐拿下來。

蓮再次努力地想解開背帶，但還是因為太過堅固而無法成功……

「可惡啊啊啊！」

她發出彷彿要詛咒整個世界般的吼叫聲。

「喂喂，還在搞嗎，亞歷山大大帝先生？」

聽見了不可次郎的聲音……

「啥？」

蓮茫然打開嘴巴，然後注意到了。不可次郎臨去之前曾經說過奇怪的話。

「『能夠解開那個結的人，就能夠成為這個世界的王！』。」

然後現在再次……

「亞歷山大大帝先生。」

說了這樣的話。

這兩個提示在腦袋裡結合，時間過了〇．五秒之後……

「可惡！」

蓮便停止試圖解開結的手，將其繞到腰部後面——

「早知道一開始就這麼做了！」

就像拿劍把沒有人能解開的「戈耳狄俄斯之結」一刀兩斷的亞歷山大大帝那樣，以軍用格鬥小刀把綁在自己腳踝旁邊的結砍成兩半。

終於恢復行動自由，把小刀收回去並重新戴上手套的蓮，耳朵裡再次聽見槍聲。

接著……

「嗚咿！被～打～中～了～！」

傳來不可次郎毫無緊張感的聲音。

「喂！沒事吧！」

蓮一邊這麼問，一邊想起只要看就知道了，於是把視線瞪著左上角。

不可次郎的ＨＰ迅速減少，最後少了大概10％左右。幸好不是太大的傷害。應該是頭部與胸部以外的地方吧。

「不可！已經夠了，快躲起來！我現在開始援護突擊！」

「不，沒辦法了。」

「為什麼？」

「被打中後就沒有左腳板了。又斷掉了。最近的年輕人真的動不動就東斷西斷的。」

「啥啊啊啊？」

蓮以單筒望遠鏡搜尋不可次郎。最後在距離129公尺處，發現左腳底端閃著紅光在草原上爬行的身影。

下一個瞬間，再度傳出轟然巨響。

接著這次就看見不可次郎的右腳被轟飛的模樣。

「噗咿！嗚哇——還有你嗎，右腳啊！啊，真想吃凱薩沙拉。」

不可次郎的聲音聽不出是仍然相當輕鬆還是已經混亂了。她的HP繼續不斷減少。現在剩下七成左右。

蓮開始搜尋射手。

由於知道大概的地點，所以立刻就發現了。

建築物中央附近，二樓走廊的牆壁上，開了一個到剛才都沒有的小洞。以望遠鏡最大倍率，好不容易才看見槍口。目前依然斷斷續續可以聽見M14・EBR的槍聲，所以這一邊的絕對是Pitohui。

原本打算找到的話就開槍射擊，於是準備把放在眼前的小P拖過來……

「……………」

但左臂隨即停止動作。

P90不可能瞄準將近500公尺處的敵人。如果只是要把子彈射過去應該沒問題，但當然不可能擊中目標，而且彈道預測線還會洩漏自己的所在地。

如果自己有狙擊槍的話，先不管能不能射中，至少可以把那個洞穴當成瞄準的目標。

啊啊，一開始的講習，如果聽狙擊槍課程時有認真聽講就好了……

現在才想這種事情也於事無補。說起來如果不是一開始就使用衝鋒槍型的武器，蓮也不可能成長到這種地步。

「唔……蓮啊……我的搭檔啊……用心聽我說吧……」

不可次郎傳來這樣的發言。

「現在，終於知道了。因為我已經無法自由行動，所以大概是不成了。」

「打從一開始就知道了啦！誰教妳要做這種魯莽的突擊！」

「但是，我不會後悔也沒有在反省喲～」

「拜託妳後悔一下啦！誰教妳沒有考慮就展開行動！」

「總比蓮剛才那樣猶豫不決要好多了！妳不知道『兵貴神速』這句名言嗎？小學上數理課時有教過吧？」

「才沒有哩！」

蓮的視界當中，失去雙腳的不可次郎依然進擊著。

「嘿咻、嘿咻。我爬、我爬。」

她使用手肘與膝蓋來匍匐前進。

「已經夠了，從那裡發射槍榴彈！射程不足也沒關係！打不中也無所謂！我會趁爆炸的時候衝出去！知道了嗎？」

「原來如此，這或許是不錯的——」

轟天巨響。

「嗚喲？」

傳出了可能是——不可次郎悲鳴的聲音。

接著是在視界中散開的著彈特效。蓮看見搭檔的左手飛了出去。ＨＰ又減少了兩成。

「咕哇！左手斷了！這樣就沒辦法戴結婚戒指了啊！」

沒有結婚計畫的不可次郎這麼大叫。

「…………」

蓮這時候只能默默看著眼前發生的事情。

隨著繼續傳出的槍聲，連按住左手腕傷口的右手腕也像是被一刀砍斷般飛上空中。

「啊啊……不行了嗎……沒有預測線就飛過來果然很狡猾啊……」

不可次郎無力地呢喃著，然後躺在地上一動也不能動——

ＨＰ進入剩下三成左右的黃色區域……

「可、可、可——」

蓮她……

「可惡！」

用力捶著大地並放聲吼叫。

曾幾何時，已經聽不見Ｍ１４・ＥＢＲ的槍聲。

ＧＧＯ的世界裡，就像剛的喧囂全都是在作夢一樣回歸安靜……

「可惡……」

套著迷彩披風外套的蓮，獨自一人趴在草原當中。

「可惡……」

到目前為止的日子與時間宛如走馬燈般閃過腦海。

ＳＪ２從頭到尾都是那麼地不順利。

明明只要快速找到Pitohui，然後想盡辦法把她打倒就可以了——

結果打從一開始就被配置在最遠的地方，至今為止的漫長移動，以及被強迫跟無數阻礙者戰鬥……

「可惡……」

被迫使用大量子彈，雖然用魔法之吻增加了自己使用的彈數，但不可次郎的粉紅色煙霧彈則是浪費了一大堆……

「可惡……」

但就算是這樣還是努力訂定作戰計畫，結果在「緊要關頭」使用煙霧彈時卻又遭到巨大的阻礙……

「可惡……」

即使如此還是拚死重整態勢想要完成作戰，結果又換成強隊搭車子闖入……

「可惡……」

雖然那些傢伙最後被打倒了，但也因此而看見了接下來即將對戰的對手展現媲美鬼神或者怪物般的強大實力……

「可惡……」

接下來當想構思有沒有什麼新作戰或者完美的計畫時，伙伴們又全部擅自強行突擊，然後正如自己所擔心的一樣被打得落花流水……

「可惡……」

然後現在束手無策的自己只能趴在這裡發抖。

「啊啊啊啊！我受夠了！」

蓮對著陰沉的天空大叫。

「我不管Pito小姐的死活了！想要優勝就自己快點去優勝吧！像怪物一樣強的人怎麼可能會死呢！」

哦哦……

依然倒在地上的不可次郎，在咧嘴微笑的情況下聽著蓮灌注靈魂的狂吼。

「我才不理什麼必須抹殺Pito小姐呢！我不幹了啦！這樣的話，我就不用那麼辛苦了！就算死了也沒關係！」

「這樣的話，應該怎麼辦哩？」

不可次郎的聲音，聽起來簡直就像來自神明的提問一般。

「幹掉她！」

蓮這麼回答。

「幹掉誰？」

「Pito小姐！」

「用什麼方法？」

「誰知道！」

啪沙！

蓮一跳著站起來，就把身上的迷彩披風外套扯下來。

「不論用什麼方法都沒關係，總之就是要宰掉她！看是要用小刀！還是其他手段都可以！」

在草原上出現的粉紅色當然相當顯眼。該處現在站著一名眼神詭異的少女。

「宰了Pito小姐！」

說完雙腳就往大地踢去。

「不錯喔！那我也來幫忙吧！小蓮！」

蓮清楚地聽見拿在手上的愛槍「小P」，興致勃勃地從下方對自己搭話。

「好！那我們走吧！小P！」

這麼回答的蓮，開始全力往前奔跑。

聽著這樣的叫聲……

噗哈哈哈哈哈哈哈！

不可次郎在心中哈哈大笑，然後這麼想著。

原來如此，那就是瘋狂的蓮嗎？

SECT.19

第十九章　最後一戰就交給我

酒場的轉播畫面當中——

粉紅色小不點脫下擬裝站起身子，展現出粉紅色雄姿……

「來了！上屆優勝者！」

「竟然在那種地方嗎！」

「太棒了，快上！」

加油的聲音……

「笨蛋！為什麼在那種地方出現！」

「太快把迷彩披風外套拿下來了吧！」

「啊～這下死定了……」

與絕望的聲音在完全相同的時機下響起。

如同要回應這兩種聲音一般，粉紅色小不點開始用上所有鍛鍊出來的敏捷性往前全力奔馳。

「咦？」

筆直朝向西北方而去。

也就是說，往遠離圓木屋的方向逃走了。

「出現了啊啊啊啊啊啊啊啊啊啊啊！」

Pitohui驚喜不已。

為了搜敵而降低倍率的瞄準鏡，視界上方有一道粉紅色人影從草堆裡站起來。

「我這邊也看見了。是蓮。」

以窗框架著M14．EBR的M這麼報告……

「她是我的！隨便出手的話我會幹掉你喲！」

Pitohui先這麼警告著。然後……

「那麼！過來吧！」

剛露出鬥志聚合體般的表情瞪著瞄準鏡……

「咦？」

就看見如脫兔般遁走的蓮。

原本就嬌小的背部變得更渺小了。

「喂！怎麼會！竟然逃走了！不敢相信！真不敢相信！」

其猛烈的逃走速度，讓Pitohui已經無法從打開的洞裡看見蓮，所以身體只能離開Savage 110BA站了起來。

抓住放在旁邊的自身愛槍KTR－09突擊步槍之後……

「要追過去嘍！跟過來！」

就迅速對還是茫然無措的M下達命令。

「噢……嗯……她的搭檔怎麼辦？」

「之後再處理啦！」

「但手腳復原之後，槍榴彈會很難搞喔。」

「少囉嗦！」

Pitohui的黑色靴子從M的兩腿之間狠狠往上踢。

「呼咕哩！」

然後對隨著奇妙悲鳴當場跪到地上的M……

「快！要走嘍！」

丟出這極為強人所難的一句話。

「咕嗚嗚嗚——但……但是……」

雖然看不出是感到痛苦還是高興，但用膝蓋與手肘支撐身體的M……

「就算我們追上去……也不可能捕捉到……認真逃走的蓮……」

做出這種冷靜的判斷。

「這我知道。小蓮跑起來就跟車子一樣快。」

疼痛與快感似乎已經消退的M迅速抬起頭來……

「那麼？」

「當然是用車子追上去啊！」

蓮在面對最後決戰之前就開始全力大逃亡的樣子，當然也被攝影機轉播出來——空中的某台攝影機映照出蓮的背部，以及以猛烈速度從她身邊往後流動的草地。

「噗哈哈哈哈哈哈哈哈哈哈哈！」

在沒有天空、牆壁的微暗空間，只有螢幕飄浮在空中的待機區域裡，老大開始放聲大笑。

而她的身邊……

「有一套喔！」

塔妮亞……

「蓮！加油！」

冬馬……

「拜託了！」

羅莎等成為屍體的眾人也坐在黑色地板上，很愉快地看著螢幕。

老大凶惡的臉上露出微笑並呢喃：

「對了對了。這才是我想打倒的蓮。」

在草原上全力奔馳的蓮，倏然停下腳步回過頭去。

用左手維持以背帶提著的P90，右手把一直握住的單筒望遠鏡拿到眼睛前方。

一轉眼間就距離圓木屋1公里左右。視界當中，圓木屋的西邊角落可以看見三台四輪驅動車。有兩道人影搭上其中一台。接著車子就動了起來。

「嘿嘿嘿嘿。」

咧嘴露出凶惡笑容的蓮……

「那就跟過來吧！」

改變了方向。

朝東方而去。

「看到了！正往東邊跑！」

壓扁草原的草往前疾駛的悍馬車駕駛座上，M握住纖細的方向盤並這麼大叫。

「看見了喲——！」

Pitohui站在前後左右四個座椅中間，從被防彈板包圍的車頂探出頭。左手抓著扶手，右手則是握著KTR－09。

「撐住！」

悍馬車隨著M的聲音往右轉向。身體被離心力推到車頂旁邊的Pitohui……

「哇哈哈哈哈哈哈！」

看起來非常高興。

「嗟啊啊啊啊啊啊！」

蓮只是拚命動著腳往前跑。

這是已經把己身性能發揮到極限的速度。

由於是草地，所以看不見自己所踩的地面。如果該處有顆稍大的石頭，蓮一定會立刻跌倒，並且往前滾動一大段距離。

但蓮還是完全沒有放慢腳步。她邊跑邊往後瞄，看見褐色車子往自己接近……

「還沒，還沒呢！」

依然專心地持續往前跑。

雖然朝正東方奔跑，不過右側身邊已經看不見圓木屋，而是跑到右斜後方去了。

接下來前方的地形是被雪山與岩山包夾的山谷——草地、池塘以及河川。

一台悍馬車在隔了大約400公尺的距離下，追著宛如駿馬般在草原上奔馳的粉紅色小不點。

「喂，M！油門踩大力一點啊！這樣沒辦法瞄準吧！」

汽車的速度輸給了急奔的蓮。雖然從剛才就一點一點地縮短距離，但就算是Pitohui，也沒辦法在這樣的距離下，單手在劇烈搖晃的車上擊中敵人。

駕駛座上的M則這麼反駁：

「當然可以往下踩，但車體晃動得更激烈的話，妳可能會被甩出去喔。不知道接下來的路面狀況究竟如何。」

「沒關係！照做就對了！」

Pitohui用左腳往正在開車的M頭部踹去。

「喀噗！——我不管嘍！」

M粗壯的腳把油門繼續往下踩。

排氣量達6500cc的V6型柴油渦輪引擎發出怒吼，隔了一拍後悍馬車猛然加速。

Pitohui也跟著被用力往後拉，是靠著她強壯的臂力才支撐下來。

「Hi-yo Silver——————！」

Pitohui像某個故事主角般大叫——

馬尾迎風飛舞的她，在悍馬車上眼睛閃閃發亮。

「那麼小蓮！讓我看看妳會怎麼戰鬥吧！」

看著奔跑的蓮與追趕的汽車……

「小蓮會用什麼戰術呢！」

「不可能毫無策略吧。真令人期待。」

酒場裡的觀眾們也感到十分雀躍……

「蓮她什麼都沒想吧。」

「嗯嗯。完全是隨機應變。」

在待機區域的塔妮亞以及老大，則是進行著這樣的對話。

「但就是這樣才好。」

圓木屋北側，等待手腳復原的不可次郎，好不容易才只用手臂與嘴巴把急救治療套件施打到身上。

在HP慢慢回復當中——

看著蓮依然毫髮無傷的綠色HP……

加油啊加油啊。

然後在心中喊著。

只要努力就一定會有辦法。

怎麼辦怎麼辦怎麼辦怎麼辦？

狂奔的蓮，內心只想著這件事。

雖然在盛怒之下衝出來，但其實沒有任何作戰計畫。只是想先迴避必須衝進由高強狙擊手把關的進築物這種超難遊戲般的狀況。

蓮再次稍微回過頭。

嗚咿。

四角形車輛已經比剛才更加靠近，距離大概250公尺到300公尺左右吧。

可以辨識從車頂探出身子的Pitohui臉上掛著笑容。她的右手上拿著長長的黑色棒子。雖然不清楚那是什麼，但絕對不是拍打棉被用的棒子。

可惡！

在內心罵了今天不知道是第幾次的髒話後，蓮就考慮了起來。

從開始玩GGO之後，就經常口出穢言耶。

先別管這個了，得想出作戰計畫。

是要回頭，以P90開火來迎擊他們？

200公尺的話剛才也打中了，是不是可以再次期待偶然擊中敵人？

「不可能不可能！這種距離的話，對方也會射擊吧？我們停下來的瞬間就會被打中了。」

小P否定了這個想法。

實際上正如它所說的，Pitohui的武器是突擊步槍。在射擊上絕對會輸給她。

蓮持續奔跑，然後就看見了。

進路的左斜前方，距離100公尺左右的地方有一個池塘狀的東西。

直徑數十公尺的圓形水塘，只能看到水面映照出淡灰色天空，不清楚深淺如何。

「…………」

蓮稍微把前進方向移往該處。

透過畫面看見蓮改變路線的酒場觀眾們……

「喂喂！那邊是池塘喲！」

「不會是想跳進去游泳逃走吧？」

「這或許是個不錯的作戰。就算是悍馬車，衝進池塘裡的話也沒辦法動了。」

「如果很淺的話呢？說不定只是個濕地的水窪而已喔。水深只有50公分左右的話，車子可以衝過去吧？」

「但那不靠到很近的話就看不出來吧？」

擅自說出自己的見解熱烈地討論著。

蓮持續朝著池塘飛奔。

希望Pito小姐不要射擊！

心裡只是一直這麼祈求。

稍微回過頭一看，發現與車子之間距離２００公尺。

頭轉回前方，看見距離池塘30公尺。

好！上吧——！

蓮在腦袋裡做出停下來的指令。彷彿機械般動著的雙腳瞬時緊急停止。

蓮的靴底邊翻起草原土壤邊滑行著，藉此來減低自己的速度。

雖然是超乎想像的緊急煞車，但蓮還是讓身體後仰來撐住減速負荷，同時左右腳也取得完美的平衡，讓自己沒有跌倒就順利停下來。

煞車距離只有短短的５公尺左右。

「那是什麼！」

「好猛的動作。」

酒場裡的觀眾發出這樣的感想。

「嗚哇！那是什麼動作，怎麼辦到的！」

「хорошо（了不起），蓮要是玩虛擬新體操的話一定會很厲害！」

待機區域裡，塔妮亞與冬馬都感動不已。

瞬間急停，以流暢動作轉身的蓮……

「我知道了，是要在這裡瘋狂射擊吧！」

宛如無視小P的聲音一般，把用背帶斜揹著的它轉到身體後面去。

「咦？不用我射擊嗎？不射擊嗎？不射擊嗎？」

無視囉嗦的愛槍，蓮把右手移到腰部後方……

「呼！」

反手拔出放在該處的格鬥小刀。

然後像拳鬥士一樣把它擺在眼前。

「來吧！Pitohui！」

「呼咿？」

Pitohui因為驚訝而發出了怪聲。

至今為止一直追著的粉紅色小不點，才像是要降落到航空母艦上的艦載機一樣停下來，就立刻轉身拔出小刀來面對開車逼近的自己。

瞪大眼睛的臉，瞬時轉變成驚喜的表情。

「哇啊！太棒啦——！」

Pitohui在悍馬車上放聲大吼。

把右手上原本想要瞄準敵人的KTR－09隨手往悍馬車的後座上一丟。立刻傳出鈍重金屬聲。

剩下150公尺。

「馬兒！直接衝過去！要單挑嘍！」

Pitohui這麼命令完M，右手就握緊其他武器……

「呀呼！」

從該處產生藍白色光芒。

水平拿著村正F9光子劍，Pitohui當場以流暢的動作迅速轉了一圈。光劍把著裝在悍馬車車頂周圍的防彈板從底部漂亮地切斷。四分五裂的防彈板不斷往車子左右的後方落下。

現在的悍馬車車頂沒有任何東西，只能看見手中拿劍的Pitohui腰部以上的部分。

她威風凜凜地舉起右手的劍……

「由在下來擔任妳的對手！」

Pitohui像一個武士一樣大叫著。

M也沒有放鬆腳下的油門。

太好了！

蓮露出了奸笑。

悍馬車已經在100公尺前方，拿著光劍的Pitohui坐在上面，筆直地朝著自己衝過來。

「喂喂！現在的話，應該就能射中車上的女人吧！小蓮，現在是絕佳的機會吧！快點把我舉起來射擊！」

吵死了給我閉嘴把你賣掉喔。

蓮在心中斥責完愛槍後，就越過舉在眼前的黑色刀刃，瞪著坐在巨大馬匹上往自己迫近的敵方騎士。

「要單挑了！小不點打算跳起來砍對方！」

「結果如何呢！」

酒場裡的聲音……

「好帥！」

「上啦！」

「刺死她！」

以及待機區域裡的聲音，當然都傳不到蓮耳裡。

實況畫面當中。

拿著刀子擺出架式的粉紅色小不點，以及引擎發出低吼聲迫近的悍馬車距離——

50公尺。

40公尺。

30公尺。

「嗚喔喔喔！」

蓮開始跑起來。20公尺。

車上的女人拿著光子劍的右手臂稍微往後縮，擺出毫無破綻的突刺姿勢。左臂反而往前伸出，擺出不惜犧牲它的防禦姿勢。

看著轉播的每個人都理解了。

這場單挑將在不允許眨眼的一瞬之間分出勝負。

就在距離現在的兩三秒鐘之後——

開始助跑的蓮，應該會發揮自己的敏捷性高高跳起後砍向對方，而女人則是會用光子劍加以迎擊吧。

那麼，誰的頭顱會飛走呢？

直衝過來的車子與加速的蓮之間的距離——

剩下10公尺。

接著觀眾們就目擊了——

難以置信的瞬間。

啪噠。

趴下去了。

粉紅色的小不點——

趴到地上了。

原本對著悍馬車突擊的蓮，才剛停下腳步就趴了下去。

趴在草地上的蓮非常地平坦——

接著悍馬車的前後輪從她左右兩邊經過，車體則從她身體上方經過。

「什麼——————！」

一直瞪著對手的Pitohui，看見那個傢伙變平並被吞沒到車子下方的模樣……

「小蓮，妳這傢伙——！」

Pitohui在車頂迅速翻轉身子。

往後一看就發現粉紅色人形立刻站起來，左手拿著P90瞄準這邊……

「這樣也算武士嗎——！」

對方如同要表示「不，我不是」般開槍射擊。

「小蓮！一開始就打算這麼做了？」

噴火的小P以疑惑的口吻這麼詢問……

誰要和搭車的人進行肉搏戰啊！我和Pito小姐不一樣！

蓮就在心中這麼回答。

雖然對於光靠左手的瞄準沒有什麼自信，但敵人靠近的現在是最初也是最後的機會了。打算把50發子彈全部射光的蓮用力扣著扳機。

「可惡啊啊啊啊啊！」

Pitohui發出怒吼。

幾條呈放射狀的紅色彈道預測線朝自己飛過來。

知道完全著了蓮的道之後，Pitohui就露出小孩看見後會哭泣的恐怖容貌……

「嗚啦啊！」

以光子劍的藍白色光芒擋下一條朝自己臉部飛來的紅線。

在車體到處被子彈擊中的清脆金屬聲中——

咻！

混雜了某種蒸發的聲音。

蓮手中P90的彈匣共有50發子彈。目前還有許多子彈可以繼續射擊下去。

Pitohui放棄迎擊了。在關上光子劍電源的同時，就把雙腳往前伸直，重重地坐到悍馬車內。這時又有數發子彈擦過她的頭頂。

「有池子！要停車嘍！」

Pitohui則是這麼回答駕駛的聲音：

「不要緊，直接衝過去！」

蓮只用一隻左手開著槍……

很好，沒問題！

之後就看見了。

通過自己上方的車子，絲毫沒有減速就朝著池塘衝去。

這樣下去的話將無法停止，整台車會沉進水裡去。就算那台車再堅固，也不可能是水陸兩用車吧。

趁著這個機會更換P90的彈匣並靠到池塘邊緣，這時當然要換成用右手確實瞄準，等兩個人浮出水面，在水裡掙扎似乎快溺水時就毫不容情地擊殺他們。

身上帶著重裝備的兩個人，不拚命揮動雙手雙腳的話應該會沉下去，所以也就無法反擊。

當然，要這樣直接溺死的話自己也不會阻止喲。

那個時候就節省子彈，帶著「還沒有嗎？還沒溺死嗎？」的心情在旁邊注視著即可。

「其實小蓮也是很狠呢！」

吵死了，所謂勝者為王啦！

蓮這樣回答愛槍。同一時間，彈匣裡的50發子彈也全部射出。

蓮把右手的小刀收回腰部的刀鞘當中，然後把P90交到空下來的右手上。左手跟著把空彈匣從槍裡拔出。

嚓磅～！

傳出了壯大的水聲。

悍馬車衝進池塘裡——

「M！直接衝過去！」

「喔！」

就這樣繼續奔馳著。

「咦咦咦咦咦咦？」

蓮想裝上新彈匣的手停了下來。

車子依然在草原前方的池子上開著。巨大輪胎豪爽地捲起水花，雖然速度相當慢，但還是依然在行走。

那種模樣簡直就像水黽一樣。

一瞬間有了「難道輪胎有厲害機能？」的想法，但立刻就又想到更加普通的理由。

怎麼會這樣！太淺了嗎！

蓮把新彈匣「啪嘰」一聲裝進P90裡後，隨即拉下上膛桿。

在池塘——不對，應該說水窪上行駛的車輛，先是右彎然後再開始大大地往左邊迴轉。一看就知道回過頭之後會再度往這邊衝。

「怎麼辦？小蓮？」

聽著小P聲音的蓮再次開始全力衝刺。她的目標是眼前的車輛。

「這邊很淺喲！光用看的不會知道就是了！」

在巨大水窪上行駛的悍馬車內，Pitohui一邊把手朝掉落的愛槍伸去一邊開口這麼說。

「妳怎麼知道？」

開始往左邊迴轉的M這麼問，而再次握住KTR－90的Pitohui則這麼回答：

「房間牆壁上貼了噴水時間與地點的說明啊！你沒看內容嗎？」

悍馬車啪嚓啪嚓地撥開積水繼續前進，最後完成180度轉向。車子隨即稍微減速。

悍馬車的雨刷與普通車輛完全相反，是由上方朝下掛著，而這樣的雨刷現在就在M眼前將濕濡的擋風玻璃擦乾。

擦乾水後看見的是站在水窪前方架起P90的蓮。距離大概是50公尺前方。

「怎麼辦？」

Pitohui忽然從後面靠近並回答：

「那還用說嗎！再次衝過去喲。不過這次在前面急轉彎！用輪胎把她壓扁！」

「…………」

M雖然稍微繃起臉，但Pitohui看起來倒是相當開心。

「至今為止用了毆打、槍械、槍榴彈以及光劍來殺人，但還沒有『輾死』過人。那現在剛好——就這樣衝過去吧！」

啪嘰一聲被拍了一下右肩後，M就踩下油門。

蓮以P90對準再次朝著自己衝過來的褐色四角形猛獸。

瞄準的目標是車頂上方。如果Pitohui露出臉的話，就準備好以火力全開的全自動射擊來對付她。

輪胎啪嚓啪嚓地捲起積水，車子繼續往前突進。

Pitohui沒有出現。

「…………」

蓮在架著P90的姿勢下往後退。

「好，衝吧！」

Pitohui沒有從車頂探出頭，只是保持壓低身體的姿勢，透過擋風玻璃瞪著蓮。

蓮本人往後退了幾步……

「即使逃走也要壓扁她！」

M雖然默默無言，但是沒有放鬆油門。

在被撞飛的三秒鐘前。

蓮往前跑了起來並往上跳躍。

利用超乎常人的跳躍力飛上空中的蓮，P90朝向的目標是開了個大洞的悍馬車車頂。

喀喀喀喀！

車內響起幾道金屬聲，爆散出火花。

「嘎！」

這時Pitohui的聲音也加了進去。

此次不再趴下而是往上跳躍的蓮，對著經過自己下方的車頂開口瘋狂地開槍。

翻轉身體的Pitohui，臉部像殘像般映照在蓮眼裡，接著就看見2、3發著彈特效，不過全部都是在腳上。

可惡！沒射中！

蓮為了降落在積水上而伸出雙腳。

「怎麼辦？接下來有什麼作戰？」

蓮在內心這麼回答愛槍的提問。

只能逃走了吧！

M為了拉開與蓮的距離而驅車前進……

「不要緊吧？」

M從右後方回頭這麼問道。

「好樣的，真的是好樣的！」

在後座座位上整個人翻倒的Pitohui……

「小蓮確實很有一套！」

像是很高興般這麼說著。她的右腿上出現兩處著彈特效。HP還剩下八成左右。

M把頭轉回前方，再次讓悍馬車U型迴轉。

蓮在淺水灘上啪嚓啪嚓跑著遠離悍馬車。雖然跟在草原上比起來已經變慢了，但逃走的速度依然令人嘆為觀止。

「停下來！沒辦法，只有射擊了！」

Pitohui從按照指示停下來的悍馬車車頂探頭，確實把KTR－09架在肩膀上，把選擇器調到全自動模式的位置。

目標是在水窪上奔跑的蓮。距離為70公尺左右，而且還在不停遠離。

「這樣就結束了，看槍。」

KTR－09在全自動模式下發出怒吼。

然後造成幾道巨大的水柱。

足足有2公尺的水柱，不停在奔跑著的蓮周圍升起。看起來簡直就像突發性噴泉一樣相當美麗。

水柱追上蓮後掩蓋住她的身影，但其中還是可以看到閃爍著鮮紅色著彈特效。

只能逃走了只能逃走了只能逃走了！

專心一志這麼想著，同時在並非完全平穩的水窪上奔跑著的蓮，突然發現眼前的去路被水擋住了。

當她注意到那是槍擊造成的水柱後四周已經被包圍，連趴下來的時間都沒有右膝蓋就有鈍重的疼痛閃過……

啊——

跌倒的蓮在水面上滾動，最後背部打在水面上。

這時候她看見了烏雲密布的天空、仍在自己周圍上升的水柱，以及閃亮的彈道預測線。

這下、可能已經、不行了……

雖然也看見自己的HP條迅速減少的模樣——

但在急速扣完所受的傷害後，HP就在剩下一半左右時停止減少。不過，現在整個身體幾乎都在水裡，這種情況在GGO當中，通常HP將會慢慢減少。

直接躺著不動的話，最後將會死亡。

但是站起來被1發子彈打中也會死亡。

當蓮這麼想時，槍聲與水聲都倏然停了下來。

「幹掉了嗎？」

暫時停下射擊的Pitohui，眺望著水柱止歇的水面，然後找到了仰躺著浮在水面的粉紅色身影。但上面沒有浮現「Dead」標籤。

「還沒嗎～！難道只有擊中1發？嗯，狗屎運真的很強！不對，是因為很嬌小？還是都有？」

「Pito，要靠近嗎？」

M這麼問……

「咦~不用靠近也沒關係喲。下一發就能擊中了。」

「沒有啦，只是想就近在眼前，妳可能會想看獵物死前的表情而已。」

「哦……你倒是很了解我嘛。」

「怎麼樣？」

「不過還是算了。老實說小蓮真的有點恐怖。害怕隨便靠過去的話自己反而會被幹掉。」

「哦……妳也會覺得害怕嗎……」

「幹嘛把人家當成怪物。我當然會害怕啊。正因為害怕死亡，才會這麼高興！看來有必要跟你溝通一下，給我坐好。」

「我本來就坐著了。」

蓮仰躺著漂浮在水面——

為什麼不射擊呢？

心裡這麼想著。

或許是因為裝備很輕吧，蓮漂浮的身體勉強可以呼吸。

像這樣輕輕漂浮著感覺還不賴。

並不是完全沒有反擊的機會，但站起來的話立刻就會被擊中吧。雖然不是完全等於零，但也幾乎是零了。

自從豁出去之後，就一心一意地努力到現在，看來終於到了乖乖認命的時刻了。

忽然想起什麼的她舉起左手來看著手錶。

十四點二十七分。

上次是在二十八分時結束，所以是完全相同的時間。

「小蓮！不能放棄啊！」

少囉嗦，已經夠了。

「小蓮！還有機會喔！」

雖然還有但也趨近於零。

「蓮！還活著嗎？我到那裡去嘍！」

不用來了。

「蓮！還活著吧！妳在哪裡？」

啊——！

由於過於驚訝而打開下巴，使得許多泥水跑進口鼻當中。

「喀噗啊！」

「哎呀，小蓮很痛苦嗎？溺水了？」

從悍馬車上眺望著的Pitohui這麼說道。

「或許吧。因為在水裡ＨＰ會減少，放著不管會死喔。」

「嗯，這樣是也沒關係啦……」

Pitohui的發言之後，Ｍ的腳就離開煞車踏板。踩下油門後，柴油引擎隨即發出高亢的聲音，悍馬車也緩緩動了起來。

「喂喂？」

「不會靠太近。只是再過去10公尺左右。」

「哦～……好吧。那我要射擊了。總覺得也不想讓她溺死。」

Pitohui用ＫＴＲ－０９瞄準臉朝上浮在水面的粉紅色嬌小身影上。

悍馬車一點一點縮短距離，到了水窪邊緣後就停了下來。

Pitohui以及Ｍ都看見了。

蓮拿著Ｐ９０的右手整個往天空舉著——

「哎呀？」

Pitohui雖然迅速蹲下，但蓮的槍口沒有朝向這邊，而是突然開始對著天空開槍。

「啥？」

Pitohui一邊聽著「啪啦啦啦啦啦啦啦啦啦」的槍聲，一邊大大地歪著脖子……

「那是在幹什麼？舉行什麼儀式嗎？」

「誰知道。」

啪啦啦啦啦啦啦啦。長達50發的槍聲連發，然後唐突地停止。

「沒有什麼遺憾了吧？那就——」

Pitohui確實地架起KTR－09，仔細地瞄準蓮。

呼一聲吐出一口氣，然後屏住呼吸——

當她正要開槍射擊時……

磅咚！

眼前的池塘，以及自己與蓮之間就升起了高達5公尺的水柱。

SECT.20

第二十章　最終決戰

「真的是一路努力到現在，終於撐不下去了嗎……」

酒場裡的某個觀眾以惋惜的口氣這麼說道。

在蓮猛力衝刺逃走之前，幾乎所有觀眾都是在幫她加油。

漂亮欺騙對手從悍馬車底下鑽過去，接著則是跳起來讓對方受傷——

蓮活躍的程度讓觀眾群產生了熱烈的喝采。

所以她被無情的子彈襲擊，遭到水柱阻擋而倒下時，酒場裡就傳出了悲鳴。

接著最後的瞬間終於來臨了。

畫面當中，悍馬車慢慢地靠近，女人在車頂確實地瞄準對手。這不是會失手的距離。

當蓮突然用P90朝著空中開槍時，現場觀眾分為「應該是陷入恐慌當中」以及「是在表達最後的悔恨」等兩種意見。

緊接著，那個女人再次瞄準，手指也放到扳機上……

「南無阿彌陀佛。」

甚至有觀眾已經先幫她唸經了。

所以……

滋咚！

爆炸聲與巨大水柱……

「嗚咿！」「呀啊！」「噗哈！」

讓酒場的各處都發出悲鳴。

瞬時掌握事態的就只有……

「哦。」「哎呀。」

依然站在那裡瞪著畫面的安娜與蘇菲這兩個人。

「原來如此……往天空的連續射擊，是為了掩蓋搭檔發射槍榴彈的聲音嗎？」

蘇菲這麼說完……

「雖說是偶然，不過因為是用車子移動，所以也沒聽見對方的引擎聲吧。」

安娜雖然做出這樣的結論，但蘇菲卻咧嘴笑著說：

「真的是偶然嗎？」

在複數的畫面中，同時發生了不同的事情。

一個畫面裡，身體隨著水柱形成的波浪搖晃的蓮趁勢站起來，對自己施打急救治療套件，同時幫P90更換了新彈匣。

另一個畫面裡，Pitohui轉向180度，把KTR－09的槍口朝向後方。

而最後的畫面當中——

另一台悍馬車在草原上奔馳著。距離池塘200公尺左右，而且依然接近當中。

因為光線增加而能看見的車內，在駕駛座上握著方向盤的是手腳重新長出來的少女。

「嘖！玩過頭了！」

Pitohui苦澀地這麼叫完，就以KTR－09的全自動模式瘋狂射擊。

子彈雖然被吸進不可次郎駕駛的悍馬車，但當然全被彈開。開了10槍左右……

「啊啊氣死了！」

Pitohui就放棄了。

敵人的悍馬車筆直地往這邊突擊。

「她是想撞我們！我要開車了，抓好嘍！」

M踩下車子的油門。後座的Pito一屁股坐到位子上。

「喔啦喔啦喔啦喔啦！」

不可次郎嬌小的身軀把油門踩到底部，像是趴在巨大方向盤上一樣駕駛著悍馬車。

擋風玻璃前方看見的是……

「讓開讓開讓開————！」

另一台同型的車子。

轉播畫面當中，新出現的悍馬車朝著M他們搭乘的車子突擊而去。

新出現的這一台車頂還裝設有防彈板，所以很容易就能分辨出來。面對不斷迫近的防彈板悍馬車……

「喔喔！直接衝撞嗎！」

「嗯，要破壞車輛的話，這是最確實的方法了。」

「但是……坐在上面的小不點也不會毫髮無傷喲。」

「有什麼關係。這邊是一個人，對方有兩個人。就撞上去吧！」

因為蓮快要死亡而陷入喪禮狀態的觀眾們，再次開始熱烈討論了起來。

M以悍馬車的正面來面對衝過來的另一台車子。

知道對方要衝撞的話，絕對不能側面朝向對方來逃亡。因為對方只要簡單地修正角度，就能從側面把自己撞飛到天空。

如此一來就一定會翻車。身體在車內到處碰撞後，會受到很大的傷害。被系統判斷頸骨折斷的話，甚至可能立刻死亡。

最佳的方法當然是車尾朝著對方逃亡。因為追撞受到的傷害最輕微。

但沒時間這麼做的話，從正面衝過去就是最容易閃躲的方法。在快要撞上的時間點，把方向盤整個往右或者左打來閃過對方。

現在，兩台即將正面對撞的汽車就在草原上奔馳——

其中一台忽然改變方向。

「啊啊！」「啥啊？」

觀眾發出驚呼聲。

也難怪他們會這樣。因為改變方向的是著裝著防彈板那一台。

在草原上以猛烈速度擦身而過的兩台車，其中一台筆直地朝著池子衝去。

在水面啪嚓啪嚓行駛了一陣子，瞬間就來到奔跑的小不點身邊，像是要幫忙擋子彈般以右側面朝著她停下來。

透過防彈玻璃看著蓮……

「嘿嘿小姐！怎麼全身都溼透了！要不要搭上我這台酷炫的超跑呢？」

不可次郎開始搭訕了起來。

「我要我要！帶我走吧！」

全身被泥水弄濕的蓮這麼回答，不可次郎則是咧嘴露出笑容。

「我最喜歡老實的女孩了！今天我可不讓妳回去嘍！」

蓮隨即打開後座的車門。

「好重！」

好不容易打開因為設置了裝甲板而跟金庫門一樣重的車門，跳上去後就把它關上。

「嗚哇！」

接著來到車子中央，站起來從車頂探頭看向後方……

M駕駛的另一台悍馬車當然已經逼近了。目前車頭正從草地衝進水窪當中。距離大概是40公尺。

「不可！別管什麼方向了先開車吧！」

「了解！這個世界不知道有沒有汽車旅館喔？」

不可次郎以嬌小的腳踩下油門。

緊接著，SJ2最初——

絕對也是最後的飛車追逐開始了。

上空的攝影機捕捉到一台逃走以及一台追上去的車子。

兩台車通過水窪後再次來到草原上。

其中一台的車內……

「M！把所有的手榴彈拿出來！」

Pitohui一這麼大叫，M就立刻遵照她的指示。

只用右手開車的他，操縱著倉庫欄把電漿以及除此之外，只要有手榴彈名字的道具全都實體化。

光粒成形之後，隨即有各式各樣的爆裂物在副駕駛座的椅子上滾來滾去。

另一台車子內部……

「不可的槍榴彈，用丟的也會爆炸嗎？」

蓮開口這麼問道。不可次郎的MGL－140以及背包都放在副駕駛座的椅子上。

而主人的回答是……

「不發射就不會爆炸。」

「可惡！」

「那要不要換妳開車？」

「我沒辦法！——倒是不可，妳哪時候考到駕照的？」

即使在這樣的情況中，蓮還是輸給好奇心如此詢問對方。

「不久之前就開始上駕訓班了。沒有車還是很不方便。說起來，應該不要準備什麼學測，早點把駕照考到手才對！——咦？我沒跟妳說過嗎？」

「還沒聽說呢！不過真的很厲害耶！已經這麼會開車了！」

「沒有啦，我才剛報完名而已。應該說，為了準備這個大會忙得要命。」

「啥啊？那妳怎麼會開車？」

草原上有小河流，橫跨時輪胎稍微受到影響導致車身不穩定，但不可次郎每次都能不停修正方向盤，讓車子幾乎是筆直地在草原上奔馳。開車的技術確實是一流。

「這哪有什麼。我用別的帳號玩了一下賽車遊戲。」

「平常都在ＧＧＯ待這麼久了！妳是多喜歡玩遊戲啊！」

「但現在派上用場了吧？」

「咦？嗯。」

蓮這麼回答的同時，車體後部就整個往右傾斜。接著傳出爆炸聲。

「嗚喔！」

不可次郎把方向盤往右修正，然後又打向左邊，最後再右轉來控制車體。結果漂亮地讓悍馬車恢復平衡。

蓮從被防彈板包圍的車頂探出頭。透過裝設的防彈玻璃所看見的是，M他們在左後方20公尺處與自己並排奔馳的車子。

Pitohui只把手從圓形車頂伸出來並投擲某種東西。呈拋物線飛過來的是電漿手榴彈……

「咿！」

手榴彈「喀」一聲掉到車體後部，蓮立刻把頭縮回去。

但是手榴彈沒有立刻爆炸。從往下傾斜的車體後方滾落並掉在草原上，最後在距離5公尺左右的地方爆炸了。

看來引爆時間設定得比較長一點，就是這樣自己才能得救。

但車體還是因為爆炸的旋風而劇烈搖晃，速度立刻急速變慢。

「可惡！」

蓮再次從車頂探出頭，以P90瞄準左後方的悍馬車。由於車子不停晃動，所以即使這麼近也沒辦法好好瞄準。但是蓮不在乎，全力射擊了10發左右的子彈。

雖然車頂與引擎蓋爆出火花，但沒有擊中車內的Pitohui。證據就是再度有投擲攻擊襲來。

這次的瞄準相當完美。

丟過來的電漿手榴彈漂亮地筆直朝自己這邊飛來——

啊，這會掉到車內。

然後會在裡面爆炸，我和不可都會死亡。

在變成慢動作的景色當中，蓮相當清楚自己接下來會有什麼樣的命運。

蓮內心有兩個方案。

第一個是只有自己立刻跳下車。蓮的話應該可以在空中改變方向，利用腿部來滑行的話就能毫髮無傷地著地吧。

但蓮選擇了另一個方法。

她用雙手舉起Ｐ９０，使用它的側面……

「嘿呀！」

咚！

把快要飛進車內的電漿手榴彈打了回去。圓球滾落到車體外側的地面，在距離兩台車很遠的後方爆炸了。

呼！

鬆了一口氣的蓮……

「太過分了，小蓮！把我當成球棒！」

雖然聽見小P的抱怨，但是直接把它當成耳邊風。

然後就準備面對接下來的投擲，但M的車子立刻就降低速度，離自己越來越遠了。

放棄了嗎？

當蓮產生這種疑問的瞬間……

「蓮啊，前面！」

聽見不可次郎近乎悲鳴的聲音，蓮便重新轉往前方，然後看見難以置信的一幕。

前方30公尺左右的地方有一個小水窪，從該處噴起高達10公尺的水柱。

那不是子彈所造成的水柱。是像噴水池一樣，從大地噴出的水源。剛才看著前方時，絕對沒有這種東西。

「那是什麼啊啊啊啊啊！」

「誰知道啊啊啊啊啊啊啊！」

載著大叫的不可次郎與蓮的車輛，直接就衝進水柱當中。不可次郎好不容易稍微把路線往右邊修正，總算避開從正面撞上去的命運。巨大噴泉從車體左側數十公分的地方經過。

噴泉的水像驟雨般降到車內……

「噗——好痛！」

蓮對這些水送來擬似疼痛這件事感到驚訝。

一看之下，皮膚上已經閃爍著認定為傷害的特效。雖然不像被擊中時那麼嚴重，但ＨＰ明顯減少了。現在大概剩下一半左右。

「是熱水！」

「啥？」

「這裡是溫泉地帶！所有水窪全是不知道什麼時候會噴水的間歇泉！我們跑到不得了的地方來了！」

蓮了解一切了。這裡是不能隨便踏入的，由大自然所設下的陷阱區域。

「妳說什麼！」

不可次郎驚訝的聲音傳進蓮耳朵裡。

「也就是說有用不完的熱水嘍！這樣要泡速食乾麵的話是再方便也不過了！」

「咦？重點是這裡嗎？」

實況轉播的影像也讓酒場裡的觀眾大吃一驚。

因為從稍早前的影像裡就知道有間歇泉，所以他們驚訝的不是這件事。

「為什麼Ｍ的車能夠事前躲開？」

在噴出之前，Ｍ的悍馬車簡直就像早就知道會這樣一般修正了路線，觀眾們就是對此感到疑問。

現場沒有人知道答案。

圓木屋客房的牆壁上，貼著山谷的地圖、（噴出間歇泉的）水窪的位置以及噴出的時間。

把這些資訊全部記下來的Pitohui，在悍馬車的後座一邊看著手錶一邊呢喃著。

「時間分毫不差。真不愧是虛擬世界。」

「不可！這裡對我們不利！換個地方吧！」

蓮從左側看著M他們的車輛，對不可次郎做出指示……

「嗯，確實是這樣比較好，但已經辦不到了。」

但卻得到這樣的回應。

「咦？為什麼？」

「這台車馬上就要停下來了。」

「為什麼？」

「沒油了。出現誇張的燈光。液晶面板還很親切地告訴妳『還能跑多少公尺』。」

「那……那是多少公尺？」

「寫著300公尺。」

「什麼！」

這根本一轉眼就到了。

這台車應該一開始就沒什麼燃料了吧。話說回來，現在才想起上次的氣墊船好像也是馬上就沒有燃料了。

「蓮，怎麼辦？」

被迫必須立刻做出決定的蓮……

「那就沒辦法了。」

她瞪著由M駕駛，Pitohui坐在上面的車子並這麼回答。

「朝那個撞去吧！」

另一台車子裡……

「Pito，沒有燃料了。剩下500公尺。」

「哎呀，這可傷腦筋了。」

Pitohui一邊把30連發的彈匣裝到KTR－09上，一邊以極為困擾的模樣回答：

「那就朝那個撞去吧。」

從上空拍攝的影像當中，兩台悍馬車並肩跑在到處是水窪與小河的草原上——

現在兩台車急遽接近。

右側的一台裡，滿身汙泥的粉紅色小不點露出臉來。

左側的一台裡，身穿深藍連身衣褲的女人探出頭來。

蓮看著Pitohui往自己迫近的臉龐。

Pitohui看著蓮往自己迫近的臉龐。

兩台車就在草原上從前端猛烈撞在一起——

在那之前，兩個人就從車頂跳下車子了。

在草原上著地的兩個人，不隨便抵抗往下掉的速度，縮起身體後在地上滾動著。

蓮像是抱緊P90一般蜷曲成一小團。

Pitohui雖然也擺出同樣的姿勢，但因為拿著的槍太長而礙事。KTR－09絆到草原上的草，從Pitohui手中被扯走。

「嘖！」

兩個人還在滾動時……

「嗚呀啊啊啊啊！」

「咕哇啊！」

兩台悍馬車因為衝撞的速度而翻車，然後直接往左右兩邊滾去。

巨大車體不停地翻滾……

「噗呀啊啊。」

「咕嗚嗚！」

駕駛座上的不可次郎與M，陷入宛如遊樂園的遊樂器材那樣的高速旋轉當中。

兩個人拚命抓住方向盤，腿部與手臂上的肌肉發揮到最大極限，把身體壓在椅背上忍耐著旋轉。

如果被拋出駕駛座，身體不是在車內到處碰撞，就是被從車頂的大洞被拋到車體外面。

兩台車同樣轉了五圈，然後同樣處於車底朝天的狀態下，在距離50公尺左右的地方停了下來。

「咕咿咿……」

「呼……」

不可次郎與M都不愧是鍛鍊出強健肌肉的勇者。兩人總算都沒有被拋出不具備安全帶的遊樂器材。

因為頭盔下顎的帶子陷進脖子內而感到痛苦的不可次郎……

「現實世界的話應該掛掉了啊啊……拿到駕照之後，還是要繫好安全帶並且小心開車才行……」

從車上跳下來，即使在地上滾了好幾圈還是迅速站起身的蓮……

在哪裡！

把P90架在腰間，旋轉著身體來尋找Pitohui。

自己看見她跳下來了。應該就在附近才對。

接著就在短短10公尺前方發現了對方的身影。

對著尚未完全站起，同時手上也沒有槍的Pitohui……

「嗚哇啊啊！」

蓮以P90發射大量子彈。就像用水管水平灑水一樣，形成高1公尺左右橫向擴散出去的彈幕。就算想橫向跳躍來逃走，也一定會被子彈擊中才對。

Pitohui沒有站起來。

直接重重往後倒下之後，雙手就從兩腿的槍套裡拔出ＸＤＭ手槍來同時開槍。
右手射擊的子彈擦過蓮的左肩，左手射擊的子彈則是擦過右肩，造成了擦傷般的著彈特效。蓮的手指離開Ｐ９０的扳機。
這樣的話！
蓮把右肩朝向Pitohui。只用右手拿著Ｐ９０，把它像手槍一樣往前伸出，自己則是只露出半身。
Pitohui接下來的槍擊，通過了蓮的腹部與背部前方。在蓮敏捷的動作之下，看起來就像主動避開了子彈一樣。
沒問題！就這樣邊接近邊開槍就能幹掉她！
蓮的手指再次放到Ｐ９０的扳機上——
最後的工作了！小Ｐ！
「好喲！」
蓮開始全力射擊。
全自動模式的連射聲響徹整座草原……
「呀啊！」
同時也能聽見Pitohui的嬌聲。

蓮右手上的P90整個朝向上方，對著天空開槍。當然，發射出去的數發子彈全都朝天上飛走了。

這是因為Pitohui第三次的兩手同時開槍，其2發子彈同時命中P90槍口正下方處，強行把它往上抬的緣故。

蓮這時看見了。

仰躺著只有抬起臉，把雙手上手槍對準這邊的Pitohui，臉上露出了壯烈的笑容。

從XDM槍口延伸過來的兩條彈道預測線稍微分開，刺向蓮的右眼與左眼。

在視界變得一片鮮紅的情況下，蓮這麼想著。

小P，對不起了。

而小P則這麼回答她。

「哎呀，這沒什麼啦。」

Pitohui第四次的雙手同時開槍。

2發40口徑手槍子彈在完全相同的時間下從槍口飛出，朝著蓮的臉飛過來。

接著撞上蓮用來保護顏面的P90胴體部分，把強化塑膠打裂了。

「噠啊啊！」

蓮直接朝Pitohui跑了過去。同時把長50公分，寬20公分的盾牌舉在眼前。

「喝！」

Pitohui第五次的射擊。2發子彈再次命中P90，中彈的機匣與槍身爆出火花。

第六次射擊。

P90的彈倉彈飛，原本用彈簧的力量壓住的殘彈飛舞在空中。

第七次的射擊——

沒辦法完成了。蓮已經神速迫近到Pitohui眼前……

「噠啊！」

「咕噗！」

嬌小的右腳踏了一下Pitohui的顏面後跳了起來。在空中轉圈並且著地，接著就把P90的背帶從身上拉下來。

從鼻子上閃爍著鼻血般傷害特效的Pitohui，趁著這個時後扭著身軀站起來，把雙手還有許多殘彈的XDM對準蓮。

但在開火之前，它們就被從Pitohui雙手上彈開了。

「什麼！」

蓮仗著自己的敏捷度靠近對方，拿著P90的背帶把它橫掃出去。

即使是被子彈擊中而滿是彈痕的塑膠製槍身，而且處於彈匣被轟飛的狀態，長50公分的物體還是能確實發揮出武器的功效。

「有一套！」

接著蓮便聽見Pitohui以高興口吻稱讚自己的聲音。

在3公尺的距離下對峙的兩個人，動作一瞬間停止了。

蓮的右手放開背帶，讓雙手恢復自由。雖然P90應該還能射擊，但沒有時間更換彈匣。

兩把手槍被彈飛的Pitohui，雙手也恢復自由了。

「小蓮。」

就像過去一起享受遊戲任務時一樣，Pitohui笑著向蓮搭話……

「什麼事，Pito小姐？」

蓮也像過去一樣笑著回答對方。嘴裡回答著的她，手同時也慢慢往腰部後方移動。

「真的很謝謝妳參加SJ2。託小蓮的福，我才能被逼到這種地步！能夠打一場熱血沸騰的比賽，我真的很開心。」

「別客氣。但是我卻因為這樣而有許多想到就會胃痛的回憶喲！」

蓮的右手一點一點地往小刀刀柄前進。

「哎呀？但是，等一下妳就能得到第三名了，這不是很好嗎？上屆優勝，本屆第三名。這很了不起了！不過，如果上次我有參賽的話，冠軍也會是我啦！」

「不用了不用了，第三名就讓給Pito小姐吧。」

蓮邊說邊尋找著Pitohui剩餘下來的武器。在可以看見的範圍內，沒有槍械類的武器。

現在能看見的就只有著裝在靴子外側的細長小刀。雖然位於可以迅速拔出的地方，但攻擊力不會太高，只要不被刺中要害，比如說雙眼等地方的話，以蓮現在的ＨＰ來說應該可以避開立即死亡吧。

最重要的是那把恐怖的光子劍。面對那足以把小刀刀刃斬斷的1公尺長劍身，蓮可以說沒有任何勝算。

那把劍目前在哪裡呢？

現在既然看不見，那可能是著裝在身體後方吧，她能以多快的速度拔出光劍？還是放在像居合道達人那樣能夠瞬間拔出的地方呢？

不對，不是這樣。

蓮如此判斷。Pitohui的主武器怎麼說都是槍械。裝備上應該是以這些武器為優先，讓自己能夠率先使用它們才對。就像剛才那兩把手槍一樣。

「嗯～我也不要。我只需要優勝的寶座。或者應該說，優勝也不重要。我想要的就只有

『在這場大混戰裡活下去』而已。優勝只是副產品。反正要給我的話，我就不客氣地收下。」

距離是3公尺。以自身的速度來看，這是可以邊拔刀邊一瞬間靠近的距離。

只不過，Pitohui進入完全防禦態勢的話，攻擊幾乎都發揮不了作用。比如說她腳不會打開，並且會保護脖子與臉孔等部位。

真要說有什麼獲勝的微小機會，那就是Pitohui對自己發動強烈攻擊的時候。如果那個機會還是她難以取出的光子劍就更好了。

蓮一邊探索，一邊持續著對話。

「反正只是遊戲，就算死了也沒關係吧。又不是真的會死掉。」

「對小蓮來說或許是這樣。但是……對我來說有另外一種意義。」

Pitohui的口氣變得沉悶了一些。所以蓮盡量以開朗的口氣問道：

「哦……那是什麼意義？如果可以的話，趁現在告訴我吧。因為殺掉妳之後就沒辦法說話了。」

需要的是朝自己發動攻擊時一瞬間的空隙。而且得是相當大的空隙。

為了獲得這個機會，能做的就只有一件事。

「嗯～就算說了我想妳也不會了解。嗯，真要比喻的話，就像是──『對遊戲賭上真正的性命』吧？」

Pitohui以開玩笑的口氣這麼說著，但蓮卻從她的眼裡看見了前所未見的認真。笑的就只有嘴巴而已。

那麼，差不多——

該試著激怒惡鬼了。雖然很恐怖就是了。

蓮緩緩地吸氣，然後在內心祈求一件事。

拜託了，AmuSphere。這次請千萬不要強制登出。

「把生命賭在遊戲上？妳是說像那個變成重大新聞的Sword Art Online刀劍神域那樣嗎？那不是——」

「不是怎樣？」

如此反問的Pitohui，眼睛看起來就像槍口一樣，蓮心臟跳動的速度加快了。

但是已經沒有退路了。蓮露出有史以來最棒的笑容，直截了當地表示：

「不是很蠢嗎！沒有玩到那種傳說級的狗屎遊戲真是太好了！」

蓮完全沒有猜想到。

Pitohui竟然——

會露出如此悲傷、泫然欲泣而且難過的表情。

同時開始把右手繞到腰部後面，而這就是蓮期盼已久的大空隙。

我不客氣了。

蓮隨即往大地踢去。

踏出第一步前，右手握住了小刀。

第二步時，入侵高挑的Pitohui懷裡，反手拔出了小刀。

第三步時，豪爽地撕裂她左腿內側並鑽過胯下。

第四步時，整個往右側飛躍，一邊轉過手一邊迴轉身體……

小刀的刀刃切開Pitohui左邊脖子，在她的刺青上加了一道新的痕跡。

「喀噗！」

脖子上閃爍著鮮紅特效的Pitohui，身體往右邊倒去——

其右手著地的同時就像一個大彈簧般彈了回來。

「咦？」

動作就跟無視物理法則的地板霹靂舞舞者一模一樣。Pitohui以一隻右臂支撐全身並且爬了起來——

而且右臂還以猛烈的速度朝著蓮的臉襲來。

蓮的世界被銀色筒子覆蓋住了。

喀滋！

從臉上發出奇怪的聲音。

蓮的身體被往後打飛了3公尺左右，然後在草原上繼續滑了5公尺，最後掉落在該處一個大水窪，濺起水花後才停了下來。

雖然只是一瞬間發生的事，但蓮極為清楚地看見所有狀況。

Pitohui以抽出的光子劍狠狠揍了自己。她沒有空按下按鍵，也就是叫出光刃已經算是不幸中的大幸。

ＨＰ迅速減少，剩下四成左右。右手依然握著小刀只能說宛如奇蹟一般了。

緊接著，蓮就看向Pitohui。

自己已經砍斷她左大腿的動脈，最重要的是左邊脖子的頸動脈應該也被用力切斷了才對。

如果是普通的遊戲角色，那樣就應該已經喪生了。

啊，忘記了。Pito小姐不是普通角色。

現在才注意到已經太遲了。

「呼～被妳打敗了～」

Pitohui很難過般往上看著天空。

「ＨＰ只剩下兩成左右～」

這樣竟然還有兩成嗎！怪物！不死身！

蓮雖然這麼想，但是當然沒有說出口。只是在直徑10公尺的水窪邊緣，拚命想著自己能做什麼。

和Pitohui之間還有７到８公尺的距離。

以小刀襲擊過去的話，當然不是被躲開就是被用光子劍砍成兩半。

那該怎麼辦才好怎麼辦才好怎麼辦才好怎麼辦才好。

實在不知道該怎麼辦了。

以蓮的投擲能力，就算把小刀丟出去也丟不中吧。

不行了。走投無路。

自己馬上就會被殺掉。

話說回來，不可次郎沒事吧？

她目前還剩下許多ＨＰ。真不愧是強壯的不可次郎。

但是這也沒有意義。就算不可次郎殺死Pitohui也一點意義都沒有。

結果還是不行嗎？

已經想不出任何辦法的蓮放棄思考了。

視線前方，Pitohui做出了難以置信的行動。

她輕輕拿起蓮用來擋手槍子彈的P90。雖然彈匣被子彈轟飛了，但是彈倉裡應該還剩下1發。她就要用這唯一的1發來射擊。

Pitohui仔細地把上膛桿拉到一半，確認彈倉裡唯一1發子彈。接著將P90抵在肩上確實瞄準……

「這是小P第二代？」

然後這麼問道。

聽她這麼一說，蓮雖然覺得有點像什麼電器名稱，但還是輕輕點了點頭。

「那至少讓妳死在愛槍之下吧。不要動啊。」

Pitohui的手指放到扳機上。

幾乎用遍所有槍械開過火的Pitohui，當然也有使用過P90的經驗吧。而在這樣的距離下，應該不可能會失手才對。

蓮腦袋裡只浮現將被愛槍小P殺害這樣的事實。什麼SJ2的優勝、抹殺Pitohui之類的都已經在腦袋之外。

搞什麼嘛，小P。太過分了吧。

才在內心這麼對它搭話，就立刻有了回應。

「不要放棄！看仔細一點！」

啥？

「看仔細一點！」

什麼？

「看仔細一點啊！」

由於對方不厭其煩地這麼命令，蓮也就遵照指示這麼做了。Pitohui架在肩上的P90。放在扳機上的手指。以及準確朝著自己的槍口。

沒有！

看不見！

沒看到彈道預測線！

看不到本來應該從槍口筆直往額頭延伸的紅線！

為什麼？怎麼會這樣？

唯一只有一種可能。

啪嚓。

站起身子的蓮濺起水花。

緊握住右手的小刀……

「噠啊啊啊啊！」

開始跑了起來。

「那麼，去死吧，小蓮。」

目標是滿臉笑容的Pitohui。

而Pitohui的手指則是扣下了扳機。

「小蓮就由我來守護！」

低沉的破裂聲……

「嘎！」

以及Pitohui短短的悲鳴響起。

小Ｐ在她的手中完成了最後的抵抗。

就是所謂的膛炸。發射的子彈以及火藥的壓力無法從槍口發洩，以致槍管從內側破裂，槍身也跟著損毀。

原本就被Pitohui擊中而破爛不堪的Ｐ９０，在這個瞬間完全變成了廢鐵。

蓮已經預測到這一切了。

手指已經放到扳機上，卻沒有看見彈道預測線的理由唯一只有一個。也就是——

這把槍無法發射子彈。

忘記裝填子彈、子彈已經射光的槍都不會出現彈道預測線。另外故障的槍械也是一樣。

所以蓮才會注意到這件事。

但是Pitohui卻沒有注意到。因為著彈預測圓不論在什麼情況下都會確實地出現。

蓮就賭上這一點，果敢地實行最後的突擊。

原本以為只是無法發射子彈，但情況比這個還嚴重。小P在最後的一刻還是守護了自己。

謝謝你，小P！

蓮在心中這麼大叫——

並對著雙眼被零件襲擊，現在這個瞬間什麼都看不見的Pitohui發動突擊。

左手靠在反手持刀的右手上，將其移到胸前。姿勢看起來簡直就像是向神明祈禱一樣。

蓮衝出去的瞬間，原本跌進去的水窪剛好也噴出水來。原來是間歇泉的噴發。如果還待在那裡的話，被熱水淋到的蓮應該會立刻死亡吧。

以噴出數公尺的水柱為背景，同時以粗豪的噴出聲作為BGM——

蓮一瞬間縮短與Pitohui之間的距離。

最後跳起來把小刀的尖端對準高挑Pitohui的顏面，然後直接襲擊過去。

黑色刀刃朝著Pitohui依然覆蓋在傷害特效之下的眼睛伸去。

「嗚啦啊！」

應該看不見的Pitohui，雙手抓住了蓮兩手手腕。

這時候小刀尖端已經在眼前幾公分。當然她的眼睛還是看不見，但還是確實抓住了。不知道是感覺到殺意，還是單純的第六感。

Pitohui直接往後倒，途中把右腳腳底踢向蓮的腹部——

完成了柔道裡名為「巴投」的技巧。

蓮眼裡的世界遭到翻轉，從背部被人拋到草地上。

「咕噗！」

發出了青蛙被人壓扁般的聲音。由於底下是草地，所以沒有被判定為傷害。

「來吧。」

下一個瞬間，就被站起來抬起手臂的Pitohui拖走，陷入被吊在半空中的狀態。

Pitohui光是用右手就緊抓住蓮握住小刀的雙手手腕，並且把她高舉起來。蓮的腳距離地面相當遙遠。

「呼————————」

魔王用力呼出一口氣，同時瞬間瞪大雙眼。

「有一套啊啊啊啊啊啊。連愛槍都想要保護妳嗎！」

可惡，放開我。

蓮雖然不停掙扎，但腳在半空中的她根本無計可施，即使嘗試用膝蓋或是腳來踢Pitohui的腹部——

但是對筋力值遠超過自己的Pitohui根本發揮不了效果。

不論挑戰多少次都沒用。蓮的肉搏戰能力終究是無法給人造成傷害。

背後噴出的間歇泉停止噴發了。當它停下來的時候，蓮也就不再進行無謂的攻擊。

那就用小刀吧。

直接讓依然握在雙手上的小刀掉下來，應該就能擊中Pitohui的臉吧。

雖然一瞬間猶豫是不是該放開這貨真價實的最後武器，但也沒有其他方法了。

相信奇蹟的蓮打開雙手，對Pitohui的臉丟下小刀……

「哈。」

Pitohui隨著笑聲——

喀哩。

用嘴把它接了下來。

「咦？」

刀刃有20公分左右的小刀，現在被牙齒緊緊夾住帶有刀刃的那一邊。結果對Pitohui完全沒有任何傷害……

「嘿。」

還造成了送給Pitohui一把武器的最糟結果。

左手握住小刀的Pitohui……

「不錯的小刀嘛。要給我嗎？或者是要我用它殺掉妳？」

輕鬆地對蓮這麼問道。

「都不是啦！」

氣到腦充血的蓮像個小孩子一樣回答完……

「那就丟掉吧。」

Pitohui宛如安撫小孩子的幼稚園老師般，左手一揮就把小刀丟在草地上。

接著對終於進退維谷的蓮……

「真的很了不起呢，小蓮。我也得學習妳到最後都不放棄的態度才行。」

說出不知道是認真還是開玩笑的發言。

然後……

「M！到這邊來。」

又這麼表示。

到了這個時候，蓮才有「話說回來，M也在喔」的想法。他已經完全在自己的思緒之外了。如果M瞄準自己的話，一定就會被他殺掉了吧。

「嗯，現在就過去。」

聲音是來自蓮的右後方。

蓮在被吊在半空中的情況下往該處瞄，結果就看見M扛著M14・EBR的巨大身軀。以及……

「不可！」

自己的搭檔・不可次郎也被他帶過來。

不可次郎頭上已經沒有頭盔，沒有綁起來的金髮整個露在外面。雙手手腕被牛皮膠布重重綑綁起來，連嘴上也被貼了一片。

雖然從HP條得知不可次郎依然生存，但才正因為都沒聽見聲音而感到不可思議，結果想不到是陷入這樣的狀態當中了。

由於自己也被抓住，所以目前是LF小隊成為PM4的俘虜了。

M和不可次郎來到身後5公尺左右的地方……

「坐下吧。」

當場要不可次郎坐下來。不可次郎的腳雖然可以自由行動，但雙手在那種狀態下，就算逃走也沒有用。所以只能靜靜地盤腿坐到地上。

Pitohui對M下達命令。

「只有一把也沒關係，去把XDM找過來。應該就掉在那邊附近。」

M立刻在草地裡尋找，當他按照指示找到一把時，就把它送到Pitohui身邊。

「謝謝。」

Pitohui用左手接過來後，就要M退下。於是M走回不可次郎旁邊。

蓮不停用腳亂踢，嘗試要把Pitohui的手槍踢落……

「好了好了，到這邊來。」

Pitohui把右臂朝旁邊打開，所以蓮根本踢不到手槍。自己雖然很輕，但一直只用一隻右手吊著自己，而且還面不改色的Pitohui確實很恐怖。

Pitohui把左手朝著不可次郎他們的方向伸，用XDM的槍口對準該處。

磅。

開槍了。

磅。

又開了1槍。

蓮雖然在SJ2裡看過各式各樣令人難以置信的光景——

但這一幕讓她最為驚訝。

「嗚……」

被擊中而發出呻吟的是M，龐大的雙頰上閃爍著著彈特效……

滋磅。

然後從膝蓋跪了下去。由於沒有出現「Dead」標籤，所以應該還活著才對，但臉孔中了2槍，這怎麼看也是相當大的傷害。

他旁邊的不可次郎也是驚訝到極點。眼睛已經瞪大到相當有趣的地步。

「Pito小姐！妳……妳在做什麼啊！」

蓮在被吊著的情況下這麼大叫。

「這樣不對啦，不行喲那是同伴，拜託OK嗎？」

由於太過驚訝，蓮甚至開始語焉不詳了。

Pitohui朝她瞄了一眼……

「俳句嗎？」

「不……不是啦！為什麼要射擊M先生真是不敢相信他不是同伴嗎！」

「這是有理由的。小蓮上一屆時不也被M射擊了？」

「嗚——那是，嗯，那個……那個……」

「我告訴妳理由吧——那邊那個被虐待狂背叛我了。」

「啥……啥啊？」

由於心裡有鬼，所以蓮的聲音變得沙啞。

但看來Pitohui想說的並非這件事……

「剛才妳的搭檔駕駛的悍馬車往這邊逼近時，在那之前，這傢伙就稍微移動了我搭的悍馬車。說是什麼『為了比較容易瞄準』，但那是騙人的。」

她突然就開口這麼表示。

「…………」

蓮因為摸不清楚頭緒，所以只能安靜地聽著。

M這時依然在臉頰冒出光芒的情況下跪在地上。

「這傢伙呢，從車子的後照鏡發現到另一台車接近了。為了不讓我發現，故意讓引擎發動聲音，做出了不必要的移動。那他是為了而什麼這麼做？是為了不讓我在那裡殺掉小蓮，並且讓妳的搭檔到達。嗯，在那之前呢，就不知道是不是為讓了小蓮剩下自己一個人，故意做出把那些跟妳合作的娘子軍全滅掉的事情，不過這件事我饒過他了。」

真是想不到。

M先生明明強調過不會把私情帶進遊戲，會完全為了Pitohui而行動了。

內心的某處還是出現私心了嗎……

蓮想起豪志那個時候的表情。

那張嘴裡說著「我是真的愛她」，以敲牆咚的形式朝自己迫近的帥臉。

對著保持安靜的M……

「被告有什麼要反駁的嗎？」

Pitohui提出了這樣的質疑……

「沒有。」

M立刻這麼回答。Pitohui把XDM的槍口對準M的臉後……

「那麼，最後有沒有什麼想說的？」

「我是愛妳的。」

「我知道。但不准把愛帶到遊戲裡。」

磅。

這是最後的1發。

眉間遭子彈擊中的M，跪著的巨大身軀緩緩往前倒——

「啊啊！」

倒到草地上之後，身上終於浮現「Dead」標籤。

「喂……喂！妳在做什麼啊，Pito小姐！真不敢相信，這個惡鬼！惡魔！魔王！」

「哎呀，魔王這個稱呼倒是不錯。」

Pitohui像是真的很高興般這麼說道，吸了一大口氣後，竟然就在右臂舉著蓮，左手握著XDM的情況下唱起歌來了。

「Mein Vater,mein Vater,jetzt faßt er mich an！Erlkönig hat mir ein Leids getan！」

蓮曾經聽過這首由「My father！My father！（父親！父親！）」開始的歌曲。

這是由舒伯特作曲的歌曲《魔王》。

而她清澈、漂亮到令人難以置信完美的歌聲，根本感覺不到任何魔王的氣息。

「喂，Pito小姐！我想要拍手，快放開我！」

「哈哈～我不會上妳的當喲。」

Pitohui看向蓮的臉，當她的視線離開的瞬間，不可次郎就把被牛皮膠布綁住的雙手移到頭部後面。

然後手在那裡一滑，堅固的牛皮膠布就輕易地斷掉，不可次郎的雙手隨即恢復自由。

然後右臂在頭上轉了一圈後，就抓住在那裡的握柄迅速抽了出來。

不可次郎長長的金髮散開落到了大地上。在它們碰到草地之前，不可次郎就衝了出去。一邊用左手啪一聲撕下嘴巴上的牛皮膠布。

「好痛啊！」

然後右手上拿著的是剛才把頭髮盤起來的「髮簪」。把小刀刀刃削細後製作而成的最後武器。

Pitohui在蓮之前先注意到她的行動——

磅磅磅。

XDM開火了。子彈擊中不可次郎的雙肩還有腿，但光是這樣還無法阻止她的突擊。

「呵！」

Pitohui對不可次郎的強壯發出感嘆聲後，迅速把左腳往後拉，把右手的蓮吊在眼前。

「嗚！」

由於實在無法刺向搭檔，不可次郎的突擊也就緊急煞車了。

知道發生什麼事的蓮，對著不可次郎大叫：

「砍！踢！」

光聽聲音的話，就只有「砍踢」兩個字——

「好喲！」

但不可次郎還是了解搭檔的命令。

對以蓮的身體做盾牌的Pitohui跳去後……

「喝啊啊啊！」

刀刃就橫向一閃而過。

過去每天都在ALO裡揮劍的不可次郎，字典裡沒有「失手」這兩個字。

即使是短刀，也完美地砍對了地方。

她的目標是手臂。

蓮纖細的手臂。

而且是兩條一起。

漂亮地把被Pitohui握住之處稍微往下一點的地方一刀兩斷。

而且左腳著地的同時，就用右腳使出強烈踢擊。

這一踢就像是要把掉下來的背部踢飛一樣。

蓮雖然失去了剩下來的大部分ＨＰ與雙臂，但是得到了行動的自由。

然後又讓搭檔「推了自己一把」。

「嘎啊啊啊啊啊啊啊啊！」

狂吼著的蓮，張大嘴巴襲擊過去的是……

「什麼！」

Pitohui的脖子右側。

喀咕啾！

傳出從未聽過但很刺耳的聲音，接著蓮的牙齒便陷入Pitohui的脖子裡。紅色光芒飛出。

「喀啊！」

Pitohui丟下蓮的雙手並扭動身體……

呼嘎啊啊啊啊啊啊啊啊啊啊啊啊啊啊啊！

蓮為了不被甩落而在下顎上灌注更強的力量。

殺掉Pitohui。

腦袋裡只有這樣的想法。

喉頭被咬住，而且無法甩開對方的糾纏——

Pitohui看著自己的ＨＰ一點一滴地減少。

「小……蓮……」

這自言自語的聲音……

呼——————！

讓蓮從口鼻呼出強烈的氣息來回答她。

「小、蓮……妳果然……是我的……『死亡』嗎……」

喝啊啊啊啊啊啊啊！

在不清楚這道氣息是肯定還是否定的情況下……

「這樣啊……我要死在……這裡了……」

Pitohui最後這麼呢喃完，就緩緩往後倒下。

Pitohui倒下，依然咬著她脖子的蓮也跟著倒下……

「噗呼啊！」

蓮終於鬆口了。

然後對著以將死之人的眼神看著自己的Pitohui……

「Pito小姐不會死的！不對，是不會讓妳死的！啊，又不對，現在馬上會殺掉妳，我指的是現實世界的事情！」

「什……麼……？」

「我從Ｍ先生那裡聽說了！如果在ＳＪ２死亡，現實世界的Pito小姐也打算死掉！」

「什……可惡……那個……笨蛋……」

蓮對倒在地上露出微笑的Pitohui……

「Pito小姐和我在那一天已經約好了吧！『我們有一天一定要認真地一決勝負，Pito小姐輸掉的話，就在現實世界和我見面。這是女性的誓約。』！」

「金打！」

失去雙手手掌的蓮，用手臂的最前端碰了一下Pitohui。

「…………」

茫然的Pitohui……

「噗！」

將死的臉噗哧一笑的同時……

「要遵守約定喔！」

蓮也笑著張大了嘴巴。

接著蓮就狠狠咬住Pitohui的喉頭，用下巴的力量把它整個咬碎——

Pitohui原本只剩下一丁點的ＨＰ也就因此而歸零了。

蓮「咬死」Pitohui的瞬間——

酒場裡安靜到就像沒有任何人待在裡面一樣。

實際上，除了一直觀看轉播的觀眾之外，包含ＳＨＩＮＣ在內等先回到這裡的參賽角色已經幾乎把酒場擠滿了。

現在真的很安靜。

結果槍聲打破了這樣的寂靜……

「咦！」「啊啊！」「啥啊！」

畫面中的兩個女孩子被打成了蜂窩。

兩人身體上全閃爍著著彈特效，當場重重倒下，身上立刻就浮現「Ｄｅａｄ」標籤。可以說很輕鬆就被幹掉了。

畫面一個切換，就看到距離４００公尺左右的草地上，全身護具的未來士兵們，各自舉著冒煙的槍械。

其背景的天空中……

「CONGRATULATIONS！WINNER T-S！」

出現這樣的文字。

「啊……」

也就是說，不停逃竄的T－S，在最後的最後坐收最大的漁翁之利了。

接著酒場裡就捲起了由怒吼與謾罵形成的暴風，雖說戰場上應該聽不見才對——

但T－S的六個人很聰明地沒有回到酒場裡。

比賽時間：一小時三十五分鐘。

第二屆Squad Jam結束。

優勝隊伍：「T－S」。

大會總開槍數：79,408發。

SECT.21

第二十一章　拍手

二〇二六年四月十九日。星期日。

根據天氣預報，東京的最高氣溫將會超過攝氏25度，這氣溫已經不是溫暖而是炎熱了。

十三點七分，都內某處高層公寓前面的道路旁停了一台車子。那是一台擦得閃閃發亮的德國製高級SUV。

「嗚喔，看起來好貴！超級想開這種車到處逛逛！」

「但妳還沒有駕照吧，美優！」

「那後座也可以啦。」

在寬廣的步道上，把脫下來的夾克掛在手臂上等待著的美優與香蓮，因為這台車而稍微興奮了起來。

或許是很中意吧，美優依然是春假遇見她時那樣的髮型與眼鏡。香蓮則是自從剪頭髮之後就沒有變過了。

雖然兩個人都是簡單的長褲加上襯衫這種似乎要去散步的休閒裝扮，但香蓮胸口還可以看到一個嬌小可愛的項鍊正在閃閃發亮。

「不過，M先生還沒來嗎？」

美優……

「是豪志先生啦。阿僧祇豪志先生。」

以及香蓮左顧右盼地看著周圍……

「真的很抱歉，因為塞車而遲到了。」

這道聲音讓她們再次看向停在眼前的車輛。

駕駛座的門打開後，就有一名穿著整齊的深藍色西裝，髮型也整理得相當端正的帥哥站在那裡。

「嗚喲！」

聽著美優發出大吃一驚的尖叫聲……

啊啊……活著真是太好了。

香蓮內心有了這樣的想法。

＊　＊　＊

十五天前，也就是四月四日。ＳＪ２大會當天——

三兩下就被從遠方飛來的子彈幹掉的不可次郎與蓮回到待機區域。

由於兩人死亡的瞬間ＳＪ２就已經結束，所以不需要等待十分鐘。

黑暗空間裡，「是否要登出？或者要回到酒場？」這種跟蓮之前看見的幾乎一樣的選擇文字飄浮在空中。旁邊還有「準優勝者」幾個文字。

放下長髮的不可次郎面前放著兩把ＭＧＬ－１４０，而蓮的面前就只有小刀與機關槍而已。

沒有空哀悼第二代小Ｐ的死亡，蓮立刻選擇回到酒場。

當出現在酒場小小舞台上的瞬間，蓮與不可次郎就置身於盛大的喝采當中。無數人稱讚她們善戰的歡呼聲迴響整個空間。除了ＳＨＩＮＣ的眾人之外，ＭＭＴＭ的成員也在現場。

這時蓮只問了一件事：

第三名的Pitohui和Ｍ不在嗎？

酒場的觀眾不是詢問自己的同伴，就是主動幫忙尋找——但是都沒看見他們。

蓮說了聲「抱歉，我馬上回來後」就立刻登出了。

回到自己房間的香蓮，在戴著AmuSphere的情況下傳了電子郵件到豪志的信箱裡——

「拜託了！」

當香蓮緊握手機的瞬間，它就震動了起來。

出現在上面的文字相當簡短。

「現在正和她談論今後關於我們兩人的未來。」

＊　＊　＊

「豪志先生，這位是美優。篠原美優。她是我的好友，也是ＶＲ遊戲的師傅，不可次郎。」

被介紹給站在眼前的豪志認識後……

「嗨！受到你很多照顧！我不會忘記嘴巴被你貼了膠布的事喲。」

美優豎直大拇指來這樣跟對方打招呼。緊接著……

「不過你真的很帥耶。怎麼有這種像漫畫人物般的帥哥。可不可以跟我結婚啊，等一下有沒有空？」

這毫不客氣的發言，簡直像在還待在ＧＧＯ裡頭一樣。

豪志不笑也毫不畏懼地筆直回望美優的眼睛……

「謝謝妳的稱讚。但這件事請恕我難以從命。因為我已經有衷心愛上的對象了。」

「哎呀！」

美優誇張地皺起整張臉後……

「那個人是現實世界的Pitohui小姐嗎？」

才提出這早知道答案的問題。

「是的。」

「那就沒辦法了。」

豪志迅速低下頭。然後……

「我對兩位充滿了感謝。真的給妳們添了許多麻煩。所以今天至少要讓我補償兩位一下。現實中的Pito也是這麼想，而且她也由衷期待與兩位相見。」

香蓮笑著回答：

「我也是啊！」

收到來自豪志的電子郵件——

是在ＳＪ２結束後又過了一個多星期的四月十三日，也就是上週一時的事情。

香蓮就讀的大學已經開始新學期。每天都努力用功的她，ＳＪ２之後就連一次都沒有登入過ＧＧＯ。

美優則在北海道的大學與駕訓班裡上課，同時盡情地享受著回歸的ＡＬＯ。

不可次郎的ＧＧＯ用全身裝備，目前沉睡在蓮租借的櫃子當中。兩把ＭＧＬ－１４０再次從巨大槍口噴出火花的日子是否會到來──現在還不清楚。

豪志的電子郵件裡只有簡單的內文：

「Pitohui說想跟妳見面，請問下週日的中午過後到晚上這段期間可以空下來給我們嗎？」

香蓮當然答應對方的邀約，然後詢問在什麼地方以及到該處的方式。

結果豪志……

「十三點時會開車到公寓前面迎接兩位。考慮到可能會塞車，請先用完餐、上完廁所並且靜候我到達。」

只寫了這些內容。他表示Pitohui交代不能透漏其他事情。

有些擔心的蓮打電話與美優商量……

「嗯，一定會被殺掉。為了遊戲裡的死亡報仇。」

結果她先說了這種恐怖的話……

「所以我就跟妳去吧。妳對Ｍ說──『一起戰鬥的可愛槍榴彈使用者也想跟你們見面』。再追加一條，『也很歡迎贊助她到東京的交通費喲』。」

然後說出讓人感到安心的提案。

覺得先不要提交通費的蓮以電子郵件詢問豪志這件事後，對方很乾脆地答應下來。還以電子郵件把來回的電子機票寄過來。

就這樣，前天週五時，美優便搭晚上的班機來到羽田機場。住宿的地點是香蓮的房間。

昨天十八日，咲等附屬高中新體操部的六個人來到香蓮的房間，舉行了約定好的茶會。

老大等人明明那麼熱切地期望對戰，卻選擇幫忙抹殺Pitohui作戰，當然得好好地慰勞她們一番才行。香蓮和美優一起出門購物，買來了量大到令人難以置信的零食。

四月二十日剛好是香蓮的二十歲生日。咲她們都還記得之前提過的這個日期。

「雖然還有點早，不過還是先祝妳生日快樂！香蓮小姐！」

她們準備了送給香蓮的生日禮物。把零用錢湊起來後購買的是……

「一定很適合妳喲！」

細小鍊子上帶著小飾品的項鍊。

是那種自己不會買，但一直想著「真希望能戴這種可愛樣式」的單品。

「啊啊！謝謝……」

眼眶濕潤的香蓮，失敗了好幾次後才成功把它戴上。新體操社的六個人立刻發出歡呼聲。

「真是不錯！那這是我送的禮物！」

從美優那裡得到了大量只有北海道才能買得到的速食炒麵。

然後到了十九日。

讓香蓮與美優坐在後座的ＳＵＶ，在豪志的駕駛下緩緩地往前行駛。小心且安全駕駛的汽車，就這樣跑在週日的都內。

「嗚哇，裡面也很棒耶！靜到幾乎聽不見外面的聲音。皮椅也不會太軟或太硬！如果駕訓班也用這種車就好了！」

目光被車內豪華設備所吸引的美優興奮地這麼說著，香蓮則對駕駛座提出問題：

「豪志先生。我們要去什麼地方？」

美優也立刻……

「對啊！這很重要！別想綁架我們兩個清純少女啊！你是想把我們載到港口然後送上船再賣到國外去吧！我已經安排好了，如果晚上不打電話回老家，警察立刻就會衝過來喲！」

以不知是在生氣還是享受，又或者同時帶著兩種心情的口氣這麼表示。香蓮還是第一次聽到老家的事情，不過美優的話確實可能這麼做。為了避免她壓根忘了有這件事，香蓮決定把它牢記在心底。

這時豪志如此回答她們：

「不會的！請不用擔心。今天沒有搭船的預定。」

「光說不用擔心我們怎麼可能會懂！我們兩個都未成年喔！雖然小比明天就二十歲了！」

「哎呀……我不知道這件事。那真是恭喜了。」

「對吧？沒有什麼禮物要送給她嗎？」

美優這麼說時，車子正好因為紅燈而停下來，於是豪志便轉頭說：

「我沒有準備什麼東西，但社長應該會有所表示。」

「哦……你說的『社長』，就是現實世界的Pito小姐？」

美優這麼問，豪志便回答了一聲「是的」。

「謎題全部解開了！那麼，她是什麼樣的人？」

「關於這部分，她表示想親自跟妳們說，所以我沒什麼可以透露的。」

變成綠燈之後，車子再次開始行駛。

在十分小心謹慎的駕駛下，車子從大路上來到首都高速公路的入口。

爬上斜坡準備進入高速公路時就遇上了大塞車。汽車雖然加入車陣之中，但被迫只能以行走般的速度來行駛。

豪志切換成自動跟車系統後，就把手腳從方向盤以及油門上移開。接下來車子將會自動地行駛。

「東京就是會塞車！豪志先生，時間沒問題嗎？」

美優從後座這麼發問……

「時間已經抓得比較寬鬆了，所以應該沒問題。」

「這樣啊！──那麼，我們就隨便聊聊嘍！還是說，豪志先生有沒有什麼要跟我們說的？」

美優把話題拋過去後……

「這個嘛──」

豪志就這麼回答。

「那麼，就說說我和現實世界的Pito在一起的經過吧。」

「嗚喔！這內容我超想聽的！」

美優一聽見眼睛便閃閃發亮……

「咦……」

香蓮則是瞪大了雙眼。

「真的可以嗎……？」

當香蓮無法理解對方為什麼會突然提出這種話題時……

「其實……是現實世界的Pito跟我表示『最好能說給她們聽』。她認為這樣比事後說明要輕鬆，而且開車時也沒事可做──如果不是這樣的話，我可能會一輩子放在心裡吧。」

就由豪志說出了答案。

「原來如此。」「這樣啊……」

對著異口同聲的兩個人……

「只不過……因為是相當現實的內容，說不定妳們聽完後會覺得不舒服。」

豪志先提出這樣的警告事項。

「以這個年紀就已經嘗盡人生酸甜苦辣的我來說是完全沒關係，小比妳怎麼樣？」

「我要聽。」

香蓮立刻這麼回答。

「真的可以嗎？說不定今天晚上會睡不著喲？」

「反正也騎虎難下了。而且……」

「而且？」

「我想Pito小姐就是希望我們聽才會這麼說。」

「唔……」

美優難得露出認真的表情……

「那就拜託你了，豪志先生。」

然後砰一聲拍了駕駛座真皮座椅的肩部。

「我知道了。那麼，首先請看這個。」

豪志邊說邊把手往後伸，遞過來的是他的智慧型手機。
香蓮接過去後，看見顯示在畫面上的是……
「嗯嗯？」「……？」
一名肥胖青年的照片。
像是從團體照切割下來的一樣，左右兩側有其他人的半身。後面的背影似乎是校園，所以應該是大學的團體照吧。
該名青年是滿身肥肉，臉龐與肚子都是肥滋滋的模樣。呆滯的臉孔雖然稚嫩，卻又因為體型而顯得老氣。
無謂的長髮、有點髒的運動服再加上寬鬆牛仔褲的打扮實在很老土，簡單說起來……
「嗯，一看就知道不受女生歡迎。」
就如同美優直截了當所表示的這樣。
「那這個人是誰？難道是相親照片。很可惜，我沒辦法跟這個人結婚。小比妳呢？」
美優做出這種嚇死人的猜測。
香蓮雖然認為不會是「相親照片」，但還是思考起這個人究竟是誰，豪志先生又為什麼要給我們看這張這片……
「不會吧……」

她又再次仔細地端詳著智慧型手機的畫面。然後用手指擴大了男性的臉部。

由於是從團體照上擷取下來，放大之後畫質也就變差了。雖然看不清楚眼睛的輪廓，但香蓮還是……

「這難道是豪志先生……？」

提出內心所想的問題。

「咦，怎麼可能！」

美優從右邊發出的聲音……

「嗯，就是我。」

被豪志從前面發出的聲音蓋了過去。

「噗唏！」

「是我沒錯。這是剛認識Pito的時候。」

「不會吧～？」

以不可思議的聲音連續驚叫的美優，把智慧型手機從香蓮手上搶過來，拚命盯著看了一陣子……

「仔細再看一次之後，發現長得真不錯耶。這傢伙瘦下來後很有前途！這樣的話，我也願意跟他結婚啦！」

之所以能厚著臉皮說出這種話，完全是因為美優的個性使然。香蓮露出苦笑，豪志則像很高興般笑了起來。

香蓮再次看著美優還回來的智慧型手機，然後把它還回前面的駕駛座。

接過去的豪志，自己也瞄了一眼後，才關上畫面把手機放回懷裡。車子雖然持續著自動駕駛，但駕駛人注視手機畫面是違法的行為。

「我從懂事開始就一直很胖，想都沒想過自己能瘦成普通人的體格。同時也很討厭拍照，這應該是當時唯一的照片。」

豪志開始以平淡的口氣敘述事情經過。

香蓮原本打算靜靜地聽講就好——但又覺得這樣豪志很難說下去。因為怎麼說也是在駕駛當中，臉必須朝向前面才行。

但是，當她不知道該做出哪種反應的時候……

「人都有過去嘛。然後呢然後呢？」

美優就幫了她一把。

有她在真是太好了……

這麼想的香蓮，默默聽著豪志說話。

「我一直對自己沒有自信。持續過著灰色人生的我，某一天遇見了一名女性。」

「呀～！」

可以聽見美優的尖叫聲。故事一口氣充滿了浪漫的氣氛。

「然後我就變成那名女性的跟蹤狂了。」

「喲？」

可以聽見美優感到不可思議的聲音。故事一口氣充滿了犯罪的氣息。

雖然是這樣——

不過，反正是他們兩個人之間的事情。

香蓮對於絲毫沒有動搖的自己感到驚訝。感覺在ＧＧＯ裡，以及和他們兩個人有交情後，自己的內心就受到不少鍛鍊。

「雖然很丟臉，但請當成笑話聽我說下去吧——當時是大學生的我，求職也不順利，過著心靈每天都遭到砂紙磨損般的生活。」

「但還是沒變瘦？」

「因為壓力大而吃了很多東西……」

「那你是怎麼變瘦——算了，繼續說下去吧。」

「好的。那是在某一天的傍晚，回家途中的我因為肚子太餓——但又沒有其他店，所以就進入平常絕對不會去的時髦咖啡廳。結果看見一名送水給我的女服務生後，就有種被用45口徑槍械轟中腦袋的感覺。」

耳朵相當好的香蓮，沒有錯過在他平淡訴說著的口氣當中還帶著一絲喜悅。

這時美優提問了：

「那就是——現實世界的Pito小姐？」

「是的。她是看起來宛如女神般的女性。我長這麼大以來，從未見過那麼美麗的女性。」

「你回頭看一下如何？」

「兩位雖然都很優秀，但還是比不過現實世界的Pito。至少對我來說是這樣。」

「我要告你侮辱！——那繼續說下去吧。」

「從她和店長的對話裡得知，她一邊每天在這家店裡打工，一邊努力朝著自己的夢想邁進。在企業管理相關的夜校裡拚命學習。」

「這樣啊。那跟蹤狂又是怎麼回事？經常到店裡去消費的話，不過就是一般的『好客人』而已吧？」

「是的。我因為成為她美貌的俘虜——」

「告白了嗎？」

「沒有，跟蹤她了。」

「警察先生，就是這個人。」

「當時的我真的失去理智了……即使被逮捕也一點都不奇怪。幾乎每天都跟在離開咖啡廳的她後面，在保持適當的距離之下跟著她到學校或者公寓。」

「不會被發現嗎？東京幹這種事都不會被發現？」

「為了不被發現，我真的非常小心謹慎。知道要是一直跟著的話實在太顯眼，所以就記住她走的路線，徹底研究要在哪個適當的時間點進入其他巷弄，或者從哪邊出來才能自然地跟在後面。不知不覺之間，腦袋裡就能完美地記住地圖了。」

「嗚哇，真噁心！」

「我真的做了很噁心的事情。」

聽著他們的對話……

原來如此，就是這樣才有那麼優秀的地理感覺嗎……

香蓮就解開了關於M的一個謎團。

「但是，這種日子結束的一天終於到來……」

豪志很難過地這麼說道，美優就以擔心的口氣詢問：

「接下來的內容……未成年也可以聽嗎？小比還只有十九歲喲？」

「美優的生日比我還後面吧！」

這時就連香蓮也忍不住這麼吐嘈。

「哎呀，別在意啦。那麼，豪志先生，請繼續吧。」

「好的。這是某天傍晚發生的事情。當我跟在她身後，打從心底享受著她美麗的背影，以及自己站在她身邊的妄想時——」

「噁心！然後呢？」

「就注意到有一個男人跟在她後面。」

「啥？你是看到鏡子嗎？」

「沒有。很明顯是其他男人，那傢伙是好幾次以客人身分到店裡來的男人。是一個穿西裝的帥哥上班族。」

「然後呢？」

「我跟至今為止一樣，變換過好幾次路線，結果每次他也都在後面，所以絕對不會錯。他就是，不對，應該說『他也是』跟蹤狂。」

「然後呢？」

美優也只做最小限度的回應了。帶著同樣心情的香蓮，等待著豪志繼續說下去。

「然後，當她快走到回家路上人煙最稀少的自然公園旁邊時——那個上班族就從背後架住她並塞住她的嘴，把她拖到公園裡去了。我雖然一瞬間愣住，但接下來的瞬間就湧起猛烈的殺意，然後只記得自己朝著她消失的方向猛衝。」

「最……最後怎麼樣了？」

「當我醒過來時，已經躺在公園的地上，而她正在照顧我。」

「喔喔！」

「美麗的臉龐就在近處，以溫柔的聲音對我說『你不要緊吧？』……我還以為自己死掉來到天堂了。但不是這樣。據她所說，我突然發出怪聲飛撲過去，然後和上班族格鬥——其實根本稱不上格鬥，而是變成小孩打架般的狀態，上班族最後對自己倒下來的我補上一腳後就逃走了。我雖然全身發疼，幸好沒受什麼大傷，總算是平安獲救了。」

「太棒了！不對，一點都不好！——那後來呢？」

「她當時是這麼說的。『你是經常來我們店裡的客人吧？我的房間就在附近，請跟我一起來吧。讓我幫你治療一下傷勢』。」

「哇！然後呢？」

「我因為沒有正常的思考能力，只覺得『這是在作夢』，然後就跟著她走了。進到她整理得井然有序的房間，聞到裡面的香味時，真的覺得死了也沒關係。」

「真是浪漫耶。因為這樣而認識的兩個人……」

美優以陶醉的口氣這麼說著……

「之後就像是惡夢一樣了。」

豪志就用跟剛才沒有兩樣的平淡口氣這麼表示。

「回過神來才發現我的手腳都被綁住。由於記憶相當曖昧，所以不清楚究竟是為什麼會變成這樣。記憶已經像在看老電影那樣了。」

「…………」「…………」

「接著我便不斷被她責備、辱罵並毆打。像是『這個死跟蹤狂』、『我早就知道了啦！』、『怎麼不和那個上班族一起去死！』之類的。」

「…………」「…………」

「我才知道她不是賢淑的天使，其實是內心隱藏著猛烈暴力、破壞衝動的恐怖魔王。我完全無法抵抗，到天亮為止只能不停流眼淚。最後終於被釋放時，她威脅我說『敢把今天晚上的事情告訴警察，我就爆料你跟蹤我的事』，然後還被拍下丟臉的照片。」

「…………」「…………」

「之後我就被當成她所謂的『男朋友』了。不論再怎麼忙，只要她找就一定得到場。我因此而無法找工作，連大學都沒辦法好好地去上課。然後我開始覺得這種日子真是太棒了。能夠待在美麗的女性身邊並幫上她的忙，可以說是身為男人最大的幸福了。」

「等一下，這故事還沒拍成電影嗎？那就由我來當導演吧。」

即使對美優無論什麼時候都能耍寶的堅強個性覺得感動……

啊啊，Pito小姐和M先生就是這樣誕生的嗎？原來如此，M不是代表「Map」的M嗎？

香蓮還是露出解開所有謎題的名偵探一般的表情。

「不過，這是真愛耶！」

美優很高興地這麼說道。

「的確是愛。至少可以知道的是，我和她之間確實有愛。到了現在也是一樣。」

「嗚哇～那豪志先生變這麼瘦也是為了她嘍？」

「不，我沒有特別做什麼……在以『魔王手下』的身分努力工作之中就變瘦了。被找去的話一定會用跑的，也在沒有吃飯的情況下一直陪她到早上。等瘦到一定程度之後，就為了和她走在一起時不讓她丟臉而開始注意自己的體態與打扮。」

「出本『成為僕役就能減肥』的書吧！一定大賣！」

「這將來再說吧——就這樣，我和她過著雖然扭曲但是幸福的生活。她確實地實現自己的夢想，而我則是一直支持她。在三年前的某一天之前，日子一直過得很順利。」

香蓮隔了許久才再次開口說：

「二〇二二年十一月六日——」

「是的。」

美優把臉湊到香蓮旁邊。

「嗯……那是什麼日子？」

香蓮這麼回答她：

「Sword Art Online刀劍神域正式開始營運的日子。」

「沒錯！」

為了說明整件事的經過，所以美優已經知道Pitohui曾是ＳＡＯ的封測玩家以及之後所發生的事情。

「原來如此……這樣我全部了解了……哎呀，真的是很有趣的過程呢……」

在邊這麼說邊不停點頭的美優旁邊，香蓮對著豪志問道：

「Pito小姐連這個部分也想讓我們知道嗎？不是豪志先生個人的判斷？」

「這是她的希望。她告訴我『對小蓮要一切開誠布公！』。」

「這樣啊……」

經過一處大交流道後，首都高速公路的擁塞也得到紓解，車子開始順暢地前進。豪志再次握住方向盤後，高級ＳＵＶ就平穩地奔馳了起來。高樓大廈不停在窗外往後流動。

安靜了一陣子後……

「抱歉，我要睡了。」

美優就立刻睡著了，所以香蓮便靜靜地看著窗外。

車子下了首都高，在車輛稀少的一般道路上行駛著。

看著這種景色的香蓮，似乎一直在想些什麼——

「…………」

豪志則不時透過後視鏡看著蓮沉思的側臉。

「馬上就要到了。請把美優小姐叫起來吧。」

豪志的聲音讓香蓮戳了戳美優。

時間是十三點五十七分。雖然遇上了塞車，還是有將近一小時的車程……

「唔……這是哪裡？大阪？京都？」

「不，還是在二十三區內。」

正如豪志回覆美優的答案，此處依然是高樓大廈圍繞的大都會中心。

「東京就是這樣！北海道的話，一分鐘就能跑一公里嘍！」

車子混在行人眾多的繁華街道當中前進……

「馬上就到了。就是右前方現在可以看見的那棟建築物。」

豪志的聲音讓兩個人把臉湊在一起，這時透過擋風玻璃能看見的是，有學校體育館那麼大，黑色且呈四角形，而且還幾乎沒有什麼窗戶的不可思議建築物。

美優她……

「像那樣的建築物，通常只有兩種可能性。不是神祕組織的基地就是LiveHouse。」

「正確答案。美優小姐，妳真是有眼光。」

「對吧！——所以是基地？」

「不，是LiveHouse。」

「噓～說起來今天原本是想去神崎艾莎的迷你演唱會的啊！」

美優在車子裡暴動了起來。

神崎艾莎的迷你演唱會就是今天在都內的某處舉行，而且這次也因為沒有被抽中而無法購買數量極少的入場券。

這次是會確實檢查姓名的電子票券，所以就算再有錢也沒辦法在拍賣上買到。

「那真是太好了。」

豪志一邊把車停到LiveHouse後面的停車場一邊這麼說。

「這裡就是神崎艾莎的演唱會會場。」

「啥啊？」

美優驚訝的聲音……

「豪志先生，難道說……」

與香蓮的提問重疊在一起——

豪志選擇回答香蓮的問題。

「是的，沒錯。Pito就是這間LiveHouse的老闆。她很早就發掘出神崎艾莎並讓她在這裡唱歌。算是幫助她成名的功臣。」

「演唱會十四點就要開始了。我會請工作人員帶妳們，請直接在招待席上欣賞演唱會。已經沒什麼時間了，等演唱會之後再跟社長見面吧。」

豪志這麼說完，就命令靠近車子的西裝男帶領兩個女孩。

男人肅靜地讓兩人從相關人員入口入場，為了證明兩人是受邀的客人，還遞給她們貼在衣服上的貼紙。

按照指示坐下的地方，是LiveHouse二樓的中央最前排。只要坐著就能完整看見整個舞台的位子。可以說是無可挑剔的特等席。

往下看著將近一千名的觀眾，並且在明顯是業界紳士淑女包圍下坐著，從剛才開始就一直露出茫然表情的美優……

「啊啊……欠我的都還清了喲……」

就對著香蓮這麼呢喃。

當香蓮靜靜地露出微笑時，會場的照明也暗了下來。

宛如作夢一般的演唱會——

真的讓兩人度過了夢一般的時間。

嬌小、清純的黑髮美女神崎艾莎，比從照片或影像看見時還要美麗許多，同時也更加地虛幻——

現場的歌聲也比從音樂播放器裡聽見的更加令人舒服。

＊　＊　＊

當演唱會結束觀眾開始離場時，豪志就來到兩人的位子前……

「請在這裡稍待片刻。等客人少一點，我就帶兩位到休息室。社長表示想在那裡和妳們見面。也說要介紹神崎艾莎給妳們認識。」

然後在耳邊這麼對她們說道。

整個人癱在椅子上的美優……

「小比啊……我死而無憾了……」

紅著眼眶這麼表示。

香蓮則是用險峻的表情回答：

「我也是——雖然很想這麼說，但還有相當重要的任務未完成，所以不能在此死去。」

「哦，說得也是……在見到神崎艾莎並且把我的愛傳達給她知道前，確實還不能死……」

「妳的重點是這個？」

「不然還有什麼？」

「啊哈哈。」

露出微笑的香蓮——

卻用銳利的目光看向舞台。

開始收拾樂器的舞台上，還留有到剛才都還在那裡唱歌的女性殘像。

客人走光後，坐在相關人員位子上的人們也到大廳去了。

豪志只對兩個人說：

「他們要在大廳『慶功』——也就是參加慶功宴，但我們要讓他們等一下，直接到休息室去。」

然後就要兩個人跟自己走。

「要……要走了嗎……別緊張……喲……？」

美優露出香蓮至今為止從未見過的表情這麼說。

兩個人跟在豪志身後，從一樓旁邊進到「相關人員外禁止進入！」區域。該處有眼神銳利的人站崗，看見豪志之後就讓他們通過了。

「不愧是社長的……」

美優這麼呢喃著。雖然不清楚之後是要接「男朋友」還是「僕役」，但豪志確實是個重量級人物。

在似乎永遠沒有盡頭的通道上走了十秒鐘左右……

「就是這裡了。」

三人站在貼有「神崎艾莎小姐」名牌的休息室前面。

還來不及做好心理準備，豪志便大剌剌地敲起門來。

「請進！」

從裡面傳出來的是相當爽朗而且渾厚的女性聲音。

豪志打開門，請香蓮她們入內——

「打擾了。」

香蓮輕輕低下頭後就走到房間裡。

然後就看見了。

八張榻榻米大小的休息室裡面只有兩位女性。

穿著安可曲時的裙子加上T恤這種輕鬆打扮的神崎艾莎，就坐在眼前4公尺左右的位置。

她身邊還站著另外一名女性。

年齡是三十五六歲快到四十歲左右。大概一七〇多公分的她，擁有不輸給香蓮的身高，另外還是具有飽滿雙峰與玲瓏曲線的豐滿體型。

染成茶色的頭髮在身後綁起來，臉上畫著完美的妝，服裝則是眩目的鮮紅西裝裙。

這名顯眼且堅強的女性，可以說不用介紹也能夠瞬間知道她是「女社長」。

確實把門關上的豪志，把這名女性介紹給兩個人認識。

「這位就是本LiveHouse的營運公司社長，佐藤麗。」

似乎可以把名字的「麗」字拿來當形容詞的女性，以有些緊張的神情轉過頭來……

「初次見面！」

以相當清晰且具有活力的聲音打招呼。

「那麼，哪一位是小蓮，哪一位是槍榴彈女孩呢？等一下！先不要說，讓我來猜猜看！」

麗說完後就把手放在下巴上煩惱了起來……

「…………」「…………」

香蓮和美優則是默默地面面相覷……

「嗯……」

美優看著發出沉吟聲的麗……

「…………」

香蓮把臉朝向從剛才就被丟著不管的神崎艾莎，然後往前走兩步來到她所坐的椅子前面。

然後……

啪嘰、啪嘰、啪嘰啪嘰啪嘰啪嘰啪嘰啪嘰啪嘰啪嘰啪嘰啪嘰啪嘰啪嘰——

香蓮開始對這名抬頭看著自己的嬌小女性拍起手來。

「…………」

她筆直地往下看著露出疑惑表情，甚至感覺到恐懼的神崎艾莎……

啪嘰啪嘰啪嘰啪嘰啪嘰啪嘰啪嘰——

重複著狂熱的拍手。

在美優、豪志以及麗都以打從心底感到不安的表情注視著自己的情況下……

「歌聲實在是太完美了！我一直很想要拍手！」

啪嘰啪嘰啪嘰啪嘰啪嘰啪嘰啪嘰啪嘰——

持續拍著手的香蓮幾乎是用叫的來說出這段話。

「那……那個……」

在身高一八三公分高大女性的氣勢壓迫下，神崎艾莎嬌小的身體雖然往後縮，但立刻就被桌子擋住了。

雖然香蓮還是繼續拍手，但拍手聲裡這時還混雜了美優的聲音。

「那……那個……很抱歉，我的搭檔因為太過緊張，所以不知道該以什麼為優先……」

接著來到不停拍手的香蓮旁邊……

「喂喂，小比，這之後再做！搞錯順序了！先要向女社長（Pito小姐）打招呼啦！」

然後想要拉她的手臂。

響徹房間的拍手聲倏然停止，休息室突然回歸安靜……

「了不起，真的太了不起了——」

香蓮的聲音打破了這道寂靜。

「實在是相當了不起的『魔王』！」

再次回歸寂靜的休息室……

「噗！」

先是傳出女性的噗哧一笑，接著……

「噗哈哈哈啊哈哈哈哈哈哈哈哈哈哈哈哈哈哈哈哈哈哈！」

放聲大笑打破了現場的寂靜。

「噗哈哈哈啊哈哈哈哈哈哈哈哈！——嘻～啊哈哈啊哈哈哈哈哈哈哈！」

神崎艾莎以讓人懷疑嬌小的身體哪來這種力量的巨大聲音持續笑著。在椅子上捧腹大笑的她扭動身體，眼眶裡也浮現淚水。

「咦？」

無法理解而僵在現場的美優，把臉轉向豪志與麗……

「耶嘿？」

就看見伸出舌頭聳了聳肩的麗……

「…………」

以及默默看著天花板的豪志。

然後她就了解了。

「咦～！」

這個瘋狂大笑的神崎艾莎就是Pitohui本人。

「噗哈哈哈哈哈！嘻～！啊哈哈啊哈哈！」

艾莎雙腳亂踢，像是吃到不可食用的菇類一般持續笑著。如果有其他人看見那種模樣，很可能就會叫救護車了。

笑聲持續了整整二十秒……

「啊哈哈哈哈哈！呼……」

才終於平靜下來……

「理由！」

依然坐著的神崎艾莎嚴厲地這麼問道。

詢問的對象是站在眼前那個比自己高出30公分的女孩子。也就是香蓮。

「從很久之前開始，還有來這裡的途中，都有事情讓我感到不可思議。」

香蓮開口回答。

「哦？什麼事情？」

「首先是今天覺得不對勁的地方——」

「嗯。」

「就是為什麼豪志先生要繞這麼多遠路呢。」

「嗯？」

艾莎歪起脖子……

「什麼意思？」

「從我住的公寓來到這裡，花了大約一個小時的時間。雖然遇見了塞車，但帶我們到位子上時，幾乎已經是演唱會開場的時間了。」

「能趕上真是太好了！」

「嗯。但我認為那是故意的。」

「為什麼？」

「豪志先生在下公速公路後就經過各式各樣的道路。雖然沒有經過同樣的路，但一直看著窗外的我很清楚，他轉了好幾次彎，故意多花時間來前往目的地。這是在GGO裡學會看地圖後才擁有的能力。」

香蓮的話讓美優迅速看向豪志……

「…………」

豪志默默地把眼睛移開。

「真的假的～」

美優這麼呢喃完，艾莎就對香蓮問道：

「這樣啊……那為什麼要拖到快開場才讓妳們抵達呢？」

「因為太早到的話，很可能會露出馬腳。如果距離開演還有一段時間，我們可能會向旁邊同樣被招待到此的客人搭話。雖然只是有這種可能性，但為了不讓這種事情發生，才會讓我們準時到達。然後在演唱會之後像這樣帶我們到休息室，把麗小姐這個幌子介紹給我們認識。這都是為了讓Pito小姐——艾莎小姐欣賞這一切。」

「哦……只有這樣？」

「還有另一個理由。這是存在我內心已久的重大懷疑。」

「說來聽聽看？」

「豪志先生知道我的地址、姓名還有外表。明明不可能發生這種事情的啊。」

「好像是這樣喔。聽說還偷偷去找妳商量參加SJ2的事情。」

「我一直在想，他為什麼能夠辦到這種事……我沒有對Pito小姐還是GGO裡的任何人說過自己的本名、現居地以及身高等事情。所以豪志先生也不可能有辦法知道，這讓我感到很不可思議。就算問豪志先生，他也不告訴我。」

「嗯嗯。但那為什麼會變成理由？」

「因為我終於想到唯一的可能性了。因為我曾經寫信告訴一個人我是小比類卷香蓮，也提到自己住在哪裡，然後對身高有自卑感，為了減輕這種自卑而以小不點角色在GGO裡闖蕩等事情。」

「哦？」

「那個人就是妳——神崎艾莎小姐。我只對妳寄過歌迷信。然後就算妳沒有看，在同一家公司工作的豪志先生，也能夠因為事先檢查而看過內容。妳就是『神崎艾莎所屬事務所』的社長！如果不說麗小姐是LiveHouse的老闆而是所屬事務所社長的話，我或許就相信了。」

「哎呀！太掉以輕心了嗎……」

艾莎啪嘰一聲拍了一下額頭，這時麗則從後面說了一句：

「我也很努力扮演妳了！真是可惜！」

「抱歉。之後會在精神上還妳這個人情。」

「嗯，只要之後也在這裡唱歌，我就沒什麼意見了喲——那麼，接下來就交給你們年輕人吧！」

麗這麼說完就輕輕揮手準備離開休息室……

「啊，大家還在等妳參加慶功宴。盡量快一點喔。」

最後就一邊關門一邊這麼表示。

門「磅」一聲關上之後，艾莎就站了起來。

「嗯，本來就像是最後的抵抗了，既然輕易就被識破也沒辦法嘍。」

當她筆直看著凝視著自己的香蓮……

「我遵守約定嘍，香蓮。」

下一個瞬間，香蓮就對嬌小的身體衝了過去。

「嗚！」

被巨大身體靠近並且被緊抱住，艾莎一瞬間沒辦法呼吸……

「太好了啊啊啊啊啊！妳沒有死真的太好了——————！」

接著就聽見香蓮含淚的聲音。

「都是因為妳把我幹掉了啊！嘿，我不能呼吸了，快點放手。要窒息了要窒息了。」

「啊啊，對不起！」

艾莎對急忙後退的香蓮說了一句：

「蹲下來蹲下來，我看不到妳的臉。」

「咦？好的……」

香蓮單膝跪地，把被眼淚弄濕的臉移到較低的位置。

艾莎把雙手靠到她的臉上……

「嗯，現實的妳也很可愛喲！我很喜歡！」

然後把嘴唇湊過來。

「唔咕？」

被吻的香蓮眨了好幾次眼睛，然後對著過了兩秒左右才把臉移開的艾莎……

「唔嘎啊啊？」

以紅得像煮熟章魚般的臉表達抗議之意……

「有什麼關係嘛，又不會少塊肉。而且我看過ＳＪ２的轉播影像了。給妳彈匣的那個男人，妳很簡單就親了他的臉頰一下吧？跟那比起來，這個吻要健全多了！」

呵呵大笑的艾莎這麼說著。

「那……那個人是女的！只……只只只是謝謝她提供為了打倒某人所需要的彈匣！」

「哎呀，果然是這樣嗎？她腰部的動作很有女人味啊。為什麼周圍的眾人都沒有注意到呢？那對象是女性的話一切就不算數，所以這樣應該也不算什麼吧？」

話才剛說完，就又在香蓮的嘴上親了一下。

「什──」

豪志從後面對說不出話來的香蓮表示：

「我忘了說了，這傢伙是男女通吃的花心蘿蔔。不要隨便靠近她比較好喔。」

「豪志先生，你太慢了。慢到誇張。我的好友已經嫁不出去啦～」

香蓮則是……

「嗚咿……」

另一邊的膝蓋也重重落下，像是發燒一樣，紅著臉露出頭昏腦漲的模樣。

面對這樣的香蓮，艾莎把清純的臉靠了過去，以清澈的聲音在她耳邊像唱歌一樣呢喃道：

「香蓮啊——下次可不可以去妳房間玩？在那裡過夜也沒關係喲。」

「不行！」

香蓮立刻紅著臉這麼大叫。

接著又說：

「不會在ＧＧＯ之外的地方跟妳見面了！」

某月某日。

紅色天空下，紅褐色沙土與岩石的大地無盡往前延伸的GGO練功場裡。

兩個角色背靠在大岩石上並肩坐著。

其中一個人全身包裹在粉紅色服裝底下，而且不論從哪個角度看都是小不點。膝蓋上放著一把塗成粉紅色的P90。

另一個是身穿深藍色連身衣褲，有著人造人般體型的美女。右邊則放著著裝了彈鼓的KTR－09突擊步槍。

「別想親我！敢這麼做的話絕對會發出性騷擾警告，也會開槍射擊喔！」

「不會啦不會啦。在GGO裡面接吻有什麼用？對了對了，還是在現實世界裡見面如何？」

「不用了！豪志先生很生氣喔，他說明明為了準備接下來的演唱會忙得不可開交，妳還一直在玩。」

「怎麼，你們之間還有互傳訊息啊？不然我把那傢伙送給妳好了！」

「我不要！珍惜自己的搭檔好嗎！」

「我當然很珍惜他喲。不過呢，這個嘛，以文學來表現的話，就是『這個和那個是兩碼子事』。」

「好了，這個話題就到此為止！」

「嘖！唉，算了！光是隔了這麼久還能和小蓮待在ＧＧＯ裡就夠了。玩遊戲真的很快樂喔。」

「對啊，遊戲是要用來享樂的！不是用來賭命的！」

「都說過對不起了。我跟妳約定，不會再幹那種蠢事了。只要還活著，就會用別的事情來享樂。」

「那就好！只不過──」

「嗯～？」

「Pito小姐戰鬥的時候真是一點都不留情耶。從頭到尾貫徹為了求勝不擇手段的態度。」

「是啊。只是沒想到有人比我還要誇張。」

「哇……竟然能讓Pito小姐這麼說……那個人是誰？」

「咦？」

「咦？」

面對瞪大眼睛看著自己的Pitohui……

蓮提出這樣的問題。

「…………」

當Pitohui在煩惱應該要怎麼回答時……

滋滋！

岩石後面傳來模糊的爆炸聲——

「上鉤了！」「上鉤了！」

兩個人各自抓起自己的槍，同時往外面衝去。

（完）

特別感動之極短篇小說Ⅱ

「吾將自己戰鬥的榮耀收藏於心！～靈魂的槍聲響徹荒涼的街頭吧～」

那是第二屆Squad Jam開始後經過十分鐘左右的時候。

在風兒吹動的戰場西側市街區裡……

「呼……呼……」

一名玩家靠在翻車的卡車車台上，反覆著急促的呼吸。

這是一名長相與體型都沒有什麼特徵的男性虛擬角色。身上穿的是常見的叢林迷彩戰鬥服。身上還套了著裝數個彈匣的裝備背心。

只有槍械是瑞士製的高級狙擊槍，也就是SIG公司製造的「SG550 Sniper」。它是將突擊步槍SG550特製後完成的狙擊槍，在使用5.56毫米子彈的自動狙擊槍當中是性能與價格都相當高的一把槍械。

「呼……呼……可惡……同伴……全滅了嗎……」

男人的視界當中，同一小隊五名同伴的HP都已經歸零。身體上到處閃爍著著彈特效的自己，ＨＰ也只剩下５％左右。接下來光是被手槍子彈擦過，自己就會陣亡了。

卡車位於一處大十字路口的正中央，其他也有許多廢棄車輛躺在地上。而這些廢棄車輛的後面又躺著許多屍體。數量在二十人以上。

「啊啊，為什麼會變這樣……」

男人往上看著陰沉的天空，以微小的聲音這麼呢喃。

看過上一屆，也就是第一屆Squad Jam的人應該還記得吧。

他就是在沙漠的戰鬥裡，被ＳＨＩＮＣ的狙擊手給擊殺的男人。而他在現實世界的身分，是一名五十多歲，淨是寫些槍戰內容的小說家，只有少數人才知道的該大會贊助者。

這個男人要偷偷參加自己贊助的大會是無所謂，但不要說優勝了，根本連前五名都打不進去。

而且贈送給優勝者以及前幾名的獎品是「簽名套書」，這樣的事實在網路上傳開後，就得到大量惡劣的評價。其實不要理這些酸民就好了，但他還是自我搜尋了。

「誰要啊！」、「真的是垃圾」、「自我宣傳辛苦了」、「連隱性宣傳都算不上吧」、「簽了得獎人名字的話根本賣不出去！」「霸凌嗎！」「這分明是對勇者的冒瀆」——

結果就出現造成精神損傷的文字。老實說真的很令人沮喪。

浮現「看我的！」想法的他下定決心要復仇。於是丟下執筆的工作，在GGO裡鍛鍊自己，決定下次一定要獲得優勝。然後……

「雖然我是主辦人，但不小心就贏得優勝了，當然靠得是自己的實力！耶嘿！大家抱歉了。」

故意留下這種超級惹人厭的評語。

就這樣，和很清楚他這種遺憾個性的伙伴們一起，比過去還要認真地玩著GGO。雖然發生了因為現實世界實在太難取得聯絡，責任編輯甚至創了GGO帳號到遊戲世界裡面跟他催稿這樣的事故，但他確實是比上一屆強上許多了。

就這樣，當他幹勁十足地想著「好了來主辦第二屆吧咿呀！」的時候。不知道是哪個人竟然說要主辦第二屆大會，而且獎品的評價比自己那個時候好上許多……

「咿～！不甘心！好不甘心啊！」

他氣到以為自己要腦中風而昏倒了。甚至開始胡亂舞動手腳。但他也不是會因為這種事情就放棄的爽快男人。決定要獲得優勝贏取獎品的他就參加了第二屆SJ，並且順利通過預賽。

雖然大會十幾分鐘前才剛開始，但他的小隊已經訂好作戰。也就是「逃竄到最後一刻，最後再坐收漁翁之利」的丟臉作戰。

為了實行作戰，他們決定最初的掃描之後就開始逃亡——

但為什麼會變成這樣……？

為了從強敵LF與SHINC身邊逃走而聚集到此的其他小隊，在這個市街區裡發生猛烈的衝突。變成了複數小隊全都交雜在一起的大混戰。

在分不清敵我的情況下，除了不斷從車子後方無情襲擊過來的子彈之外，也有投擲過來的手榴彈。短短幾分鐘的戰鬥結束後，周圍忽然變得極為安靜。

雖然打倒不少敵人，但他自己也已經是滿身瘡痍。還能活著就相當幸運了。在這樣的狀況當中——

窸窸窣窣。卡車的另一邊傳來某種東西在動的聲音。這個世界裡說到會動的東西，就只有不知道是隸屬於哪支小隊的敵人了。

啊啊……果然……無法優勝嗎……

他閉起眼睛，回顧著自己的人生。

短短兩秒當中——他就想起出生以來首次獲得的鋼珠手槍、在海外首次使用真槍射擊的感觸、成為作家後以版稅盡情射擊的散彈槍，以及在GGO裡享受的遊戲。順便也想起了國中二年級時在教室裡射擊空氣槍時……

「嗚哇那是什麼？小屁孩？小學生？」

以這種眼神看著自己的同班女生是什麼長相。

窸窸窣窣。感覺摩擦地面的聲音比剛才還要接近，而且也更大聲了。應該是慢慢從卡車後面靠過來了吧。

事到如今，自傲的狙擊槍也發揮不了作用。腰間的手槍，也因為剛才亂戰時手被擊中而不知掉到哪裡去了。

這樣的話就爽快一點，直接面對死亡吧！

在這裡拖拖拉拉也不是辦法。乾脆就在這裡漂漂亮亮地陣亡吧。還有什麼理由讓自己不這麼做呢？不，沒有了。

他在心中這麼否定，然後靜靜把抱著的SG550狙擊槍橫放在地上。

然後從腰部後方拿出兩顆除了狙擊槍外唯一剩下的武器——電漿手榴彈，並且用雙手握住它們。

再見了。在心中對愛槍留下一句告別的話——

啪嘰。

「嗚喔喔喔喔喔喔喔！」

雙手按下電漿手榴彈引爆鍵的他，就這樣大叫著從卡車後面衝出去。然後就看見了。

滿是屍體的戰場，以及某個人的槍掛在卡車上，隨著風搖擺微微摩擦著地面的樣子。

什麼嘛！不是敵人嗎！這裡只有我還活著嗎！太棒了！這樣不就還能活下去了嗎！說不定能靠著遠距離的狙擊獲得優勝喲！

以噁心笑容想著這些事情的男人，就被忘記關上開關的電漿手榴彈引發的爆炸吞沒了。

全文完

WARNING

來自作者的重要告知

下一頁開始的解說，會爆到登場槍械的料，請大家注意。

Sword Art Online Alternative

GUN GALE ONLINE

槍械解說

GUNS EXPLANATION

由作者　時雨沢惠一親自解說在

《Sword Art Online刀劍神域外傳 Gun Gale Online》裡登場的槍械。
讓我們隨著插畫來看看這些在GGO世界裡大活躍的槍械吧！

槍械插畫／秋本こうじ

KOUJI AKIMOTO

PROFILE

時雨沢老師的代表作《奇諾の旅》裡，奇諾所使用的槍械「長笛」是由我負責設計。採用傳統作畫方式的我，很喜歡以G筆尖來描繪精細機械。有時會畫畫漫畫或者製造腳踏車。

COMMENT

這次很感謝也很感激出版社讓我在與川原老師、時雨沢老師以及黑星老師相關的書裡畫圖。我也因此有了一段很快樂的作畫時間。另外，這些插畫的槍械是屬於時雨沢世界的物品，太過於細節的部分就請大家不要吐嘈了（汗）。

P90

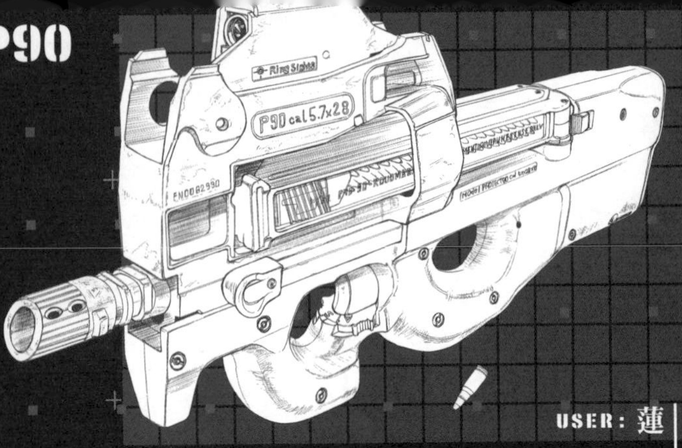

USER：蓮

乍看之下像是太空船，仔細一看之後果然還是像太空船的超獨特造型槍械。子彈橫排在彈匣當中，是在旋轉90度的情況下裝進槍裡。明明是主角蓮的拍檔，卻每次都會有悲慘的遭遇，真是太可憐了。

MGL-140

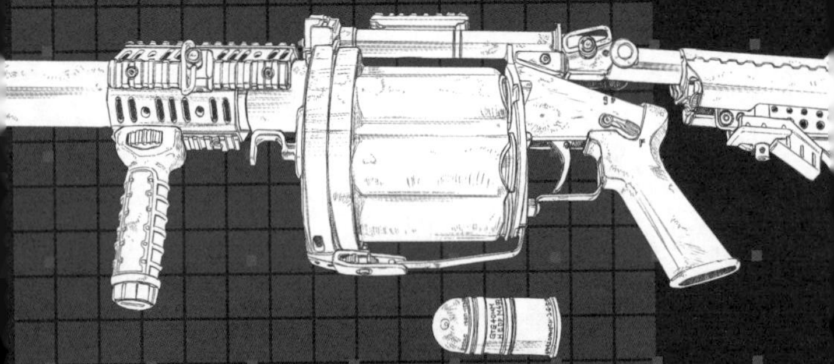

USER：不可次郎

把原本就凶惡異常的槍榴彈發射器更加強化後的6連發版本。由於相當危險，絕對不能讓小孩子拿到。至於外形漂亮與否則是因人而異。當然實際上不是能雙手各拿一把的武器。

M14·EBR

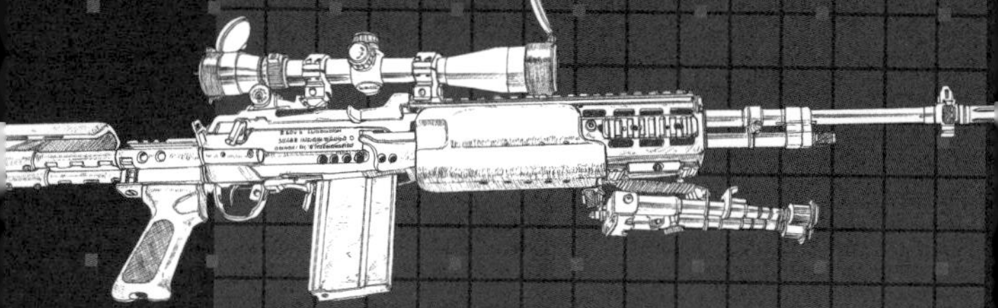

USER： M

把M14步槍改造到幾乎看不出原形，就像過度整形到變成另外一個人般的槍械。如果極度追求機能的結果就是變成這種造型的話，這種模樣也能算是一種「美」了吧。

KTR-09

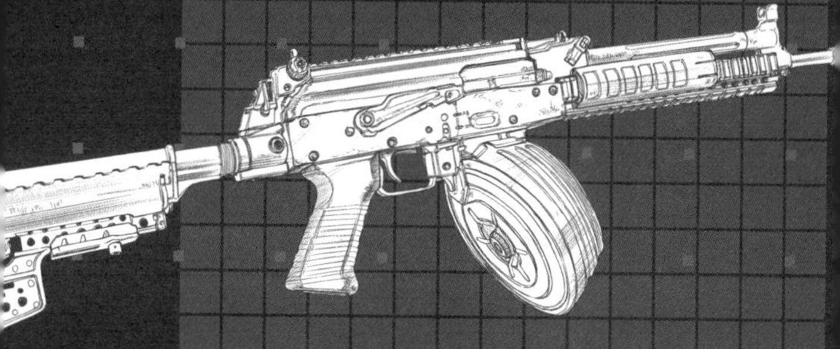

USER： Pitohui

此為美國改造AK系列後完成的槍械。仍看得出原形。安裝了競爭對手M16系列的槍托，可以說是融合了東西方元素的象徵。這把槍的訴求或許就是冷戰早已遠去。

VSS

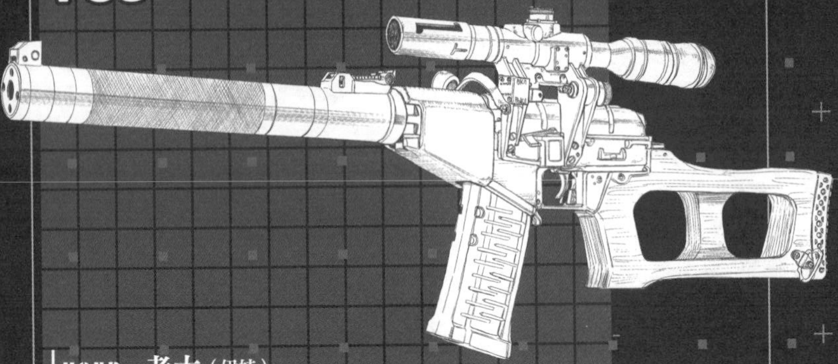

USER：老大（伊娃）

這是一把消音狙擊槍。只要願意的話也能用全自動模式射擊，算是俄羅斯戰鬥民族的恐怖變態槍。外形類似德拉古諾夫狙擊槍，但有種整形失敗的土氣。不過還是很恐怖。沒有聲音真的是很恐怖。

德拉古諾夫

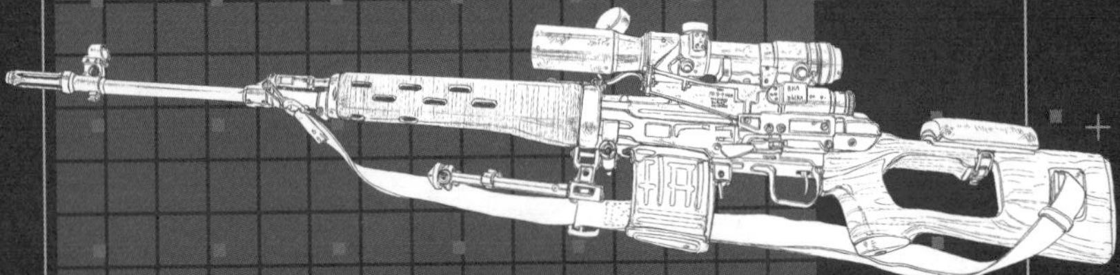

USER：冬馬／安娜

中二病槍械迷一旦喜歡上就會一輩子對其有所憧憬的俄羅斯製自動連發式狙擊槍。外形細長且時髦，連名字都很酷。揹著它到學校去的話，不知道會有什麼樣的彩色人生？會被逮捕嗎這樣啊。

PKM

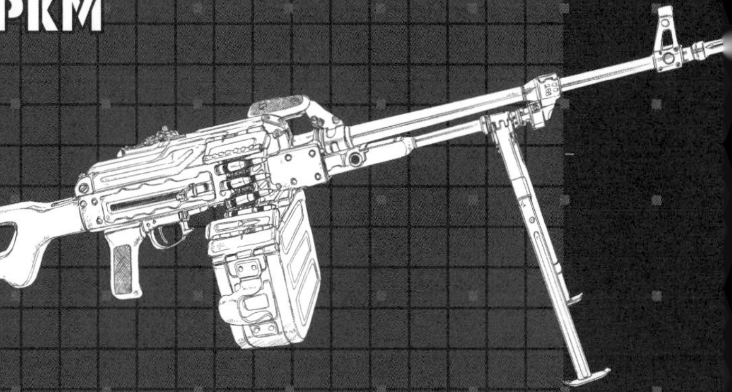

USER：蘇菲／羅莎

製造出AK步槍的卡拉什尼科夫所遺留下來的傑作機關槍。明明應該獲得更好的評價但卻不太出現在作品裡，所以我就讓它出場了。和一般機槍相反，彈鏈是從槍的右側吸進去，所以在路上撿到時千萬別搞錯了。

野牛衝鋒槍

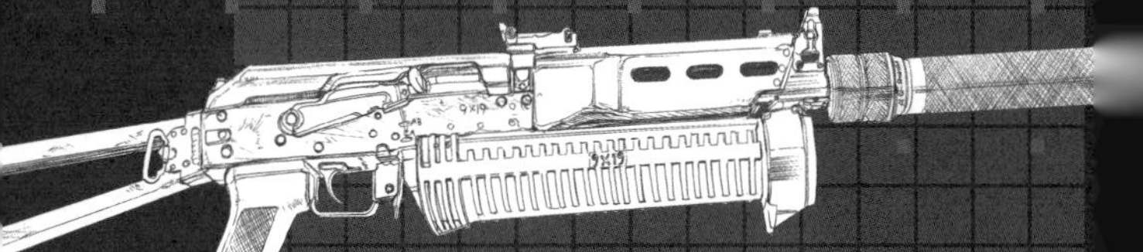

USER：塔妮亞

以宛如螺旋階梯般把子彈送出去的筒形彈匣為特徵的俄羅斯製衝鋒槍。喂喂，難道俄羅斯就只有變態的槍械嗎？又土又俗的設計感也出現在它身上。加裝消音器的模樣比較好看。

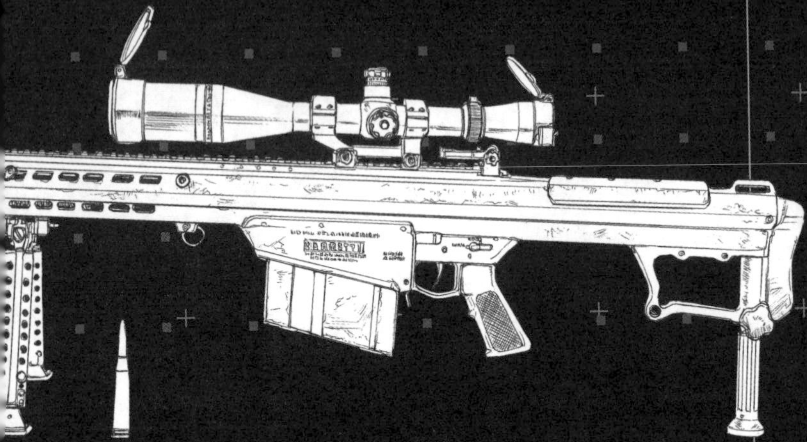

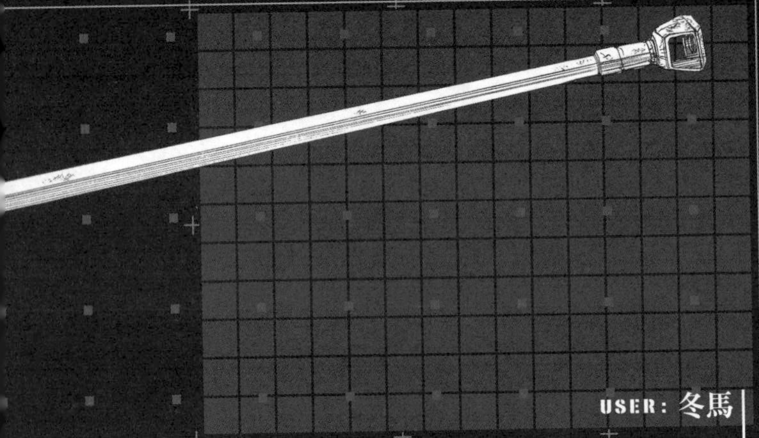

USER：冬馬

總之就是長到不行的槍械。從照片中看見拿著它行軍的士兵，感覺就像中世紀的槍兵。直接拿著刺向敵人應該也能發揮戰力。雖然是二戰時的槍械，現在還是有作為重機關槍用的彈藥流通在市面上，所以還是能射擊。

M107A1

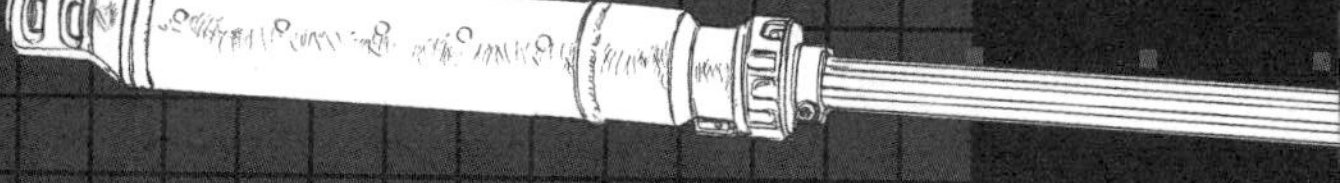

USER： Pitohui／M

巴雷特公司成為反器材步槍代名詞的傑作槍械。所謂巨大就是正義。槍口前端膨脹的圓筒雖然是消音器，其實加上這個聲音依然是吵死人。可以在許多電影裡看見它。不愧是人氣槍械！

PTRD1941

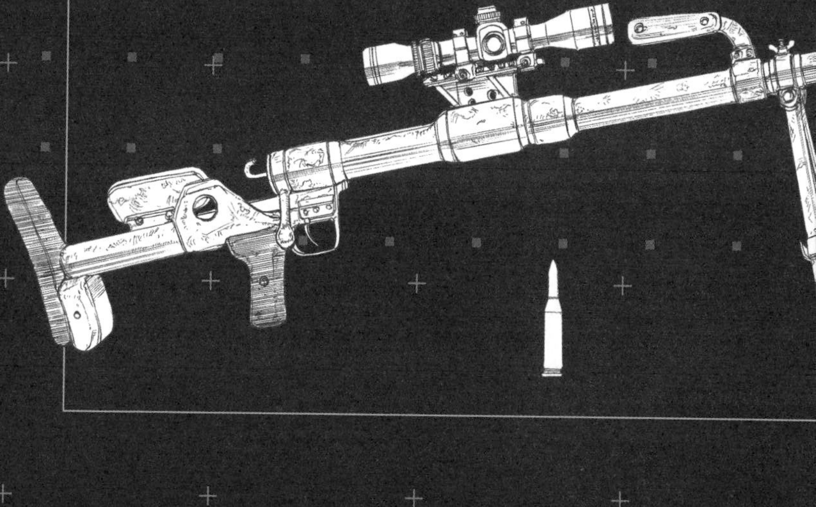

AR-57

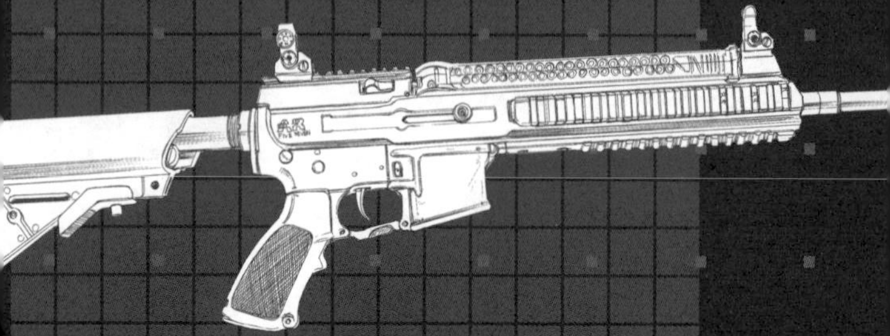

USER：克拉倫斯

使用了P90的系統，並將其與在美國擁有高人氣的AR-15（亦即M16）下機匣合體的超變態槍。為什麼有這種想法？為何加以實行？這些細節就別在意了。空彈殼會從本來的彈匣裝填口掉落。

89式突擊步槍

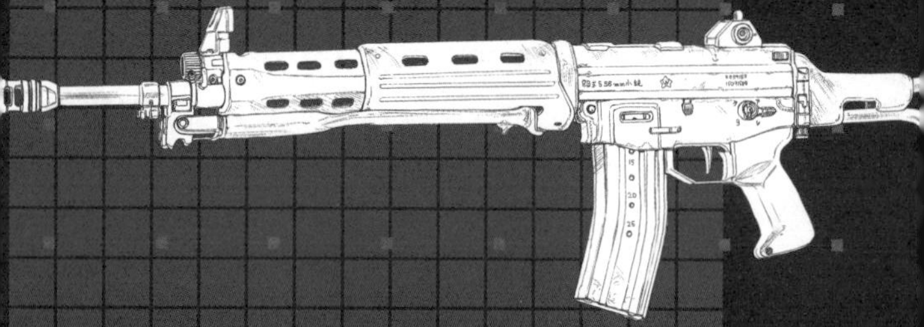

USER：出現在轉播裡的玩家

No Image

祖國日本的槍械，也是必須成為自衛官或者海上保安官等專業人士才能射擊的槍械。虧我很希望它能外銷到美國讓那裡的人使用啊！這是槍托能夠摺疊的樣式，當然可以很輕鬆地帶著走。或許也能裝進你的包包裡喔。

R93戰術2型狙擊步槍

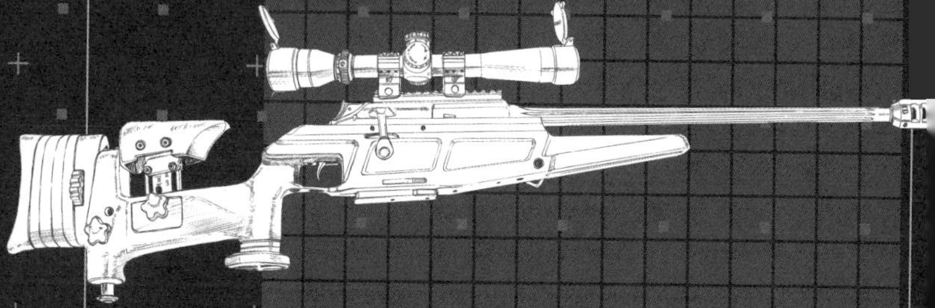

USER：夏莉

德國製的高性能狙擊步槍。基本構造雖然和獵槍樣式相同，但用在狙擊上時槍托就變得這麼花俏。除了變成垂直握把之外，靠在肩膀、臉頰等部分全都可以調整。這樣去獵鹿時會更引人注目。

伊薩卡M37

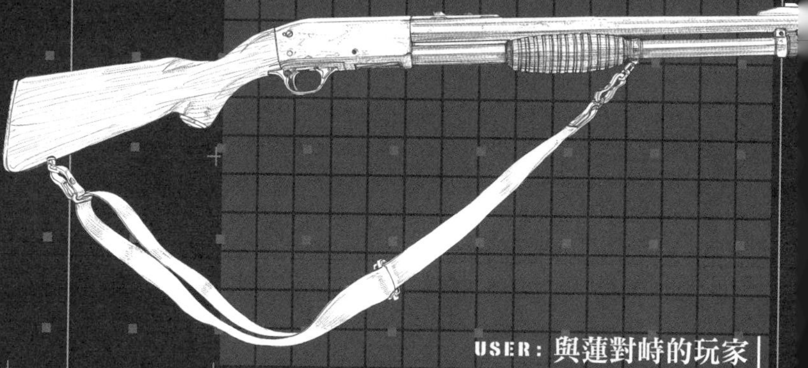

USER：與蓮對峙的玩家

No Image

算是一把相當優秀的散彈槍。伊薩卡是紐約州一座城市的名字，並非日本人的坂井先生所製造出來（註：伊薩卡與日文井坂發音相同），千萬別搞錯了。這考試會考。順帶一提，上面的筒子是槍身，下面的筒子是彈匣。

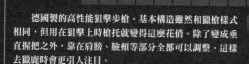

大家好！我是黑星紅白。
這次繪製的插畫也絲毫不會
輸給蓮的高速戰鬥。
感覺在畫GGO時
氣勢會越來越高昂，
所以身體狀態也很不錯。
雖然還是罹患了四十肩……

國家圖書館出版品預行編目資料

Sword Art Online刀劍神域外傳Gun Gale Online. 3, 2nd特攻強襲 / 時雨沢恵一作 ; 周庭旭譯. -- 初版. -- 臺北市 : 臺灣角川, 2017.06
冊 ; 公分
譯自 : ソードアート・オンライン オルタナティブ ガンゲイル・オンライン・ II, セカンド・スクワッド・ジャム
ISBN 978-986-473-720-8(下冊 : 平裝)

861.57 106006387

Kadokawa
Fantastic
Novels

Sword Art Online刀劍神域外傳 Gun Gale Online 3

—2nd特攻強襲（下）—

原著名：ソードアート・オンライン　オルタナティブ　ガンゲイル・オンラインⅢ —セカンド・スクワッド・ジャム<下>—）

2017年6月15日　初版第1刷發行
2018年5月30日　初版第2刷發行

作者：時雨沢惠一
插畫：黒星紅白
原案・監修：川原 礫
日版設計：BEE-PEE
譯者：周庭旭

發行人：岩崎剛人
總經理：楊淑媄
資深總監：許嘉鴻
總編輯：蔡佩芬
副主編：朱哲成
美術設計：宋芳茹
印務：李明修（主任）、黎宇凡、潘尚琪

發行所：台灣角川股份有限公司
地址：105台北市光復北路11巷44號5樓
電話：（02）2747-2433
傳真：（02）2747-2558
網址：http://www.kadokawa.com.tw
劃撥帳戶：台灣角川股份有限公司
劃撥帳號：19487412
法律顧問：寰瀛法律事務所
製版：巨茂科技印刷有限公司
ISBN：978-986-473-720-8
香港代理：香港角川有限公司
地址：香港新界葵涌興芳路223號
新都會廣場第2座17樓 1701-02A室
電話：（852）3653-2888